Fiction

Sono usciti nella stessa collana:

IL SETTIMO SANTUARIO
di Daniel Easterman

IL CODICE BABILONIA
di Uwe Schomburg

LA CONFRATERNITA DELLE RUNE
di Michael Peinkofer

NOSFERAS
di Ulrike Schweikert

LA CASA DI DEDALO
di Kai Meyer

LE PROFEZIE PERDUTE
di Mario Reading

I FIGLI DEGLI ANGELI CADUTI
di Brad Kelln

L'ORMA DELLO STREGONE
di Wolfgang Hohlbein

I LICANTROPI
di Christoph Hardebusch

Jill Gregory e Karen Tintori

L'Ultimo dei Giusti

ARMENIA

ISBN: 978-88-344-2513-8

Titolo originale dell'opera: *The Book of Names*
Traduzione di Andrea Valli

Via Valtellina, 63 - Milano

armenia@armenia.it
www.armenia.it

Stampato da Grafica Veneta S.p.A.
per conto del Gruppo Editoriale Armenia S.p.A.

Alla mia splendida famiglia:
Larry, il mio meraviglioso marito,
e Rachel, la mia incredibile figlia.

E alla memoria dei miei cari genitori.

Con amore, per sempre

J.G.

Alle mie gioie: Lawrence, il mio brillante marito; Steven e Mitchel, i miei figli, solidi come una roccia, e a Leslie, la straordinaria creatura che Mitch ci ha donato.

K.T.

Ringraziamenti

L'ispirazione per *L'ultimo dei giusti* ci è venuta quindici anni fa. Fu Geri Levit la prima persona a condividere con noi la leggenda dei Lamed Vovnik e a far scoccare la scintilla.

Molti altri, nel corso della stesura di questo libro, sono stati fonti d'ispirazione e d'insegnamento. Li ringraziamo con riconoscenza e gratitudine: Rosemary Ahern, rabbi Lauren Berkun, Jean Donnelly, Myrna Dosie, Ruthe Goldstein, Larry Greenberg, Rachel Greenberg, Charlotte Hughes, Lawrence Katz, Mitchel Katz, Leslie Katz, Steven Katz, Irving Kappel, la dottoressa Patti Nakfoor, Claudia Scroggins, Rae Ann Sharfman, Haim Sidor, la Safed Foundation, rabbi Elimelech Silberberg, il rabbino dottor Shlomo Sowilowsky, Jennifer Weiss, Rebecca Weiss e Marianne Willman.

Siamo profondamente grate per l'aiuto e l'entusiasmo che hanno profuso tre donne speciali: Nicole Argyres, la nostra fenomenale editor, Ellen Levine e Sally Wofford-Girand, le nostre solerti agenti.

Il mondo deve accogliere non meno di trentasei giusti, benedetti dalla *Shekhinah* (la presenza di Dio).

RABBI ABBAYE, *Talmud*

Prologo

7 gennaio 1986

DUE UOMINI SPALAVANO LA SABBIA con il favore del buio in una caverna, alla luce di un'unica lanterna piazzata accanto ai loro zaini. Quel complesso di grotte e di tombe a oltre una ventina di chilometri dal Cairo conteneva un vero tesoro in manufatti e oggetti antichi. Per tremila anni, Saqqara, la Città dei Morti, era stata il luogo di sepoltura dei re e dei loro sudditi; gli archeologi avrebbero potuto passarci più d'una vita senza scoprirne tutti i segreti. Come del resto i ladri di tombe.

Sir Rodney Davis, nominato baronetto per la scoperta del tempio di Akhenaton e dei suoi stupefacenti tesori, avvertì l'impeto familiare dell'eccitazione. Erano vicini. Lo sapeva. Gli sembrava quasi di toccare con mano i papiri accartocciati.

Il Libro dei Nomi. O almeno una parte. O forse tutto. Non avrebbe saputo dirlo. Sapeva solo che era lì. Doveva essere lì.

Lo stesso brivido di entusiasmo l'aveva attraversato sulla collina di Ketef Hinnom, in Israele, la notte in cui aveva dissotterrato lo scettro di re Salomone. Il reperto, sormontato da un melograno scolpito nell'avorio e ricoperto di minute iscrizioni ebraiche, era il primo oggetto ritrovato intatto che legasse il sovrano biblico del X secolo a.C. alle fortificazioni rinvenute di recente nei dintorni. Ma il ritrovamento del Libro dei Nomi avrebbe oscurato quella scoperta, come ogni altra, assicurandogli un posto nella storia.

Si fidava dell'istinto che, come la verga d'un rabdomante, lo spingeva verso un tesoro inestimabile. E quella sera, sir Rodney, scavando tra le sabbie che gli antichi re avevano calpestato, era sospinto dalla brama della scoperta, dal fremito di portare alla luce ciò che nessun altro aveva più visto dai tempi degli angeli e dei carri celesti.

Accanto a lui, Raoul gettò da parte il badile e afferrò la sua borraccia. Bevve avidamente.

«Fa' pure una sosta, Raoul, hai iniziato prima di me».

«È lei quello che dovrebbe riposare, sir. I resti sono qui da millenni, quindi possono ben aspettare altre tre ore».

Sir Rodney si arrestò e levò lo sguardo verso l'uomo che era il suo leale assistente da dieci anni e più. A che età aveva iniziato Raoul LaDouceur? Sedici, diciassette anni? Era il lavoratore più instancabile che sir Rodney avesse mai conosciuto. Un giovanotto riservato e contegnoso, dal caratteristico incarnato olivastro, tipicamente mediterraneo, e dagli occhi infossati: l'uno della tinta degli zaffiri, l'altro color mogano come i chicchi del caffè turco.

«Ho atteso tutta la vita per questa scoperta, amico mio. Che importa un'ora di lavoro in più a questo punto?». Rimosse un'altra badilata di sabbia dal fondo della grotta. Raoul lo fissò muto per un attimo, poi tappò la borraccia e riprese la vanga.

Lavorarono per oltre un'ora, nel silenzio rotto unicamente dal loro ansimare affannoso e dal tonfo sordo e ovattato dei badili sulla sabbia. All'improvviso un tintinnio bloccò la mano di sir Rodney, che si lasciò cadere sulle ginocchia e, dimenticando la stanchezza, incominciò a scostare la sabbia con le dita affusolate e callose. Raoul, condividendo l'entusiasmo che palpitava nelle vene dell'archeologo, gli s'inginocchiò accanto.

«La lampada, Raoul», ingiunse con dolcezza sir Rodney, le cui mani sfioravano il bordo tondeggiante di un vaso d'argilla semisepolto nella sabbia, che con movimenti impercettibili e oscillanti stava portando alla luce.

Dietro di lui, Raoul abbassò la lampada: il chiarore rivelò i fogli arrotolati all'imboccatura del vaso.

«Buon Dio, potrebbe essere questo». Sir Rodney estrasse i papiri dal recipiente con mani tremanti.

Raoul si affrettò a srotolare la tela cerata e ad indietreggiare, mentre il suo mentore svolgeva il fascio di papiri ingialliti deponendoli sul telone. Entrambi, prendendo atto della scoperta, riconobbero la primitiva scrittura ebraica.

Sir Rodney, con il cuore in tumulto, si avvicinò chinandosi per scrutare da vicino i minuti caratteri. La più grande scoperta di tutta la sua carriera era lì, la sfiorava con la punta delle dita.

«Per Dio, Raoul, questo potrebbe cambiare il mondo».

«Difatti, sir. Potrebbe cambiarlo sicuramente».

Raoul depose la lampada a un'estremità del tappeto. Indietreggiò e fece scivolare le dita nella tasca. Silenziosamente, afferrò il filo di ferro alle due estremità per poi avvolgerlo, con mano ferma, al collo di sir Rodney stringendolo in una morsa. L'archeologo non riuscì neppure ad emettere un gemito.

Finì tutto in un lampo. Con un solo movimento, Raoul lo strattonò, scostandolo dai papiri preziosi e spezzandogli il collo.

Il vecchio, come al solito, aveva ragione, meditò divertito mentre raccoglieva i papiri. Quella scoperta avrebbe potuto cambiare il mondo.

Raoul era troppo inebriato dalla vittoria per notare sul fondo del vaso la gemma d'ambra con incisi tre caratteri ebraici.

לוי

7 gennaio 1986
Ospedale di Hartford, Connecticut

La dottoressa Harriet Gardner, abbandonata sul divanetto senza braccioli e pieno di bozzi della sala d'aspetto dell'ospedale, contemplava il suo primo boccone di cibo dopo dodici ore, da quando il suo cercapersone l'aveva convocata d'urgenza al pronto soccorso.

Era corsa lungo il vialetto di casa sgranocchiando rumorosamente una mela. Brutta storia, aveva pensato, altrimenti Ramirez se la sarebbe sfangata da solo. Aveva buttato la mela mezzo masticata nel cestino dell'immondizia e, mentre lo superava in tutta fretta, si era chiesta se si trattasse di un incidente stradale o di un incendio.

Aveva fatto irruzione dalla porta bianca di metallo per scoprire tre unità di soccorso in azione alla velocità della luce. C'erano tre ragazzi sulle barelle delle ambulanze, uno di loro urlava. Cinque minuti prima, gli unici rumori percepibili in quell'ala erano il quieto brusio dei monitor, il sibilo intermittente dei rilevatori di pressione e, allo scomparto 6, l'occasionale piagnucolio di un pargoletto di cinque anni in attesa di sottoporsi ai raggi X per accertare la rottura di una gamba.

Il pronto soccorso pullulava di infermieri e di poliziotti, e Ramirez, l'internista, stava ficcando un tubo endotracheale nella gola di un'adolescente.

«Portalo di sopra e fagli fare una TAC», urlò a Ozzie, mentre l'infermiere spingeva verso l'ascensore un ragazzo su una barella tutta lorda di sangue. Il poveretto giaceva immobile, le gambe piegate a un'angolatura impossibile; presentava un taglio sopra l'occhio destro e perdeva sangue da entrambe le orecchie.

«Che è successo?» aveva chiesto Harriet, precipitandosi verso il ragazzo con la felpa numero 18 dei Celtics, mentre Teresa, la tirocinante di turno, si faceva da parte. La maglia, tagliata nel mezzo, lasciava intravedere il petto insanguinato.

«Sono caduti da un tetto», aveva risposto l'infermiere. «Un volo di tre piani; hanno urtato contro uno spiovente».

Ragazzi! «Fagli un'emogas», lo aveva interrotto Harriet, «e una radiografia toracica con un apparecchio portatile». Dopo tre anni di pronto soccorso, le veniva ancora un nodo allo stomaco quando le toccava di assistere degli adolescenti.

Puoi farcela, aveva raccomandato a se stessa, mentre

fissava il monitor. Frequenza cardiaca: 130; pressione arteriosa: 80/60.

Il ragazzo era ridotto male.

«È il figlio del senatore Shepherd». Doshi aveva avvicinato la bombola d'ossigeno alla barella. «E l'altro, quello che Ozzie ha portato a fare la TAC, è il figlio dell'ambasciatore svizzero».

«Come si chiama il figlio del senatore?».

Doshi aveva dato una sbirciata alla cartella. «David. David Shepherd».

Harriet si era accigliata di fronte al petto malridotto del giovane. «A quanto pare, frattura esposta della gabbia toracica, rottura della clavicola, versamento polmonare...».

Doshi aveva infilato in tutta fretta la cannula di plastica dell'ossigeno nella trachea del ragazzo. «Gli altri due a tratti erano più o meno coscienti, ma lui non ha mai ripreso i sensi».

Il rilevatore di pressione era tornato a sibilare. Harriet aveva levato lo sguardo verso il monitor. La pressione del ragazzo stava cadendo come un sasso.

Merda!

Nazioni Unite, New York

Il segretario generale Alberto Ortega, salutato da applausi fragorosi, terminò di esporre le sue considerazioni ai rappresentanti delle nazioni riuniti in assemblea; poi si fece strada sorridente tra i diplomatici, stringendo loro la mano e accettandone le congratulazioni per l'approvazione dell'emendamento relativo all'accordo sulla schiavitù, siglato per la prima volta a Ginevra nel 1926. Il suo sguardo attento vagò per la stanza finché non cadde sulla figura familiare del suo attaché.

L'espressione di Ortega non mutò neppure quando Ricardo, insinuatosi tra la folla, gli fece scivolare un pezzetto di carta ripiegato nel palmo della mano.

Una volta entrato nel suo ufficio, lontano dal rumore e

dalla calca, chiuse a chiave la pesante porta di quercia e svolse il rettangolino di carta ingiallito. Abbassò lo sguardo e diede una scorsa al messaggio.

LaDouceur ha abbattuto un primo esemplare. La caccia continua.

Ospedale di Hartford, Connecticut

Non provo più dolore. David abbassò lo sguardo sul suo corpo steso sulla barella, sorprendendosi nel vedere tutto quel sangue sul suo petto. *Cinque... sei... sette...* C'erano un sacco di persone chine su di lui: una confusione indescrivibile. *Ma perché non mi lasciano solo?... ho sonno.*

Crispin si stava avvicinando. Che strano, anche sotto i suoi piedi non c'era il pavimento.

Quando si portò al fianco di David, entrambi guardarono in basso: l'attività al pronto soccorso aveva toccato un picco febbrile.

David udì qualcuno che lo chiamava, sennonché in quello stesso istante Crispin puntò il dito verso l'alto, in direzione di una luce accecante.

«Non è incredibile?».

Già, meditò David. *Lo è davvero. Ancor più irreale dell'aurora boreale che ho visto l'estate scorsa.*

Crispin si avviò verso la luce e David lo seguì. All'improvviso un fulgore abbagliante li avvolse, risucchiandoli in un lungo tunnel. Una luce ancor più vivida risplendeva davanti a loro; affrettarono il passo.

David si sentiva così tranquillo, euforico. Così al sicuro.

Di colpo colse un movimento nell'aura lucente davanti a sé e uno strano mormorio incominciò a diffondersi nel silenzio luminoso. Crispin si ritrasse, e iniziò a fluttuare nel punto in cui si era fermato, mentre David si sentiva trascinare verso la luce, come attirato da un'enorme calamita.

Poi rimase a bocca aperta.

Il mormorio si trasformò in un boato che gli rimbombò nella testa. Davanti a lui vide dei volti. Facce indistinte, imploranti. Centinaia. Migliaia.

Oddio, e questi chi sono?

Seguì un urlo prolungato. Riconobbe la sua voce, dopo mille anni, o almeno così gli parve.

«Lo stiamo perdendo. Codice blu!» urlò Harriet.

Doshi gli piazzò gli elettrostimolatori cardiaci sul petto.

«Vado!» avvertì Harriet, prima di sottoporre David all'elettroshock.

«Di nuovo!» ordinò Harriet, chinandosi sul ragazzo dai capelli scuri. La dottoressa sentì delle gocce di sudore scorrerle sul labbro superiore. «David, torna indietro. David! Ascoltami. Torna indietro!».

Doshi si avvicinò con gli elettrostimolatori, mentre Harriet si accigliava fissando il monitor. Ancora in fibrillazione. Un solo battito separava David dall'elettrocardiogramma piatto. Dannazione!

«Doshi... ancora!».

Tre ore dopo, la dottoressa Harriet Gardner finiva di compilare i moduli. Un giornata qualunque. Era cominciata con una trentenne in preda a un attacco cardiaco e un frugoletto con la fronte sfregiata da una forchetta. Si era chiusa con tre ragazzi che avevano rischiato la vita salendo su un tetto del cavolo in un gelido pomeriggio invernale.

La ragazza se l'era cavata con una contusione alla laringe e un braccio rotto.

L'altro si era spezzato il femore della gamba destra per poi entrare in coma profondo.

E, infine, l'ultimo l'aveva strappato in extremis dalle fauci della morte; si chiese se il ragazzo avesse visto la luce.

Con un sospiro, la dottoressa depositò il fascio dei documenti allo sportello dell'infermeria e tornò a casa per dar da mangiare al cane.

[illegible] caso. [illegible]
[illegible] attendere.
[illegible] Con la
[illegible] Tunisia, dove
[illegible] rami di
[illegible] di lavoro
[illegible] secca e
[illegible]

Capitolo 1

Atene,
diciannove anni dopo

Raoul LaDouceur, canticchiando, aprì il bagagliaio della Jaguar presa a nolo. Mentre sfilava la carabina da sotto una coperta da sci di lana a scacchi, si accorse che gli brontolava lo stomaco. Be', non per molto ancora. Aveva adocchiato una taverna all'aperto una decina di chilometri prima, provando nel contempo la voglia irresistibile di un bel piatto di spezzatino d'agnello e di un bicchiere di ouzo.

Consultò l'orologio. Era ora. Aveva già spinto i corpi delle due guardie della security, dopo averle freddate, lungo il pendio della collina. Era in anticipo sul programma: gli restavano altre cinque ore prima di restituire la Jaguar e di imbarcarsi sul volo per Londra in attesa della missione successiva. Aveva tempo anche per due bicchieri di ouzo.

Entrò deciso nell'uliveto, vagamente a disagio. Nonostante gli occhiali, era sensibile al sole mediterraneo, al tramonto ma ancora caldo. Preferiva lavorare con il buio.

Eppure, in gioventù, aveva imparato a tollerare il sole nel corso di innumerevoli scavi, per cui l'avrebbe sopportato anche quel giorno. Ignorando le ascelle sudate, scelse con cura una posizione che gli consentisse la migliore visuale possibile dell'intero lato posteriore della casa. Poi prese una boccata dall'inalatore e si dispose ad attendere.

La fragranza degli ulivi gli bruciava in gola. Con la memoria, tornò alla fattoria del nonno in Tunisia, dove aveva lavorato fin dall'età di sei anni, recidendo i rami di ulivo per innestarli in un'altra pianta: dieci ore di lavoro monotono al giorno sotto un sole spietato, la gola secca e arsa come le ceneri d'una pipa.

E che cosa ci guadagnava? Un tozzo di pane e un pezzetto di formaggio. E, spesso e volentieri, rimediava anche una battuta con la verga ricavata proprio da uno dei rami che aveva reciso.

Il nonno era stato il primo uomo che aveva ucciso, pestandolo a sangue in occasione del suo quindicesimo compleanno.

Anche quel giorno doveva essere il compleanno di qualcuno, pensò, con lo sguardo che scorreva dai palloncini legati a grappoli sulle sedie al tavolo ingombro di alte pile di doni allegramente impacchettati.

La festa stava per incominciare.

Beverly Panagoupolos si era affaccendata intorno ai fornelli per tutto il pomeriggio. Non che il fratello non fosse capace di preparare un dolce di compleanno. Le piaceva farlo di persona, per i *suoi* nipoti.

Quel giorno, Alerissa, la nipotina, compiva nove anni. Nel giro di un'ora, la festeggiata si sarebbe riunita con i fratelli maggiori Etsevao, Nilo e Takis attorno alla piscina, alla presenza dei genitori, dei cuginetti, delle zie e degli zii. Alerissa era così timida che sarebbe rimasta sulle sue per tutta la festa, per poi non parlare d'altro per giorni e giorni.

Beverly portò alla bocca la cannella in polvere che le indorava il pollice e uscì all'aperto per controllare che i palloncini rosa e argento e il gaio assortimento di doni fossero stati disposti come aveva richiesto.

Si arrestò per un momento a fissare deliziata l'acqua argentea della piscina, dove ben presto, prima di cena, si sarebbero tuffati i bambini.

Nessun rumore, finché gli spari non crepitarono tra i palmi.

Nessun dolore, finché i proiettili non le lacerarono la schiena.

Né vide le acque azzurre argentate della piscina tingersi del rosso del suo sangue.

Morì con la cannella ancora agli angoli della bocca.

L'automobile si scostò zigzagando dalla cima isolata della collina e si avviò rombando lungo la strada. Nel sintonizzarsi su una stazione radio di musica classica, Raoul colse la coda di un notiziario. I terroristi avevano fatto saltare il terminal internazionale dell'aeroporto di Melbourne; si temevano migliaia di vittime sotto le macerie.

Sorrise a se stesso. Era abile. Il migliore. E la prova era impressa nel caos dilagante in tutto il mondo. Presto sarebbe stato salutato come uno dei principali artefici del nuovo ordine.

Il numero dei trentasei Giusti Nascosti si assottigliava di giorno in giorno: Beverly Panagoupolos era la sua quattordicesima vittima. Nessuno ne aveva uccisi altrettanti. A quel punto, ne rimanevano solo tre su trentasei. Una volta eliminati, pensò Raoul con orgoglio, lo stupido mondo di Dio sarebbe giunto alla fine.

Già si stava deteriorando. Guerre, terremoti, carestie, incendi, malattie – tutte le catastrofi possibili e immaginabili, naturali o provocate dall'uomo – imperversavano come non mai in tutto il globo. Era solo questione di giorni ormai.

Una volta eliminati gli ultimi tre Giusti Nascosti – ed estintasi la loro luce –, l'era degli Gnoseos avrebbe visto l'alba e il mondo non sarebbe più esistito.

Brooklyn, New York

Il tempo stava per esaurirsi.

A una distanza di quasi ottomila chilometri, in uno studiolo sulla Avenue Z, rabbi Eliezer Ben Moshe socchiuse gli occhi umidi e incominciò a pregare.

Nel corso dei suoi ottantanove anni di vita, quegli occhi avevano visto nel mondo fin troppo male e troppe tragedie, *simcha** e bontà. Ma ultimamente il male sembrava inarrestabile. Non era una coincidenza, e lui lo sapeva.

* «Gioia» in ebraico. *(N.d.T.)*

Un senso di sgomento misto a disperazione gravava sul suo cuore. Aveva trascorso tutta la vita a studiare la Cabala, meditando sui segreti mistici di Dio, a supplicare il suo aiuto. I molti nomi di Dio. Li aveva snocciolati ad uno ad uno invocando protezione, non per se stesso, ma per il mondo.

Perché il mondo era in pericolo, un pericolo più grande del Diluvio. Le tenebrose creature d'una antica setta avevano rinvenuto il Libro dei Nomi. Ne era convinto.

E tutti i *Lamed Vovnik* elencati nell'antico rotolo stavano per essere uccisi, ad uno ad uno. Quanti ne rimanevano? Solo Dio e gli Gnoseos avrebbero saputo dirlo.

Con un sospiro, si volse ai talismani allineati sulla sua scrivania. Alcuni gli erano noti. Altri no. Li raccolse ad uno ad uno per ficcarli nella logora sacca di cuoio sullo scrittoio. Gli dolevano le dita artritiche nel prelevare i volumi dello *Zohar* e del *Tenach* dagli scaffali, e poi nel ruotare la manopola della cassaforte nascosta dietro ai libri. Solo quando la sacca era al sicuro nella cassaforte a prova d'incendio, raccattò il suo consunto Libro dei Salmi e si trascinò fuori dalla porta.

La lunga barba argentea tremava mentre muoveva le labbra in preghiera.

Dio adorato, dacci la forza e la conoscenza per fermare i malvagi.

Sotto la scrivania un minuscolo microfono trasmise la sua preghiera.

Ma non a Dio.

Capitolo 2

Georgetown University, Washington D.C.

Quando David Shepherd, dopo le lezioni del mattino, entrò nell'Houligan's Bar, era oppresso da un mal di testa lancinante e da un disperato bisogno di cibo. Teso com'era, non era riuscito a prendere sonno la notte prima, dopo aver fatto da anfitrione a Tony Blair in visita al campus per due giorni. Il discorso ufficiale del premier agli studenti era sfociato in una standing ovation e la soddisfazione del preside di facoltà Myer era stata quasi altrettanta.

La visita di Blair, considerata una mossa da maestro, in realtà era frutto di un colpo di fortuna. David aveva conosciuto lo statista britannico sei mesi prima, quando era stato invitato a presiedere un seminario a Oxford. Al simposio era seguita una cena di festeggiamenti al Boisdale di Belgravia; Blair, seduto di fronte a lui, si era complimentato per l'ultimo libro di David: *Responsabilizzare le nazioni – La lotta per la pace nell'era della proliferazione nucleare*.

Si erano scambiati delle e-mail e, con sua sorpresa, l'uomo politico aveva accettato l'invito a tenere un discorso alla Georgetown.

La visita si era rivelata un enorme successo, così come quella mattina era un inferno bell'e buono. David, rimasto a rigirarsi nel letto fino alle quattro, era sprofondato in un sonno profondo, tanto da non sentire la sveglia e da doversi affrettare per arrivare in ritardo alla lezione delle otto. Non aveva avuto il tempo d'impasticcarsi di Tylenol, e meno che mai di prelevare una bibita calorica dal frigo. Non si era nemmeno sbarbato; si era concesso solo un salto sotto la doccia e del gel sui folti capelli scuri.

«Dave, che ti succede?». Riconobbe nel frastuono la

voce nasale di Tom McIntyre, che lo salutava alla distanza di due tavoli.

«Per essere il ragazzo d'oro di Myer, mi sembri un po' sbattuto. Non è che il tuo amico Tony ti ha dato modo di dare uno sguardo un po' più ravvicinato alla situazione internazionale, la notte scorsa?».

Il professore assistente affetto da incipiente calvizie che condivideva l'ufficio con David alla facoltà di scienze politiche fece cenno a una cameriera all'altro capo del locale. Tom, anche lui single, sui trentacinque anni, era un conversatore brillante, oltre che uno dei docenti più popolari del campus. Ogni semestre, teneva un regolare controllo su chi di loro due vantasse il corso più affollato. David percepiva qualcosa di più di una competizione amichevole nel modo in cui Tom cercava di punzecchiarlo, ma essendo figlio di un senatore, era cresciuto in mezzo ai politici, per cui era immune dalle frecciatine.

Di solito scrollava le spalle di fronte al bisogno di Tom di spadroneggiare, tranne quando partivano per l'annuale escursione alpinistica nell'ovest del paese. L'amico, oltre che un buon diavolo, era uno scalatore provetto, che eccelleva nel solo campo in cui David apprezzava la competizione: lo scontro diretto tra l'uomo e la natura, quando si metteva alla prova sulle pareti rocciose.

Con un mugugno, David piegò il corpo alto e muscoloso su una sedia spartana di fronte a Tom.

Il suo compagno d'ufficio alzò un boccale di birra. «Uno di questi potrebbe farti passare il dolore che ti affligge».

«Sì, come la mazza di un fabbro ferraio potrebbe liberarmi dal mal di testa». David abbozzò un sorriso forzato. «Ne hai una a portata di mano?».

L'attenzione di Tom però si era già indirizzata altrove, il suo sguardo si era incollato allo schermo della tv sopra il banco. «Chicken Little la sapeva lunga, amico mio. La fine è vicina».

«Nessuna obiezione». David ordinò un hamburger, *chili* con cipolle e una Heineken. Tornò a stravaccarsi sulla sua sedia, sfregandosi le tempie. Il suo sguardo seguì immediatamente quello di Tom sul notiziario della CNN. *Un altro attacco terroristico a Melbourne.* Si lasciò sfuggire una smorfia. I disastri cominciavano a spuntare un po' dappertutto nel mondo, con la puntualità di un orologio svizzero.

David insegnava scienze politiche da quasi dieci anni, di cui gli ultimi quattro alla Georgetown; prima di allora, nulla era sembrato metterlo a dura prova come il semestre precedente. Le parole di Platone, Thoreau, Churchill e di altri pensatori politici non si erano nemmeno avvicinate a una possibile spiegazione del caos che imperversava in tutto il mondo. Uragani, tsunami, guerre, omicidi, terrore: un amalgama dei capricci della natura e delle violenze perpetrate dall'uomo sull'uomo. I suoi studenti avevano più domande rispetto alle risposte che lui o persino Tony Blair sarebbero stati in grado di dare.

Prima che la cameriera gli portasse la birra, David fu quasi sollevato nel dover distogliere lo sguardo dallo schermo. Tom si chinò su di lui facendo calare dall'alto la sua voce.

«Okay, amico mio, questo è il tuo giorno fortunato. Kate Wallace ha appena parcheggiato la sua bionda carrozzeria due tavoli più avanti. Va' da lei e invitala al barbecue del Labour Day organizzato dal preside di facoltà».

David resistette all'impulso di voltarsi. Kate Wallace era la trentunenne professoressa d'inglese che stava scrivendo un romanzetto frizzante ambientato alla corte di Ferdinando e Isabella. Ed era anche la prima donna che avesse desiderato dopo che Meredith gli aveva chiesto il divorzio. Avevano preso il caffè assieme un paio di volte e fino a quel momento era riuscito a non metterla in fuga.

Al diavolo, e perché no?

Strizzò l'occhio a Tom, spinse indietro la sedia, la fece ruotare e si alzò. Due minuti dopo stava trascrivendo il numero di telefono di Kate e le indicazioni per raggiungere la sua abitazione in città.

Quando tornò al tavolo, Tom lo canzonò ridacchiando. «Sono davvero impressionato. Ci hai messo solo un semestre e mezzo a farti avanti».

«Mi dicono che il tempismo è determinante». David

diede un morso all'hamburger e abbassò lo sguardo per fissare il pezzetto di carta.

Smise di masticare. *Che diavolo!?*

Invece di «Kate Wallace» aveva scritto qualcos'altro.

Beverly Panagoupolos.

Oh, no, non di nuovo, pensò. Il mal di testa, attenuatosi leggermente, riprese a martellargli le tempie con rinnovato vigore. Un altro nome a casaccio. Ne aveva tantissimi. Ma da dove venivano?

«Ehi, Dave, tutto bene? Seriamente... tutt'a un tratto mi sembri un morto che cammina».

David s'irrigidì. Tom non aveva idea di quanto si fosse avvicinato alla verità. David non parlava mai della caduta che l'aveva quasi ucciso quand'era ragazzo. Non l'aveva detto nemmeno a Meredith.

«È questo dannato mal di testa». Trangugiò a forza un altro boccone di hamburger, ma non pensava più al cibo o a Tom, e nemmeno a Kate. Pensava a Beverly Panagoupolos.

E senza nemmeno volerlo.

Un'ora dopo, David, al volante della sua vettura, superò Eastern Market oltrepassando di poco il limite di velocità di Capitol Hill. Nel momento in cui svoltò nel vialetto per parcheggiare la sua Mazda 6 dietro casa, era impaziente di constatare se il nome di Beverly Panagoupolos fosse finito sui notiziari. Stava per spegnere il motore quando iniziò il giornale radio della CBS con le informazioni dell'ultima ora.

Notizie da Atene: la polizia ha circondato la residenza del primo ministro Nicholas Agnastou, dopo che la sorella di quest'ultimo, Beverly Panagoupolos, era stata brutalmente assassinata appena qualche ora prima...

David bloccò la mano sulla chiave dell'accensione, aveva la fronte imperlata di sudore ma avvertiva un freddo gelido dentro di sé. *Perché ho in testa quel nome proprio oggi... il giorno in cui è morta? Non mi era mai capitato prima.* Afferrò il pezzetto di carta che aveva in tasca e lo fissò con la mente in subbuglio. *O mi è già successo?*

Corse sui gradini davanti casa e infilò la chiave nella toppa. Irruppe in corridoio e si precipitò nel suo studio, mentre la porta si chiudeva con uno schianto alle sue spalle. Sulla scrivania regnava un contenuto disordine, disseminata com'era di frammenti della sua vita: documenti parzialmente schedati, fascicolatori e libri, una scatoletta di penne a sfera a punta fine, una foto incorniciata di lui con Stacy durante la settimana bianca a Vail e la gemma opalescente grigio azzurra che aveva deposto nella mano della scimmia rossastra di terracotta; Judd Wanamaker, un amico del padre, gliel'aveva portata dalla Thailandia, quando aveva otto anni.

Dopo aver aperto con uno strattone un cassetto dello scrittoio con alzata a scomparsa, frugò al suo interno fra ricevute bancarie e fatture, finché le dita non artigliarono il taccuino scarlatto. Con il cuore in gola passò in rassegna le pagine su cui erano segnati i nomi che aveva trascritto.

Centoquarantacinque pagine zeppe di nomi. Migliaia e migliaia di nomi.

Poi lo vide. Giusto al centro di pagina 42.

Beverly Panagoupolos.

L'aveva segnato il 7 ottobre 1994. Registrava puntualmente le date quando captava i nomi. Quello di Beverly l'aveva trovato all'età di ventidue anni.

Si era annotato quel nome diversi anni prima e quel giorno l'aveva scritto di nuovo. Il giorno della morte di Beverly.

Diede una scorsa ai nomi. Una specie di Organizzazione delle Nazioni Unite dei nomi. Che comprendeva, ne era certo, ogni nazionalità sulla faccia della terra.

Da adolescente aveva preso l'abitudine di sfogliare gli elenchi telefonici di tutte le città in cui la sua famiglia andava in vacanza, alla ricerca dei nomi di cui prendeva nota.

Ma non li trovava mai, per cui dopo un po' smise.

Quel giorno, tuttavia, sapeva per certo che uno dei nomi apparteneva a una donna assassinata. Una sensazione di gelo calò su di lui mentre si chiedeva se tra i nomi ci fossero altre vittime di omicidi.

Villa Casa della Falconara, Sicilia

Irina era al buio. Infreddolita. Spaurita. Nuda.

Vergine Santa, fino a quando mi terranno qui ad aspettare? E per cosa?

La benda di seta sui suoi occhi era morbida, ma non aveva idea di quando gliel'avessero messa. Anche quando le portavano del cibo e le liberavano le mani in modo che potesse andare in bagno, non gli permettevano mai di togliersela.

Voleva tornare a casa, sedersi accanto alla finestra a ricamare le federe per la sua dote. Doveva ancora finirne cinque prima di sposare Mario.

Ma l'avrebbe mai sposato, Mario? La stava cercando? Stava piangendo per lei? Lo avrebbe rivisto, il suo viso?

Calde lacrime inumidirono la seta che le bendava gli occhi. Rabbrividì e inviò al cielo una muta preghiera. La stessa di ogni giorno, ripetuta più volte.

Dio, dove sei?

Nelle notti d'agosto il primo ministro italiano amava indugiare al chiarore della luna nel giardino della sua villa sul cocuzzolo della collina; adorava gustare i sigari cubani che suo padre gli aveva permesso di fumare per la prima volta in occasione del suo ottavo compleanno. Casa della Falconara, che dominava l'antico anfiteatro di Segesta, apparteneva alla sua famiglia da più di quattro generazioni. I suoi genitori, in occasione del loro matrimonio celebrato settant'anni prima, avevano scelto la splendida terrazza con vista panoramica per il ricevimento al tramonto, ma il giardino era il suo rifugio preferito, dove nessuno osava disturbarlo.

Là, nelle calde notti d'agosto, poteva chiudere gli occhi e godersi la fragranza dei limoneti che saliva dalla valle trasportata dal vento, mentre assisteva alla rappresentazione di antiche opere teatrali greche e latine, rimesse in scena nell'anfiteatro sottostante.

Quella sera l'anfiteatro era silenzioso e il giardino deserto; Edoardo Di Stefano, tra le mura della villa erose dal tempo, sedeva a tavola con un gruppo selezionato di ospiti, una ventina di persone che conversavano in tono educato e discreto.

Il maggiordomo del premier si spostava silenzioso attorno alla lunga tavolata, riempiendo i calici con del marsala debitamente invecchiato. Non si parlò d'altro che del caldo torrido e del pasto luculliano di sei portate appena degustato, finché Silvio non abbandonò silenziosamente la stanza e non si udì lo scatto della porta di mogano finemente intarsiata che si chiudeva dietro di lui. Poi Edoardo Di Stefano si alzò, chiuse la porta a chiave e iniziò a parlare con il fascino e l'eleganza per cui era noto.

«Stasera, miei devoti amici, siamo giunti a una svolta decisiva. Trentatré ostacoli sono stati rimossi». Di Stefano si prese una pausa, i suoi occhi penetranti brillavano di gratitudine, quando scoppiò un applauso caloroso. Era un uomo dall'aspetto straordinariamente gradevole, con la fronte alta, segno d'intelligenza, la mascella volitiva e un sorriso che avrebbe fatto squagliare l'oro. Benché si approssimasse alla sessantina, i suoi capelli scuri erano solo leggermente spruzzati d'argento, il che gli conferiva una sorta di prorompente vitalità, al pari dello smoking di Armani. Mentre i suoi ospiti lo applaudivano, in attesa del silenzio, si rigirò l'anello d'oro a foggia di serpenti intrecciati che portava al dito medio.

«E, fatto ancor più determinante», seguitò Di Stefano, «il nostro Serpente è sul punto di aprire un varco definitivo».

Si voltò con un sorriso verso il distinto banchiere dai capelli dorati, l'uomo la cui famiglia aveva ricevuto l'incarico di salvaguardare le sue vaste proprietà avite fin dal XVI secolo. Era stato il figlio di quest'ultimo a dimostrarsi così prezioso nell'identificare i bersagli per gli Angeli Oscuri; grazie alla sua intelligenza, il trionfo a lungo agognato era ormai imminente.

Il banchiere chinò il capo in segno di ringraziamento per gli applausi ricevuti.

«Mi dicono», riprese Di Stefano, «che, di nuovo, suo figlio non si stacca dal computer ormai da tre giorni. Signori, in questo stesso momento, potrebbe essere solo a pochi secondi dalla suprema rivelazione: i tre nomi mancanti».

Gli uomini al tavolo sobbalzarono, guardandosi negli occhi l'un l'altro con un misto di eccitazione e di paura. Per più di cento generazioni, avevano lottato, come i loro predecessori, per acquisire quella conoscenza, per raggiungere quell'obiettivo. La consapevolezza dell'imminente successo, della completa illuminazione spirituale, era quasi soverchiante; trasmetteva una sensazione erotica, quasi fosse una fiamma irresistibile che bruciava la carne e liberava l'anima.

«Alla salute, amici miei». Di Stefano alzò il calice, intercettando lo sguardo del suo comandante in seconda Alberto Ortega. L'ex segretario generale delle Nazioni Unite sollevò il bicchiere in risposta al brindisi.

«Prepariamoci per il resto del viaggio». Sorbì un altro sorso di marsala, imitato dagli altri partecipanti alla riunione. La familiarità del rituale lo addolcì, dandogli una sensazione di euforia.

Ricordò la prima volta che gli era stato concesso di partecipare. Non era riuscito a chiudere occhio per un solo istante la notte prima, né aveva toccato cibo per tutto il giorno.

Il padre non gli aveva mai accennato a che cosa avvenisse in quella stanza durante le riunioni speciali che ospitava due volte all'anno. Da bambino, tutto quello che sapeva era che i domestici impiegavano giorni per allestire il banchetto e che persino a sua madre non era permesso di parteciparvi.

A volte, alle cinque del mattino, si svegliava allo stridio degli pneumatici sulla ghiaia del vialetto che scendeva lungo il pendio della collina, mentre i dignitari si allontanavano alla chetichella, così come le stelle svanivano all'alba.

Che cosa combinavano in tutte quelle ore, fino a tarda notte? Sapeva che il padre era un'alta personalità, come del resto tutti gli altri partecipanti al convegno, tra i quali spiccavano noti leader internazionali e capi di stato.

Era come se l'ONU si riunisse in Sicilia, a casa sua.

Aveva desiderato di partecipare alla riunione fin dalla

prima volta che aveva visto chiudersi la doppia porta rivestita di pannelli, rimanendo escluso nel ridotto dal pavimento di marmo. Magari per prendere posto a fianco del padre e ascoltare, per impregnarsi dell'aura di potere che aleggiava in quella stanza.

Ma non ricevette l'invito alla cerimonia e il suo talismano personale – l'anello d'oro che portava al dito e non toglieva mai – se non all'età di diciotto anni.

Era rimasto nauseato da quello che aveva visto.

Strano come fosse giunto ad apprezzare il rituale a coronamento della serata. Per fortuna il padre, uomo intuitivo e paziente, gliene aveva spiegato la necessità e il fine generale. Le donne iniziate avrebbero svolto un ruolo importante dopo la conquista del mondo. Una volta scelti per alzata di mano e isolati, quei «vasi» recalcitranti sarebbero tornati utili. E loro non si sarebbero fatti scrupolo di usarli.

Se a volte non riusciva a dormire la notte della vigilia del rituale, l'insonnia non aveva nulla a che spartire con l'ansia.

Tese la mano abbronzata e con la semplice pressione di un pulsante scostò il pannello facendolo scorrere lungo la parete alle sue spalle.

La bruna Irina, dai capelli corvini, attendeva nella penombra, bendata e nuda.

Alcuni tra i presenti iniziarono ad agitarsi sulle sedie, pregustando l'estasi divina a seguire. Altri rimasero perfettamente immobili, gli occhi di falco incollati alla ragazza.

Erano persone intelligenti, devote alla causa e potenti. Come i loro predecessori, erano stati selezionati accuratamente fin dalla più tenera età per l'onore e l'onere di intraprendere una cerca audacissima e oltremodo rischiosa.

Nessuno al di fuori della Cerchia ne sarebbe stato più degno, meditò soddisfatto. Nessuno di quegli stolti imprigionati nel mondo materiale sapeva alcunché degli Gnoseos.

Portarono avanti la ragazza.

Alberto Ortega entrò nello stanzino dove due antiche gemme sfavillavano in una teca illuminata come stelle misteriose. L'ametista e lo smeraldo, antichi di millenni, erano due delle dodici pietre senza età sulle quali in seguito sarebbero state plasmate le pietre di nascita dello zodiaco. Ortega evitò con cura di urtare la teca mentre tendeva la mano per ghermire il calice del rituale e una boccettina d'argento. Scosse la coppa finché i granuli della polverina azzurra non ricoprirono completamente l'incisione del serpente che si mordeva la coda sul fondo.

Quando la fanciulla emise un lamento, Di Stefano si fece avanti per versare nel calice il vino contenuto in una caraffa di cristallo. Osservò il liquido color rubino salire fino al secondo serpente cesellato nel mezzo della coppa, poi lo mescolò con il dito.

Con gli occhi lucidi, segnalò a gesti che la ragazza venisse sbendata e, ignorando l'espressione orripilata di lei, sollevò il calice inclinandolo sulle labbra tremanti della giovane.

«No, la scongiuro», implorò Irina cercando convulsamente di allontanare il viso.

«E smettila di frignare», mormorò Di Stefano sfiorando con il dito la ciocca che le ricadeva sulla guancia prima di afferrarle i capelli alla nuca e piegandole la testa verso la coppa. «Dovresti esserci grata. Sei stata prescelta per la grandezza».

Mentre le cacciava in gola quasi tutto l'amaro liquido, lo sguardo della fanciulla restò fisso sul suo, qualche secondo prima che iniziasse a rabbrividire. Poi Di Stefano passò il calice cerimoniale a Ortega, che ne sorbì una stilla, prima di cederlo a sua volta a Odiambo Mofulatsi, il terzo in linea gerarchica. Rapidamente la coppa raggiunse gli altri commensali, finché ogni membro della Cerchia non ne ebbe assaporato simbolicamente un sorso.

Poi le spalle della giovane furono scosse da un fremito incontrollabile.

Il mondo iniziò a girare vorticosamente, mentre una confusa fantasmagoria di colori offuscava lo sguardo di Irina. Il cuore della giovane iniziò a battere impetuoso, martellandole dolorosamente nel petto. Ebbe la sensazione che dei serpenti le strisciassero addosso attorcigliandosi intorno alle spalle; poi inalò l'odore muschiato tipico dei maschi.

Le sue grida affiorando riempirono tutta la stanza, mentre i colori, gli uomini e il terrore la invadevano.

Marylebone, Londra

Gli occhi erano così asciutti da dolergli. I contorni dei grafici sul monitor da 24 pollici a schermo piatto si succedevano in continuazione fino a confondersi con il diagramma successivo. *Tre giorni inchiodato a questa sedia,* pensò esausto. Tre giorni passati a sovrapporre un grafico all'altro, tre giorni a incrociare i dati nel tentativo di identificare gli ultimi tre nomi mancanti. Con un gemito, respinse il computer. *Basta!*

Inutile insistere. Conosceva i suoi limiti e sapeva di averli già superati. Non c'era abbastanza collirio in tutta Londra da indurlo a proseguire per un'altra ora.

Girando la sedia, diede un'occhiata colma di stupore alla tela di Gustav Klimt, straordinariamente sensuale, che occupava un'intera parete del suo ufficio al secondo piano dello stabile. Mentre era al lavoro, ignorava completamente lo sfarzo che lo circondava: il pavimento d'ebano lucido, tagliato a colpi d'ascia nelle foreste dell'Africa, richiamate nella modanatura della chiave di volta, i raffinati tappeti di pelle di zebra, gli arazzi d'Aubusson e le sculture acquistate direttamente da Christie's, la nota casa d'aste. Negli anni trascorsi ad Oxford, molti dei suoi conoscenti lo credevano decadente. Ah, se avevano ragione! Lui, come il padre e la maggioranza dei componenti della Cerchia, aveva elevato l'edonismo ad arte.

Dal momento che il corpo era maligno, perché cercare di sottometterlo? Perché lottare contro gli impulsi naturali? Il male era intrinseco al corpo: solo l'anima, al pari della Fonte alla quale agognava di riunirsi, era pura. Così quando era all'opera si dedicava completamente al suo compito, coinvolto, concentrato e motivato. Quando invece si trastullava, era pronto a dare tutto ciò che aveva e non si negava nulla.

Ed era venuto il momento di divertirsi.

Guardò di sfuggita l'orologio, un Vacheron Constantin, e prese atto che l'antica cerimonia in Sicilia era già cominciata.

Lui avrebbe partecipato a una cerimonia del tutto particolare, quella sera. Che l'avrebbe ringiovanito.

Afferrò il bastone e si alzò a fatica. Mentre arrancava sul pavimento di marmo dei corridoi della sua casa a tre piani in Blandford Street, si rese conto di non aver ingerito cibo solido nelle ultime ventiquattro ore e più. Presto vi avrebbe posto rimedio. Aveva bisogno di avvolgere la lingua in qualcosa di sapido, piccante.

Chiamò Gilbert dalla sua camera da letto. La cucina indiana sarebbe stata perfetta.

«Prenotami un paio di posti al Tamarind per stasera: stessa ora, stesso tavolo. E voglio una rossa, tipo Cate Blanchett. Assicurati che arrivi una mezz'ora prima di me».

Frugò nel suo armadio ampio come una spelonca con il bastone da passeggio, facendolo scorrere rumorosamente sugli abiti, finché non si fermò per indicare a dito la manica del suo nuovissimo smoking di Ermenegildo Zegna. L'aveva impreziosito con dei bottoni per polsini di zaffiro acquistati a Firenze il mese prima.

Gettando i vestiti sul letto, si liberò del medaglione dorato che gli pendeva dal collo: un duplice uroboro, due serpenti attorcigliati che si mordevano reciprocamente la coda. I loro occhi adamantini rilucevano sull'oro lustro.

Il mio uroboro è più grande di quello di mio padre, pensò soddisfatto. *Il che si addice al Serpente.*

Getti d'acqua ghiacciata emessi dagli ugelli alle pareti di granito della doccia investirono il suo corpo. Come al solito l'acqua gelida gli trasmise una sensazione piacevole rianimandolo. Insaponò i capelli biondo cenere lunghi fino alle spalle e si strofinò i muscoli infiacchiti delle poderose spalle incurvate.

La fine del mondo può attendere qualche giorno, decise

mentre si insaponava le natiche, dove si era fatto tatuare dei serpenti, neri e attorcigliati tra loro.

Un'orgia di cibo, di sesso, di piacere gli avrebbero acuito l'intelletto in vista del gran finale. Presto, quella caricatura di pianeta, con tutti i suoi patetici grattacieli, le fabbriche rombanti, le sue strambe chiese e i suoi ingenui governi si sarebbe dissolto nell'etere. Tutto era male al mondo, solo l'anima e la Fonte erano pure.

E quella sera avrebbe momentaneamente accantonato la ricerca della suprema purezza, la verità della vita. Avrebbe escluso dalla sua mente la ricerca di quei dannati nomi per indulgere ai piaceri della carne.

La sua carne.

Per il bene dell'anima.

CAPITOLO 3

Shen Jianchan
Glenda McPharon
Hassan Habiri
Lubomiv Zalewski
Donald Walston
Rufus Johnson
Noelania Trias
Henrik Kolenko
Sandra Hudson
Mzobanzi Nxele

DAVID SFOGLIÒ IN FRETTA E FURIA il suo taccuino, per poi digitare su Google, l'uno dopo l'altro, dei nomi estrapolati dalle pagine alla rinfusa.

A mezzanotte aveva effettuato ricerche per oltre una cinquantina di nomi, di cui un certo numero risultò «non trovato»; altri invece approdarono a parecchie occorrenze ma a scarse informazioni.

Poi compose «Marika Dubrovska» e sullo schermo apparve una serie di link connessi a titoli giornalistici. Una certa Marika Dubrovska era stata freddata nel sonno all'Hotel Wytowsky, due anni prima. Ma benché David si fosse messo alla ricerca di materiali aggiornati non trovò nulla; l'omicidio apparentemente era ancora irrisolto.

Un Simon Rosenblatt risultò una vittima dell'Olocausto, gassato a Treblinka nel 1942; un altro Simon Rosenblatt era un marinaio perito nel bombardamento di Pearl Harbor. Altri tre ancora erano deceduti tra il 1940 e il 1945.

LaToya Lincoln, un'assistente sociale di Detroit, era stata ripescata sulla sponda canadese del fiume Detroit nel 1999.

Le dita scorrevano sulla tastiera; David digitò un altro nome e poi un altro ancora.

Donald Walston. Una caterva di occorrenze riempì lo schermo. Risalì a informazioni su quattro Donald Walston: un elettricista del New Brunswick; un bisnonno in un albero genealogico sudafricano; uno scrittore di Birmingham, in Inghilterra; e un dentista di Santa Barbara.

Cominciarono a tremargli i polsi. Erano morti tutti e quattro. In momenti diversi, in differenti paesi. Con la sola eccezione del bisnonno in Sudafrica, deceduto per febbre tifoidea nel 1918, gli altri tre erano morti a distanza di un mese l'uno dall'altro, e tutti l'anno prima.

L'elettricista era rimasto vittima di un omicidio, lo scrittore era stato travolto da un pirata della strada, il dentista era arso in un rogo.

Alle sette del mattino aveva esaminato 180 nomi presenti sul taccuino. Trovò occorrenze su Internet per 60 di essi: 58 erano morti. Come i tre Donald Waltson, 27 erano stati assassinati, mentre gli altri 31 erano scomparsi in seguito ad incidenti. Nessuno era morto per cause naturali.

Sbalordito, David lesse i nomi. Le loro città d'origine o di residenza erano sparse in tutto il globo. Le date della loro morte abbracciavano diversi secoli. Venivano da tutti gli strati sociali, da tutte le etnie, da tutte le religioni.

Erano tutti sul suo taccuino.

Venivano tutti dalla sua testa.

Capitolo 4

«Ecco, questo è tutto, Dillon. Sono matto?».

Padre Dillon McGrath studiò David con i suoi vivaci occhi azzurri, che molto avevano visto in quarantacinque anni, e molto gli avevano dato da riflettere. «Il fatto di aver sentito nella tua testa il nome di Beverly Panagoupolos lo stesso giorno in cui è morta e poi di averlo trovato sul tuo taccuino non fa di te un pazzo. Un sensitivo, forse, ma non un pazzo».

«Se avessi avuto la minima propensione per il paranormale a quest'ora avrei vinto la lotteria».

Il volto di Dillon s'increspò in quel sorriso malandrino che aveva indotto innumerevoli donne a imprecare contro il suo collare di sacerdote cattolico romano. David aveva sempre pensato che Dillon McGrath, con i suoi riccioli scuri, rubizzo e rubicondo com'era, assomigliasse più a un pirata che a un prete, ma gli unici vizi che il corpulento professore ordinario del dipartimento di teologia gli avesse esibito, negli otto anni in cui avevano stretto amicizia, erano una certa predilezione per il whiskey irlandese e per i sigari cubani di contrabbando.

Avevano cominciato lo stesso autunno alla Georgetown, entrambi con un incarico provvisorio che sarebbe sfociato in una cattedra permanente. Praticamente, non avevano nulla in comune, ma la loro amicizia si era cementata nel corso degli incontri del corpo docente, per poi estendersi, ogni sabato mattina, alla caccia del locale che offrisse la miglior prima colazione di tutto il D.C. a base di salmone affumicato e panini a ciambella.

Nel fissare le pareti dell'ufficio di Dillon, con i suoi scaffali zeppi di volumi di filosofia, studio comparativo delle religioni, soprannaturalismo e metafisica, David nutriva ben poche illusioni sul fatto che vi avrebbe trovato la risposta a quanto gli stava accadendo.

«Da quanto tempo prendi nota dei nomi?» gli chiese Dillon sorbendo un sorso di caffè dalla sua tazza sulla scrivania. «Riesci a ricordarlo?».

«Fin dal secondo anno di liceo».

«Quindi dev'esserti accaduto qualcosa quello stesso anno, qualcosa che ha innescato il tutto...».

«Niente di che». David si alzò in piedi e iniziò a misurare a grandi passi la stanza. Non era sicuro in realtà di essere pronto a rivelare quanto gli era successo, anche se era proprio quello il motivo della sua visita.

«Sputa il rospo, David. Ti conosco troppo bene. Ogni volta che inizi a zampettare in quel modo, so perfettamente che nel tuo brillante cervello frulla una miriade di pensieri. Non costringermi a tirarteli fuori uno per uno».

«Mi sembri lo strizzacervelli dal quale mi trascinarono i miei genitori subito dopo l'incidente».

Dillon si sporse in avanti. «Incidente?».

Con un sospiro, David tornò sui suoi passi e si lasciò cadere sulla sedia. «A tredici anni, ci ho quasi rimesso la pelle, con un paio di amici. Due anni dopo è iniziata la faccenda dei nomi. Siamo caduti da un tetto. Mi sono fratturato la gabbia toracica e per qualche minuto mi hanno perso».

Fissò lo sguardo indagatore di Dillon. «E, sì», aggiunse, prevedendo la domanda, «sono entrato nel tunnel e ho visto la luce di cui tutti parlano».

Dillon lo guardò sbalordito. «E non me l'avevi mai detto?». Indicò a gesti la libreria. «Sai che ho scritto due libri di metafisica e sulla vita dopo la morte, e non mi hai mai permesso di analizzarti la mente?».

«Perdonatemi, padre, perché ho peccato». David, sogghignando, levò entrambe le mani a palmi in su.

Dillon scosse la testa. «Quell'esperienza di premorte dev'essere legata ai nomi». Una leggera punta d'eccitazione nella sua voce. «Due anni equivalgono a un battito di ciglia per il subconscio».

«Se lo dici tu...» David trasse un profondo respiro.

«Sono a corto di risposte in questo momento. Ecco perché sono qui».

Dillon si appoggiò allo schienale della sedia. «Perché non inizi dal principio?» suggerì. «Lasciati andare e non censurare i tuoi pensieri. Limitati a raccontarmi tutto quello che ricordi di quell'esperienza».

David si aprì. Gli raccontò degli ospiti di riguardo di suo padre nella loro casa nel Connecticut, di quel pomeriggio nevoso. Dell'ambasciatore svizzero, Erik Mueller, della moglie e del figlio di quest'ultimo, Crispin, di due anni maggiore di lui, un ragazzo pieno di sé, come chiunque altro David avesse conosciuto. Era suo compito intrattenerlo.

Crispin, dalle ampie spalle, biondo e atletico, abile sciatore, si vantava d'aver scalato una parete del Cervino all'età di sette anni. Era irrequieto quel pomeriggio, chiaramente intenzionato a mettersi in mostra davanti ad Abby Lewis, la migliore amica di David, che fissava il ragazzo più grande come se fosse David Bowie.

David, nel ricordare i dettagli, sentì rivoltarglisi lo stomaco: Crispin l'aveva sfidato a scalare il tetto a doppia falda della casa a tre piani del vicino; David aveva alzato la voce ostentando falsa spavalderia nel raccogliere la sfida. Poi Abby li aveva seguiti, la neve si scioglieva sulle sue ciglia. David era scivolato mentre seguiva le orme di Crispin sul tetto, ma aveva cercato di comportarsi come se non fosse terrorizzato, come se non gli importasse nulla dell'altezza dal suolo, che pure gli dava le vertigini.

Poi Abby aveva messo un piede in fallo; la sua risata si era trasformata in un urlo. David aveva cercato di afferrarla, ma agitando scompostamente le braccia aveva colpito Crispin facendogli perdere l'equilibrio. Caddero assieme, come in una scena alla moviola; il terreno ghiacciato sembrò sollevarsi per poi scaraventarli in una silenziosa oscurità.

«E poi...».

La voce di David si affievolì. Dillon sollevò un sopracciglio.

«E poi... cosa?».

David, malfermo, si sentiva in preda alla nausea. Odiava parlare della sua disavventura, detestava rinvangare il senso di colpa. Di nuovo udì la voce del padre, esile e sferzante.

Ma come hai potuto fare una cosa così stupida? Crispin ti ha sfidato, quindi non potevi tirarti indietro? Ma lo capisci che per un pelo non ci hai rimesso la pelle? E quel ragazzo potrebbe rimanere in coma per il resto della sua vita. Ma perché diavolo non ci hai pensato? Sei un ragazzo intelligente, credo; perché non ci hai pensato?

Gli pulsava la testa nel ricordare come la madre avesse zittito il padre trascinandolo via dal letto dell'ospedale, ma era ormai troppo tardi.

«E poi la prima cosa che ricordo e che mi trovavo all'ospedale, tutto intubato... con un dolore infernale; i medici mi stavano dicendo che mi avevano riportato indietro».

Dillon annuì. «E dov'eri stato?».

«Non saprei...». David si fece passare la mano tra i capelli e abbassò lo sguardo assorto in meditazione. «Rammento solo un tunnel, una luce accecante. Insomma, quello che ricordano tutti quelli che hanno vissuto un'esperienza del genere. Nient'altro. Ho letto tutti i libri di Elisabeth Kübler-Ross sull'argomento. E, per quanto mi è dato di capire, non c'è nulla di straordinario in quello che mi è successo».

Dillon parlava con calma. «È molto meno di quello che riferisce la maggior parte dei testimoni che hanno vissuto un'esperienza simile, David. Dev'esserci sotto qualcosa di più. Per forza. E sei tu a bloccare tutto». L'opinione del prete era plausibile.

«Scommetto che qualunque cosa tu abbia vissuto in quel tunnel ha qualche relazione con quei nomi. Li hai trascritti in maniera ossessiva nel tuo taccuino anno dopo anno, per quasi un quarto di secolo. Una cosa del genere non accade per caso. E meno che mai a un tipo come te, con i piedi per terra, sano di mente ed efficiente».

«Non è che me la cavi così bene. Anzi, per l'appunto, mi sembra quasi d'essere uscito di senno. Ultimamente i nomi mi assillano sempre più. Come faccio a fermare tutto?».

«Devi risalire alla fonte». Dillon aggrottò la fronte preoccupato. «Se sei bloccato fino a tal punto, ti occorre un ipnoterapista».

David, pervaso dalla preoccupazione, non si sarebbe stupito di più se il suo migliore amico gli avesse suggerito un elettroshock.

«Rilassati. Niente a che vedere con la magia», lo rassicurò Dillon. «Alex Dorset opera con le vittime di crimini e con la polizia del Distretto di Columbia. È uno stimatissimo ipnoterapista... oltre che un amico».

Sfogliò velocemente la sua agenda da tavolo. «Ecco, è qui che devi andare». Prese la penna e scribacchiò qualcosa su un foglietto a righe. «Non potrei metterti in mani migliori».

David fissò il foglietto tesogli dal prete, senza prenderlo. «Non mi sento a mio agio con quella roba, mi costringe a esprimere apertamente le mie emozioni, Dillon...».

«E invece ti sentiresti a tuo agio se i nomi prendessero il sopravvento sulla tua vita? Credevo cercassi delle risposte».

David non replicò. Si frizionò le tempie. Si era annotato sul taccuino un altro nome la notte prima. Aveva cercato di non pensarci.

Dillon gli spinse il foglietto nella mano. «È un modo come un altro per iniziare. Chiama Alex».

David piegò il foglietto e lo ficcò nel portafoglio. «Ti farò sapere...».

«A proposito», fece Dillon, mentre David si avviava verso la porta. «Non mi hai detto che cosa è avvenuto dei tuoi amici...».

«Abby se l'è cavata», rispose David torcendo la bocca, «con un braccio rotto, ma Crispin...».

La voce gli si affievolì. Dillon rimase in silenziosa attesa.

«Crispin entrò in coma. Dissero che probabilmente non si sarebbe più svegliato. Mio padre chiese sue notizie per un anno o giù di lì, dopo che erano tornati in Svizzera: non era migliorato». David scosse il capo. «In realtà, ho ancora qualcosa che gli apparteneva. Benché non mi sia mai chiesto come potesse avere con sé una pietra con delle lettere ebraiche incise».

«Che vuoi dire?». Dillon inclinò la testa.

David alzò le spalle. «Aveva quella pietra azzurra… molto levigata. Un'agata delle dimensioni di un acino d'uva. Quando sfidò me ed Abby a salire sul tetto, la scosse nell'aria vantandosi che la pietra avesse poteri magici e che ci avrebbe protetto impedendoci di cadere. Magia, eh?» disse torvo.

«E ce l'hai ancora?».

«Tornai nel punto in cui eravamo caduti dopo che s'era sciolta la neve e curiosando qua e là la notai in mezzo all'erba. Me n'ero dimenticato completamente. La raccolsi e la conservai: un ricordino di quanto a volte possa costare l'impulsività».

Dillon lo scrutava con interesse. «Sai che cosa c'era scritto su quella pietra?».

David emise uno sbuffo. «Probabilmente delle parole di saggezza. Qualcosa tipo: "La gravità risucchia"».

Gli occhi del prete si fecero assorti, mentre David chiudeva la porta dietro di sé. Si avvicinò alla libreria e prelevò un volume sulla magia ebraica. Increspando le labbra, controllò l'indice e sfogliò il libro fino alla pagina che cercava.

Mezz'ora dopo, chiuse il libro di scatto e allungò la mano verso il telefono.

Capitolo 5

Venerdì mattina, David imboccò D Street in direzione di Pennsylvania Avenue. Girò attorno al Campidoglio finché non incappò di nuovo in Pennsylvania Avenue, guidando deliberatamente in silenzio in una luminosa giornata d'agosto: niente radio, niente cd. Voleva schiarirsi le idee prima della seduta.

Una volta trovato parcheggio, spense il motore e sbirciò lo svettante edificio commerciale di mattoni con un misto di trepidazione e di paura. Non aveva affatto un'aria minacciosa, perché allora quel senso di disorientamento?

Su, per amor di Dio, hai scalato le montagne, dopotutto. Potrai ben sopportare un'ora di ipnosi. Di che cosa hai paura allora?

Poi gli risultò evidente. Temeva che l'ipnosi non funzionasse, che non gli rivelasse nulla. Che i nomi non avrebbero mai smesso di ossessionarlo e sarebbero rimasti un mistero per sempre.

La paura era qualcosa con cui David aveva convissuto intimamente per qualche anno, subito dopo la caduta. Dapprima l'aveva come paralizzato, procurandogli una vera fobia per le scale mobili, le scalinate senza parapetto, i giri al luna park e l'altitudine in generale.

I genitori lo trascinarono da un terapeuta all'altro, ma alla fine fu David stesso a trovare un modo per vincere le sue fobie. A sedici anni, si stancò di avere sempre paura, disgustato di se stesso e del panico che lo afferrava in maniera viscerale.

Anni addietro erano state avanzate minacce di morte a diversi senatori, compreso suo padre. Robert Shepherd aveva immediatamente assoldato un gruppetto di guardie di sicurezza per proteggere se stesso e la propria famiglia. Karl Hutchinson, la guardia del corpo assegnata a David, era un ex incursore della marina militare, sveglio, agile, granitico. Fra i due ben presto si instaurò un'autentica amicizia e David, lungi dal dolersi per il fatto di essere sorvegliato, non vedeva l'ora di dividere il suo tempo con Hutch.

Hutch gli insegnò a sollevare pesi, casse e quant'altro, e mentre la muscolatura del suo fisico adolescente s'irrobustiva, si sviluppava anche una certa familiarità tra i due. Quando cessarono le minacce ai senatori, le altre guardie del corpo e Hutch furono assegnate ad altro incarico, ma quest'ultimo e David continuarono a mantenersi in contatto. E quando David si decise finalmente a vincere la sua paura dell'altezza chiese aiuto proprio ad Hutch.

I genitori gli accordarono il permesso di trasferirsi per due settimane al rifugio della famiglia di Hutch in Arizona. Là, David avrebbe affrontato le sue paure.

Chiese ad Hutch di portarlo sulle montagne. Dapprima si limitarono a delle semplici escursioni risalendo sentieri rocciosi pieni di sterpaglie e di ciuffi di arbusti trasportati dal vento. Poi David decise di andare oltre i suoi limiti e insistette affinché Hutch lo accompagnasse a Prescott per affrontare la parete dirupata della Granite Mountain, alta più di 1800 metri.

Hutch – va detto a suo merito – non lo derise. E benché David fosse riuscito a scalare solo trecento metri al primo tentativo, era abbastanza: ne fu conquistato.

Trascorse le due settimane più faticose ed esaltanti della sua vita. David fece ritorno nel Connecticut, bruciato dal vento e ricoperto di graffi e di scorticature, ma determinato a praticare l'alpinismo finché non avesse conquistato la Granite Mountain. Ed era solo l'inizio.

Aveva vinto la paura dell'altezza, e ora doveva dominare quella dei nomi.

Stava giusto scendendo dalla macchina, quando udì al suo cellulare *Over the Rainbow*, la suoneria speciale di Stacy. Loro due avevano visto *Il mago di Oz* così tante volte assieme che ne ricordava i dialoghi a memoria.

«Ehi, Mezzacartuccia».* Sorrise guardando l'orologio. Mancava poco alle undici a Santa Monica. «Non dovresti essere a scuola?».

«Pausa pranzo», gli rispose la figliastra; David avvertì una fitta. La voce di lei non era più quella della bambina che ricordava. A tredici anni, aveva l'aria di una tipica teenager.

«Devo dirti qualcosa, ma non volevo parlarti con la mamma che mi gironzolava attorno».

«Sembra una cosa seria». Volse la schiena al palazzo e si appoggiò alla vettura. «Che cosa c'è che non va?».

«Tutto».

Udì Stacy, tremante, trarre un profondo respiro. Non riusciva a immaginare il seguito.

«Mamma si è risposata lo scorso weekend. Ho un nuovo patrigno». Pronunciò l'ultima parola come se stesse sputando un cioccolatino scaduto. «Non è come te, per niente».

«Ehi, Mezzacartuccia, e chi sarebbe?». Mantenne un tono allegro, ma era scioccato. Lui e Meredith si erano parlati solo qualche settimana prima e l'ex moglie non gli aveva nemmeno accennato che stava uscendo con qualcuno. «Non ti piace? Forse dovresti dargli una chance».

«Len è a posto, credo. È riuscito a far smettere di fumare alla mamma per l'ennesima volta. Ma è troppo assillante. Lo conosco appena, eppure la mamma gli ha già dato il permesso di adottarmi; il che è sbagliato. Non mi hanno nemmeno avvisata prima... non ne sapevo nulla fino al giorno del matrimonio».

Adottarla? David era allibito.

La voce di Stacy si arrochì per via delle lacrime. «Se proprio uno dei mariti della mamma avesse dovuto adottarmi, avrei voluto fossi stato tu». La sua voce si fece più sommessa. «E se non avessi potuto farlo tu, avrei voluto mantenere il cognome del mio padre naturale e rimanere quella che sono».

* *Munchkin* nell'originale. Si tratta degli omuncoli blu de *Il Mago di Oz. (N.d.T.)*

David imprecò contro Meredith e la sua impulsività. Non si soffermava mai a considerare le conseguenze delle sue azioni sugli altri, specialmente su sua figlia. Dovette trattenere la rabbia.

«Oh, Stace, a volte è dura, vorrei poter cambiare le cose».

«Oh, è anche peggio. La mamma e Len hanno detto che vogliono portarmi con loro in una luna di miele "di famiglia". Non è disgustoso? Len mi ha comprato uno di quei telefonini satellitari, proprio come il tuo. Potrei chiamarti dall'Italia».

David consultò l'orologio: le 14.02. Il suo appuntamento era cominciato senza di lui.

«Ti capisco, tesoro, ma so che tua madre vuole solo il meglio per te. Che ne dici se la chiamo più tardi per fare quattro chiacchiere? Forse riesco a convincerla a lasciarti venire da me piuttosto che portarti in luna di miele».

«Manco a dirlo! Lei è Len hanno una specie di fissa per questa faccenda di famiglia. Ma la mia famiglia sei tu, David. In ogni modo non ho capito perché tu e la mamma avete divorziato».

David fece una smorfia. Probabilmente era in gran parte colpa sua se le cose non avevano funzionato con Meredith. Lei gli rimproverava d'averla esclusa; era stanca del suo malumore, della sua introversione, persino dei suoi mal di testa, per i quali David non si preoccupava nemmeno di farsi visitare da un medico. Benché non gliel'avesse mai detto, David sapeva che probabilmente agognava quello stesso affetto sereno che lui condivideva con la figlia. Con Meredith – la bellissima, volubile Meredith – il rapporto, la comunicazione si erano sviluppati principalmente sul piano sessuale. Fuori dal letto non era stato capace di darle quello che lei reclamava: attenzione, devozione, intesa riguardo ai sentimenti più riposti. Il matrimonio era stato un errore, un suo errore. E Stacy era quella che aveva sofferto di più. «A volte gli adulti non hanno tutte le risposte, Stace. Ma voglio dirti una cosa. Tua madre ed io potremo anche essere divorziati, ma io e te non lo siamo affatto? L'hai capito?».

«Quindi, parlerai con la mamma e le dirai che non voglio diventare Stacy Lachman?».

Stacy Lachman. David si bloccò. Per un attimo non riuscì a respirare e meno che mai a parlare.

Stacy Lachman.

«David? Ci sei ancora?».

«Sì...». Sembrava un gracidio. Si schiarì la gola. «Sono qui, tesoro. Farò del mio meglio, okay? Stace, devo andare. Ora, fammi un piacere: va' a mangiare qualcosa».

David infilò il cellulare in tasca e corse ad attraversare la strada. Un terrore agghiacciante lo inondò in ogni sua fibra. Stacy Lachman era un nome che conosceva benissimo. Era uno dei nomi che era stato costretto ad annotare sul suo taccuino più e più volte.

Il cuore gli pulsava all'impazzata mentre correva verso l'ascensore. Stacy era l'unica cosa buona uscita dai sette anni del suo matrimonio con Meredith. Incredibilmente, loro due avevano legato fin dalla prima sera in cui si erano incontrati, quando Meredith l'aveva trascinato alla recita presso la scuola materna di Stacy. La frugoletta di tre anni gli arrivava a malapena alle ginocchia. Aveva sorriso quando Meredith gli aveva detto che la figlia era rimasta per ore davanti allo specchio in corridoio a recitarle un paio di battutine.

David era pronto a spellarsi le mani per applaudirla, ma prima del momento fatidico, Emily, l'amichetta di Stacy, dimenticò le sue battute, scoppiò in lacrime e abbandonò la scena.

Stacy aveva esitato solo un attimo prima di correrle dietro. Nella pausa, lui e Meredith l'avevano scovata dietro le quinte che stringeva la mano di Emily; entrambe le bambine cantavano: «Luccica, luccica, stellina», assieme alla mamma di Emily.

«Stacy, hai mandato a monte lo spettacolo!» l'aveva rimproverata Meredith un'ora dopo da Ben & Jerry. «Perché non sei rimasta lì a recitare le tue battute?».

«Emily stava piangendo», si giustificò tra una leccata e l'altra al cono gelato.

«Ma c'era sua madre...».

«Io ero più vicina», insistette Stacy con la sua vocina sicura.

Meredith l'aveva guardata esasperata, ma David l'aveva capita.

Aveva visto qualcosa di così puro negli occhi e nelle parole della bambina di tre anni che quasi non avrebbe saputo definirlo. Si era inginocchiato e le aveva stretto solennemente la mano. «Emily è fortunata ad avere un'amica come te, Stacy. Forse anche tu ed io possiamo diventare amici».

L'assistente di studio di Alex Dorset bussò leggermente alla porta dell'ipnoterapista per poi aprirla con una spintarella. David, sfiorandola, la oltrepassò per addentrarsi nell'ufficio illuminato dalla luce del giorno, con le pareti rivestite di carta da parati.

Alex Dorset stava scribacchiando seduto alla scrivania. Era un uomo di colore atticciato, affetto da calvizie incipiente, con dei baffoni da tricheco e grandi occhi, scuri e infossati. Il suo studio aveva un'aria sciatta e sapeva di detergente al limone. David contò quattro piattini traboccanti di cioccolatini di marca, tutti posizionati accanto a ogni sedia della stanza.

«Prego». Con la sua mano piccola e tozza, Dorset indicò a David una sedia reclinabile scura e imbottita di fronte alla sua scrivania. «Si sieda, professor Shepherd, e cerchi di rilassarsi. Mi sembra un po' provato».

«Voglio che mi ipnotizzi». David appoggiò i palmi sulla scrivania, la mascella tirata. «Adesso».

«Ho bisogno di farmi un'idea di fondo, quello che mi ha detto al telefono era un po' vago. Perché non inizia a parlarmi di quei mal di testa che mi ha menzionato?».

«Non m'importa un accidente dei mal di testa in questo momento». Frustrato, batté la mano sulla scrivania mentre la tensione iniziava a premergli sul collo. «Ho bisogno di sapere di quei dannati nomi».

Dorset sollevò i sopraccigli. «Deve calmarsi, se vuole che la ipnotizzi. La prego, si sieda e mi parli della sua ossessione».

David si costrinse a prendere posto sulla sedia e a rabberciare una versione sommaria di quello che aveva raccontato a Dillon. *Che cosa ha a che vedere Stacy con tutto questo? Perché il suo nuovo nome è finito sul mio taccuino?* Doveva scoprirlo a tutti i costi.

«Da quello che mi ha detto al telefono, intuisco che è una faccenda complicata». L'ipnoterapista fece battere la matita sullo scrittoio.

«Ci può scommettere che è complicata. Possiamo iniziare subito».

«Possiamo provarci».

David esalò un sospiro stentato e si sforzò di chiudere gli occhi mentre Dorset girò a fatica attorno alla scrivania per prendere posto sulla sedia accanto a lui. David, adagiato sulla sedia reclinabile, udì il clic del registratore. Dorset gli assicurò che si sarebbe risvegliato rinvigorito e memore di tutto ciò che avrebbe rivissuto sotto ipnosi. Diede istruzione a David di concentrarsi sulla sua voce.

Il tono dell'ipnoterapista era suadente, le sue parole avevano un timbro basso e profondo da annunciatore radiofonico.

«Facciamo il conto alla rovescia... cinque... quattro...».

Ben presto David si ritrovò immerso in una penombra cangiante. Si stava lasciando andare... superando la tensione che gli fremeva alle spalle... l'ansia... il pensiero cosciente.

Seguì la voce, rassicurante e monotona, fino a quell'inverno dei suoi tredici anni, sul tetto carico di neve della casa, alta e bellissima, dove Crispin Mueller procedeva svelto davanti al lui.

«Abby, la mia mano. Afferrala, Abby!».

«Abby sta bene, David», gli sussurrò Dorset. «Sei all'ospedale, ora. Ecco i medici. Riesci a vederli?».

«Vedo me stesso. Il mio petto è coperto di sangue. I medici sono chini su di me».

«Provi dolore?».

«No, non dolore, mi sembra di galleggiare. Ora Crispin è qui con me... i medici sono andati via. Che cos'è quella luce?».

«Cerca di scoprirlo. Va' verso la luce, David. Non corri alcun pericolo. Dimmi che cosa vedi».

Una luce, un bagliore invitante. Vedeva delle persone dentro la luce, delle forme, dei volti. Tantissimi. Lo chiamavano a gran voce, a braccia tese, dall'interno di quell'arcobaleno scintillante. Era ammaliato da quelle facce... diafane, tormentate, imploranti.

Le loro grida quasi offuscavano la luce, martellandogli nella testa, come il rombo di un tuono. I loro nomi. Stavano urlando i loro nomi. Udì centinaia, migliaia di nomi e poi ancora dal principio. Infine, all'unisono, quei visi straziati salmodiarono un'unica parola.

Zakhor.

All'improvviso la luce si spense.

Quando David riaprì gli occhi, la luce soffusa nello studio di Dorset pareva bruciargli il cranio.

Sembrava che gli si stesse spaccando la testa, il respiro gli usciva corto e rapido.

«Si sente bene, David?».

«Me lo dica lei, dottore». Si alzò tutto tremante.

Dorset gli tese un bicchier d'acqua. «E, allora, ricorda tutto quello che mi ha appena detto?».

«Ogni parola». Il viso di David era pallido. Stava passando un brutto quarto d'ora nel mettere ordine in quello che aveva rivissuto. A quel punto, piuttosto che risposte aveva un sacco di domande in più.

«Ricordavo d'essere stato attirato verso una luce sfolgorante, ma non ricordavo d'aver visto quelle facce. Di aver udito le loro grida». David aggrottò la fronte. «Chi sarà mai questo Zakhor?» si chiese quasi fra sé.

«Lo dicevano tutti. *Zakhor*».

L'altro lo fissò intento. «Forse dovrebbe verificarlo sul suo taccuino. E forse dovremmo fissare un altro appuntamento per la settimana prossima. È andato parecchio lontano per un primo tentativo. La prossima volta forse potremo indagare a un altro livello».

«Non può riportarmi indietro adesso? Devo scoprire il significato di quei benedetti nomi».

«Non posso farlo. Sarebbe controproducente. Vivere

esperienze del genere logora la psiche. Dia al suo subconscio il tempo di assorbire ciò che ha visto. Mi creda, è la cosa migliore».

David uscì dall'ufficio, il petto proteso per la preoccupazione. Digitò il numero di Dillon mentre attraversava la strada diretto alla macchina.

«Dillon. Il nome di Stacy è segnato sul mio taccuino. Non so il perché, non ne ho idea. Alcune di quelle persone sono morte, Dillon». Le parole gli sfuggirono per l'eccitazione. «E che cosa significa "Zakhor"? Mi hanno detto "Zakhor"».

«Chi te l'ha detto?».

«Quelle persone. Quelli all'estremità opposta del tunnel». David respirò a pieni polmoni. «Erano migliaia. Urlavano verso di me. I loro nomi. Poi tutti hanno detto "Zakhor"».

Silenzio all'altro capo della linea.

«Forse conosco qualcuno che può spiegartelo», propose alla fine Dillon. «Credo che dovresti consultare un rabbino, David. So che non provi simpatia per la religione», aggiunse rapido, prima che David potesse interromperlo. «E che non sei più entrato in una sinagoga dal tuo bar mitzvah. Però quelle voci ti hanno parlato in ebraico».

«Ebraico?». David si fermò di botto. «Zakhor è ebraico?».

«Significa "ricorda". Quelle persone che hai visto dentro la luce, nel tunnel. Vogliono che tu ricordi».

«Che ricordi che cosa?». David si grattò la testa e guardò di traverso verso il cielo.

La voce di Dillon gli arrivò bassa e pacata. «È ovvio, David. Vogliono che tu ricordi i loro nomi. E tu l'hai fatto».

Capitolo 6

«Sei tu il genio della metafisica», rispose David al cellulare, sfrecciando per la Diciottesima Strada. «Sei tu quello che deve spiegarmi che cosa significa».

«Quello posso farlo», rispose subito Dillon. «Ma il fatto che ti parlassero in ebraico mi dà l'idea che un rabbino potrebbe essere una guida migliore. La ragione per cui vogliono che tu ricordi dev'essere dentro di te, David, come i loro nomi. Un mio collega potrebbe aiutarti, ne sono convinto. Rabbi Eliezer Ben Moshe è uno stimato cabalista, un insegnante della tradizione mistica ebraica. Tu hai sperimentato un'esperienza mistica, David. Se tu avessi bisogno di un esorcismo», aggiunse, «questo sì che sarebbe più di mia competenza».

Cabala? Tutto ciò che David sapeva della Cabala era che qualche stella del cinema l'aveva fatta diventare un argomento alla moda, allacciandosi ai polsi cordoncini rossi e adottando un nome ebraico.

Come leggendogli nel pensiero, Dillon precisò: «No, non ti sto parlando della Cabala in versione Madonna. E, ah già, l'ho appena consultato. È molto interessato non solo al taccuino, ma anche alla gemma che conservi dall'epoca dell'incidente. Portali con te entrambi, quando andrai a trovarlo a Brooklyn. Nel frattempo, mi ha chiesto se puoi faxargli qualche pagina del taccuino in modo che possa studiarle prima del tuo arrivo».

David aggrottò la fronte svoltando a destra. Una ridda di pensieri gli affollava la mente mentre Dillon seguitava.

«Ben Moshe discende da un'antica schiatta di dotti rabbini che hanno fatto dello studio della Cabala e della rivelazione del mistero dell'universo la loro ragione di vita».

Dotti rabbini. L'espressione richiamò in lui vaghe

memorie dell'infanzia, la madre che gli narrava storie di un suo antenato. Reb Zalman di Kiev, un noto mistico. Si diceva che potesse insegnare nella stessa serata a gruppi di studenti di due città diverse, distanti quasi cinquecento chilometri. Aveva sempre creduto che la madre si fosse inventata tutto.

«Stai scherzando, vero?».

«David, esistono cose nella vita che non possiamo misurare in base a dati scientifici o empirici. Cerca di dimostrarmi un minimo di apertura mentale».

David trasse un profondo respiro. «Non ne sono convinto...».

«Hai un'idea migliore?» replicò Dillon.

David si sfregò la fronte. «Da che parte a Brooklyn?». Si chiese che cosa avrebbe pensato il preside Myer quando gli avrebbe riferito di avere un'emergenza fuori città.

CAPITOLO 7

UNA PIOGGERELLINA BATTENTE SFERZAVA il marciapiede quando David scese dal taxi sulla Avenue Z a Brooklyn. Si gettò la borsa da viaggio sulla spalla e corse verso i gradini di un indefinibile edificio di arenaria all'angolo. Dopo aver suonato al citofono, studiò l'elaborata *mezuzzah** argentea affissa al telaio della porta del B'nai Ysroel Center.

Un giovanotto magrolino in camicia bianca, pantaloni scuri e kippah nera lavorata a maglia, il tipico zucchetto ebraico, lo invitò ad entrare in quella che David immaginò fosse un tempo la stanza di un'abitazione privata. Lo stabile d'arenaria era stato ristrutturato in un accogliente intrico di uffici.

«Sono rabbi Tzvi Goldstein, l'assistente di rabbi Ben Moshe», si presentò il giovane, pilotando David attraverso il corridoio in un'aula scolastica, dove un'ampia lavagna verde si ergeva perpendicolarmente alle due lunghe pareti rivestite con scaffali stipati di libri. David ne sbirciò il dorso: erano tutti in ebraico. La stanza odorava gradevolmente di gesso, cuoio stagionato e cera per pavimenti.

«Ho esaminato le pagine del taccuino che lei ha inviato via fax al rabbino Ben Moshe». Rabbi Goldstein sorrideva e sembrava trattenere a stento l'eccitazione. «È molto ansioso di incontrarla».

Bene. Forse otterrò delle risposte, pensò David.

Ultimamente ogni volta che consultava il taccuino, si sentiva come attirato alla pagina che conteneva il nuovo nome di Stacy.

* Piccolo foglio di pergamena contenente i primi due brani dello *Shema*, appeso in segno di benvenuto. *(N.d.T.)*

Il che lo metteva a disagio, e in maniera crescente.

«Posso offrirle del tè, prima che informi il rabbino della sua visita?».

«No, grazie». David, non appena il giovane rabbino uscì, ficcò le mani in tasca e si spostò all'unica finestra della stanza, dove la pioggia tamburellava gocciolando a rivoletti sui vetri, offuscandogli la vista della strada sottostante. Il suo pensiero corse alle immagini dell'esplosione della petroliera iraniana che aveva visto alla tv dell'aeroporto mentre era in attesa di imbarcarsi. Ultimamente sembrava che trasmettessero solo cattive notizie.

Sobbalzò nell'udire la voce pacata che riecheggiò dietro di lui interrompendo il flusso dei suoi pensieri.

«Shalom, David. Prego, da questa parte. Possiamo parlare di sopra, nel mio studio».

David ebbe una punta di sorpresa. Si aspettava un accento yiddish, o magari russo, sennonché l'anziano rabbino davanti a lui tradiva una lieve inflessione del New England. La voce gemente ben si intonava alla corporatura esile. Rabbi Eliezer Ben Moshe era un omarino smilzo, dall'aspetto logoro e vetusto come i libri agli scaffali. Sfoggiava capelli folti e ingrigiti; una barba arricciata argentea gli incombeva sul petto come una nuvoletta. Mentre David lo seguiva sugli scalini coperti da un tappeto, notò la fragile conformazione del rabbino. La giacca del suo completo, nera come la pece, pareva di due misure più grande, come se il suo proprietario si fosse rimpicciolito dopo averla acquistata.

Ma i suoi occhi color nocciola, mentre osservava David prendere posto sulla sedia nel suo angusto studio, erano accesi dall'apprensione, dalla curiosità, dalla speranza.

Tanto per dare un taglio ai preliminari. David frugò nella sua borsa da viaggio e cavò il suo taccuino. Lo sguardo del rabbino s'illuminò quando appoggiò sulla scrivania il libretto d'appunti con la copertina di cuoio rosso. Nell'estrarre la gemma dalla tasca, David individuò le pagine che aveva faxato accanto al computer del rabbino. C'erano scritte sopra delle annotazioni a mano, ma non riusciva a leggerle.

Il rabbino tese la mano nodosa per afferrare la gemma che David, esitando solo per un attimo, gli depose nel palmo della mano.

Il rabbino Ben Moshe, impassibile e silenzioso, fissò l'agata liscia e screziata. Tratteneva il respiro mentre il suo esile petto sussultava.

«Niente sfaccettature», sussurrò.

David lo osservò muto mentre apriva velocemente un cassetto della scrivania per estrarre una lente d'ingrandimento, con la quale esaminò la pietra girandola e rigirandola da ogni angolatura.

Il fatto che la pietra, che aveva conservato sulla sua scrivania da quando aveva tredici anni, avesse un significato al di là di quello che gli era accaduto era la cosa che più lo lasciava perplesso. Ma il rabbino stava sfiorando con le dita i caratteri ebraici con un tale ossequio, con un tale timore reverenziale che David frenò la sua impazienza di avviare in tutta fretta la discussione sui nomi.

«Questa è un'antica pietra sacra». Il rabbino Ben Moshe sollevò lo sguardo per intercettare quello di David. «Vede com'è... liscia, arrotondata. L'agata è stata levigata eppure non brilla né riflette la luce. Questo perché l'hanno tagliata nello stile convesso noto come cabochon. Fino al Medioevo tutte le pietre erano trattate in questo modo».

David lanciò un'altra occhiata alla pietra azzurra opalescente che casualmente aveva conservato per tanti anni.

«Mi sta dicendo che risale al Medioevo?».

«Oh, no, è molto più antica. Risale a migliaia d'anni fa... al periodo biblico».

Periodo biblico. David era stupefatto. E incredulo. *Com'era riuscito Crispin Mueller a mettere le mani su una pietra biblica?*

«Mi hanno detto che possiede poteri magici». David si aspettava quasi che il rabbino reagisse con una risata.

Ma Ben Moshe annuì, sostenendo il suo sguardo. «Così è scritto».

Poi il rabbino serrò il palmo intorno alla pietra e mormorò una preghiera in ebraico.

«Lei è ebreo. Capisce la preghiera dello Shehehiyanu. Ho appena ringraziato Dio per avermi concesso di vivere abbastanza a lungo fino a questo momento».

Un brivido corse lungo la spina dorsale di David. *Ma di che cosa parla? Che ha di speciale questo momento? E che cosa ha a che vedere la pietra di Crispin con il nome di Stacy che ho annotato sul mio taccuino?*

Si sporse in avanti mentre il rabbino deponeva con cautela la pietra accanto al taccuino.

«Lei mi detto che è magica. Ma in che modo?».

«Appartiene a una serie di dodici pietre, molto speciale. Lei mi ha detto al telefono che non è religioso, David, ma do per scontato che lei sappia chi è Mosè».

David annuì. «Questo lo so».

«E suo fratello Aronne... il sommo sacerdote?».

«Ora non la seguo». David si chiese se non avesse commesso un errore nel presentarsi all'appuntamento. Sentiva di allontanarsi dalle risposte riguardo ai nomi, di essere sviato dalla gemmologia e dagli studi biblici. Mentre si dibatteva per trattenere l'impazienza, il suo sguardo tornò alla pietra. All'improvviso, si rese conto del motivo principale per cui l'aveva conservata: come una specie di memento per soffermarsi a riflettere. Si sforzò allora di mettere da parte le domande sul taccuino e di concentrarsi sulle parole del rabbino.

«Nel Libro dell'Esodo», seguitò Ben Moshe, «leggiamo che Aronne fu il primo dei sommi sacerdoti, la carica più alta tra gli ebrei, e che Dio raccomandò a Mosè di dotare il fratello di tre sacri paramenti: un pettorale, un *efod* e una tunica».

«Continuo a non seguirla, rabbino». David alzò le spalle. «Efod?».

«È il termine per designare il manto di lino indossato da Aronne nel corso dei sacri riti. Ma è il pettorale che ci interessa», aggiunse il rabbino. «Fu realizzato in base alle istruzioni che Dio stesso aveva dato a Mosè, cioè "lavorato a ricamo... di oro, di violaceo, di porpora, di scarlatto e di lino fine ritorto, di forma quadrata"».

Ben Moshe incontrò lo sguardo di David e riprese a

spiegare. «Secondo il Libro dell'Esodo, Aronne, ogni volta che accedeva al sito più riposto del Tempio per pregare Dio, era stato istruito ad indossare sopra il suo cuore questo "Pettorale del giudizio", che riportava i nomi dei Figli d'Israele... i nomi delle Dodici Tribù».

David si bloccò. *Nomi?*

«I nomi erano incisi su dodici pietre montate sull'oro e cucite al pettorale con un filo dorato».

All'improvviso David capì dove il rabbino andasse a parare. «Lei mi sta dicendo che questa gemma è una di quelle pietre?» domandò incredulo.

Il rabbino raccolse la pietra e fece il giro della scrivania. «Osservi la scritta».

«Non ricordo molto dell'ebraico».

Ben Moshe ignorò l'ammissione. Tese l'agata di fronte a David ed indicò ad uno ad uno i caratteri minuti, da destra a sinistra. «*Nun pey tav lamed yud*», lesse. «Cioè, *Naphtali*, una delle Dodici Tribù d'Israele».

La mente di David era su di giri. «Dunque, c'era una pietra per ogni tribù?».

«Esattamente. E ognuna era diversa. Quella di Naphtali era un'agata... la pietra di protezione che impedisce all'uomo di inciampare e di cadere...».

David esplose in una risata, forte e fragorosa. «Nel mio caso non ha funzionato», spiegò al rabbino. «Ecco come ho avuto questa pietra. La persona che l'aveva prima di me mi disse che era magica e che ci avrebbe impedito di cadere da un tetto ricoperto di neve. Ma non lo fece».

Il rabbino, senza il minimo imbarazzo, si limitò a fissare David con i suoi occhi castano chiari e a dirgli in tono pacato: «Più tardi, mi farà sapere qualcosa di più sulla persona che aveva la pietra. Per ora, posso solo dirle che non ne aveva compreso la natura. Questa pietra – esattamente come tutte le altre undici – ha uno scopo più ampio. Non era intesa a proteggere un singolo individuo, bensì i Figli d'Israele e il mondo intero. Le dodici pietre rappresentano la pietà che Dio nutre per i suoi figli».

Il rabbino trasse un lungo respiro. «Vi è una ragione per la quale lei si trova nel mio ufficio oggi, David. Non è un caso.

Non è un caso che lei sia in possesso dei nomi che si è appuntato sul suo taccuino, oltre che della pietra sacra». Gli occhi del rabbino si accesero d'ansia. «Posso vedere il taccuino?».

David fu inondato da una sensazione di irrealtà, mentre il rabbino raccoglieva il suo taccuino e lo apriva alla prima pagina.

Doveva trattarsi di una bizzarra coincidenza. Dopotutto, era venuto in possesso della pietra casualmente...

Il caso.

Lo stesso caso che l'aveva condotto ai nomi, arguì mentre si appoggiava sorpreso allo schienale.

La pietra e i nomi.

«Credo che questi nomi appartengano alle persone che lei mi ha riferito d'aver visto nella sua esperienza di premorte». Ben Moshe carezzò la barba riccia, la sua voce risuonava più cupa. David avvertì un brivido gelido lungo la schiena.

«Ma chi sono e perché i loro nomi continuano a ronzarmi nella testa?».

«Mi derida pure, David, ma le ricordo che anche una persona non religiosa può vivere un'esperienza mistica. Come lei. Quindi... vi è una risposta mistica alla sua domanda. Lei non è stato il primo a scrivere quei nomi in un libro. E non si tratta di nomi a casaccio... sono nomi speciali. Molto speciali».

David si preparò ad ogni futura evenienza.

In un'altra zona di Brooklyn, al terzo piano di uno stabile senza ascensore, sopra la bottega del caffè Java Juice, un uomo con indosso una T-shirt Eminem e un berretto da baseball degli Yankees con la visiera a rovescio abbassò il volume delle cuffie. Aveva sentito abbastanza.

Alzò la cornetta del telefono di sicurezza, schiacciò il tasto redial, mentre intorno a lui friggevano gli schermi e i monitor avanzatissimi della centrale di trasmissioni. Un vero paradiso per un patito di informatica. Dal centro della console a ferro di cavallo, era in grado di intercettare conversazioni in tre continenti, osservando in tempo reale la storia in divenire, mentre i drogati di caffeina, due piani sotto di lui, facevano la fila come tante pecorelle in attesa di ingurgitare tazze di melma aromatizzata.

«Che succede?» sbraitò al telefono l'omaccione biondo sul retro del furgone di panetteria parcheggiato sulla Avenue Z. James Gillis era irrequieto, con il culone in fiamme a furia di restarsene lì seduto in attesa. Era la sua prima opportunità come Angelo Oscuro d'élite ed era ansioso di mostrare il suo valore.

«Dannazione, Sanjay, quanto tempo ancora ti aspetti che rimaniamo qui? Shepherd è entrato da una quarantina di minuti».

«Tieniti strette le palle, bestione. Ecco le istruzioni. Shepherd ha portato con sé il taccuino e la gemma. Prendili entrambi. E dopo che li hai eliminati tutti, trova quella dannata cassaforte. Abbiamo bisogno d'impadronirci di tutto quello che il vecchio giudeo ci ha cacciato dentro».

«*No problemo*». Gillis fissò Enrique, il fabbro portoricano con la cintura degli attrezzi e la Glock nella fondina ascellare sotto la giacca sportiva di Armani. Enrique era seduto accanto a lui sulla sedia del capocameriere a fissare la pioggia che batteva sul finestrino del furgone. Era sempre freddo, paziente e impassibile, come un killer della mafia.

«In tal caso», disse alzando il volume e tornando ad occuparsi della conversazione in atto nell'edificio di arenaria, «via libera, Angeli Oscuri. Vi hanno accordato il permesso di volo».

Capitolo 8

«Quei nomi che lei si è annotato...». Il rabbino avvicinò la mano alle pagine accanto al computer, le stesse che David gli aveva inviato via fax. «... corrispondono ad altrettanti nomi registrati in antichi papiri scoperti in Medio Oriente».

David si sentì come se gli stesse crollando il pavimento sotto la sedia.

«Impossibile!».

«La conferma mi è giunta solo stamattina. Mi dia retta, prima di chiudersi a riccio», lo rimproverò Ben Moshe. «Questi nomi e tutti quelli contenuti nel suo taccuino furono scritti per la prima volta migliaia di anni fa... da Adamo in persona».

Prima che David potesse replicare, il rabbino alzò una mano. «Secondo la Cabala, Adamo ricopiò dal divino Libro dei Nomi gli appellativi degli uccelli, delle fiere e di ogni altra creatura vivente a beneficio di se stesso e dei figli. Questi, a loro volta, tramandarono le loro copie ai discendenti, finché alla fine il Libro non arrivò a Mosè».

David balzò sulla sedia, incapace di trattenere oltre la sua incredulità.

«Rabbino, con il dovuto rispetto, mi riesce impossibile credere che Adamo nel giardino dell'Eden conoscesse il nome della mia figliastra». Prese il taccuino davanti a sé e iniziò a leggere ad alta voce dei nomi a caso. «O quelli di Shen Jianchao, Noelania Trias o Beverly Panagoupolos». David lasciò cadere il libretto sulla scrivania. «Non riesco a crederle».

Ben Moshe rimase imperturbabile. «Non mi aspetto che lei capisca tutto e subito. Lo studio della Cabala è un viaggio che dura tutta la vita. Occorrono una mente matura e diversi anni per portare alla luce le stratificazioni mistiche della Torah. Nei secoli scorsi tali segreti erano ristretti ai rabbini e trasmessi solo ai discepoli più devoti. Ma, David, io ho dedicato sessant'anni della mia vita a questi studi e so, così come conosco il mio nome, quello che sto per dirle».

David all'improvviso ebbe una fugace visione della madre che gli raccontava del suo bisnonno, il mistico Reb Zalman. «La ascolto».

Ben Moshe annuì. «Ora, mi segua attentamente, la copia del Libro dei Nomi appartenuta a Mosè gli fu trasmessa tramite Isacco, uno dei due figli di Abramo, e rimase custodita per diversi anni nella volta del Tempio di Gerusalemme. Ma, quando i romani lo distrussero nel 70 a.C., depredandone il tesoro per poi portarlo a Roma, il Libro dei Nomi sparì unitamente al pettorale del sommo sacerdote. E con il pettorale», soggiunse il rabbino in un soffio, «sparirono anche le pietre delle Dodici Tribù di Israele».

David, con il cervello annebbiato dalle domande che lo assillavano, fissò la pietra sulla scrivania. Riuscì però a trattenersi per ascoltare la voce bassa e stridula del rabbino.

«Le copie appartenute al secondo figlio di Abramo – Ismaele, il fratellastro di Isacco – passarono ai figli generati dalle sue concubine e andarono perdute tra le sabbie del deserto. Tuttavia, recentemente, gli archeologi ne hanno scoperti dei frammenti in Egitto e in altre località del Medio Oriente; probabilmente si tratta di copie degli originali di Ismaele. Sono questi gli esperti che ho contattato per raffrontare le sue pagine con i frammenti custoditi in Israele».

David stentava ad accettare l'apparente assurdità della teoria del rabbino. «Hanno trovato più di una copia del Libro di Adamo?».

«Noi crediamo di sì. Sono stati scoperti rotoli in aramaico, copto ed ebraico...».

«Avrei creduto che ne esistessero copie solo in ebraico».

«No», Ben Moshe scosse la testa. «Dal momento che Ismaele era il figlio che Abramo aveva avuto dalla schiava

Agar, le copie dei suoi discendenti furono vergate negli antichi idiomi arabici. E benché siano stati rinvenuti passi identici in diversi papiri, nessuno è ancora riuscito a ricostruire un testo completo. Tuttavia», ammise con gli occhi lucidi, «alcuni di noi hanno la sensazione che siamo vicini».

David si sporse in avanti. «Quindi sono in atto degli scavi?».

«Oh, sì», la voce del rabbino si fece più acuta. «Sfortunatamente, non siamo i soli a cercare i frammenti mancanti. Altri si stanno affrettando per ricostruire l'intero manoscritto in maniera tale da tradurre tutti i nomi per primi... sono individui malvagi, David. Nemici di Dio».

Perplesso, David si passò una mano tra i capelli, mentre la pioggia iniziava a tamburellare con maggiore intensità sui vetri della finestra. «Chi?».

«Gli Gnoseos».

David non batté ciglio. Rabbi Ben Moshe fece il giro della scrivania giungendo le mani sul petto. Il suo viso sembrava più torvo di quanto David avesse notato fino a quel momento.

«Gli Gnoseos sono una società segreta derivata da un'antica setta religiosa: gli gnostici».

David lo fissò. «Antica quanto?».

«Precristiana. Gli Gnoseos sono uno dei pochi resti dello gnosticismo ancora esistenti, un gruppo ancor più vitale e segreto di quanto non fosse qualche secolo fa».

David aveva sentito parlare dello gnosticismo. Ricordava che era stato Dillon, tra una ciambella al formaggio fresco e l'altra, a menzionarglielo nel corso di una discussione sulle radici della religione.

«Sono edonisti, vero?». David frugò nella memoria tra il fragore di un tuono. «Credono che l'umanità sia imprigionata in un corpo materiale malefico, giusto?».

«Sì. E che ogni anima possieda la capacità di attingere a un sapere innato – come se fosse una scala – per elevarsi spiritualmente tanto da liberarsi del corpo fisico».

«E a che pro?... Per raggiungere il cielo?».

«Non esattamente, David», sospirò Ben Moshe. «La radice del loro nome è *gnosis*, "conoscenza" in greco. Gli Gnoseos credono che acquisendo determinate conoscenze potranno sconfiggere Dio. Ed è esattamente questo il loro fine».

David aveva una decina di domande da porre, ma prima ancora che potesse pronunciare la prima, bussarono alla porta; la testa di rabbi Goldstein fece capolino dall'uscio socchiuso.

«Mi scusi, rabbino. Yael HarPaz è arrivata».

«Bene, bene. Falla salire, Tzvi». Ben Moshe tornò alla sua sedia. «Spero non le dispiaccia, David. Ho invitato un'esperta di antichità, una brillante archeologa israeliana di Safed. È arrivata da Israele stamattina».

«Veda, rabbino». David alzò entrambe le mani. «Si sta facendo tutto più complicato. Non vorrei che si uscisse dal seminato. Il nome della mia figliastra è sul taccuino, sono preoccupato. Se ne conosce la ragione... per favore, venga al dunque e mi dica perché tanti morti vogliono che ricordi il loro nome».

«Ci stiamo arrivando, David. La prego, abbia pazienza. Lei deve iniziare a rendersi conto che è parte di qualcosa di molto più grande di quanto lei possa immaginare. So che lei ha un dottorato in scienze politiche e che è un'autorità nel suo campo. Le assicuro che lo sono anch'io nel mio. Come lo è Yael HarPaz nel suo».

Prima che David potesse replicare, una donna apparve sulla soglia. Alta e snella, indossava una lunga gonna nera velata, soprabito color avorio, con giacchino di seta abbinato. Entrò decisa nella stanza trasportando un borsone di cuoio rossastro. David rimase colpito dagli zigomi esotici e dalla bocca generosa, tinta in una leggerissima sfumatura di rosa. Dedusse che doveva avere una trentina d'anni; dall'aspetto – i capelli ramati raccolti nello chignon allentato e la pelle bronzea – la si sarebbe detta una sabra, ossia una nativa d'Israele.

«Yael HarPaz, questi è David Shepherd, l'uomo di cui le ho parlato».

La donna fulminò David guardandolo direttamente negli occhi, come se volesse studiarlo; poi posò a terra il borsone e gli strinse la mano facendo tintinnare il braccialetto d'argento. «Shalom».

La voce di Yael, dal profondo accento ebraico, era limpida e attraente come il resto della sua persona.

«Ne ha fatta di strada per causa mia. Anche se non ne capisco il motivo».

«Sono venuta per la pietra. L'ha portata?».

David rimase sorpreso dal tono autoritario. Si prese una pausa prima di voltarsi verso la scrivania, afferrare la pietra e studiarla. «Dunque anche lei crede che appartenga al pettorale del sommo sacerdote?».

«Posso?» gli occhi verde scuro di Yael scintillavano mentre gli toglieva la pietra dalle mani. Prima che David potesse aprire bocca, la donna incominciò a rigirarsela fra le dita come aveva fatto il rabbino.

«Naphtali», disse con una punta d'entusiasmo nella voce.

Il rabbino sorrise.

«D'accordo». David trattenne il respiro. «Ammettiamo, così tanto per parlare, che questa sia una delle pietre del pettorale. E le altre? Dove sono finite?».

«Ne custodiamo altre quattro a Gerusalemme», lo informò Yael. Poi fissò il rabbino in attesa che riprendesse la parola.

«Ne ho un'altra qui con me», proseguì quest'ultimo rivolto a David. «La pietra della tribù di Levi, un'ambra».

Con calma, così come si era espresso, si spostò verso la libreria e rimosse i volumi che mascheravano la cassaforte. «Questa è stata scoperta in una sinagoga sefardita di Detroit. Un ebreo tunisino l'aveva acquistata in un mercato all'aperto del Cairo settant'anni fa senza avere la minima idea di che cosa fosse. Il figlio, emigrato negli Stati Uniti, un mese fa l'ha mostrata al suo rabbino, che mi ha subito contattato».

Ben Moshe estrasse la sua bisaccia consunta e ne frugò l'interno per cavarne una sacchetta di velluto stretta da un cordoncino, dalla quale prelevò una pietra delle identiche dimensioni dell'agata di David. Quando le dispose l'una accanto all'altra, David di colpo trattenne il respiro. Non solo l'agata e l'ambra erano delle stesse dimensioni, ma erano identiche pure nel taglio. Anche le scritte in ebraico erano indiscutibilmente della stessa mano.

Stava accadendo tutto troppo in fretta. Le pietre, i nomi, le scritte sulle pietre, Crispin, Stacy, il suo taccuino. Cercò di mettere ordine nei pensieri, mentre il rabbino ricominciò a parlare.

«Avevo intenzione di portare l'ambra in Israele la settimana prossima, ma la sua visita mi ha risparmiato un viaggio improrogabile. È assolutamente necessario che queste due pietre vengano portate al sicuro a Gerusalemme, prima che subiscano danni. Yael?».

Mentre Ben Moshe raccoglieva entrambe le gemme per porgerle all'archeologa, gli scivolarono dalle dita artritiche per cadere sul pavimento e rotolare sotto la scrivania. David si inginocchiò per recuperarle.

Ma là sotto vide qualcosa che di colpo lo bloccò.

«Che diavolo!?». C'era una minuscola cimice argentata attaccata al fondo della scrivania.

«Sta registrando la nostra conversazione?» chiese con una sfumatura di rabbia nella voce. Dopo aver raccolto le gemme si alzò in piedi.

L'inquietudine balenò sul volto di Yael.

Il rabbino si affrettò a rispondere. «Ma di cosa sta parlando?».

Nel momento stesso in cui il rabbino finì di pronunciare la domanda, Yael s'inginocchiò per sbirciare sotto la scrivania. Strappò la cimice dal legno, impallidendo sotto l'abbronzatura.

«Sanno tutto», disse lei incrociando lo sguardo orripilato del rabbino.

«Svelti!». Ben Moshe serrò il cordoncino della sacchetta con mano tremante. «Prendetele e andate...».

Proprio in quel momento un rumore assordante rimbombò al piano sottostante. Per un attimo David pensò si trattasse dello scappamento di un'auto, ma poco dopo udirono un grido.

«Rabbino, presto. Esca!». La voce di rabbi Goldstein gorgogliò dal piano nobile. Poi una gragnola di colpi seguita da urla riecheggiò in tutto lo stabile.

«David, nasconda le pietre». Ben Moshe spinse il sacchetto nelle mani di Yael mentre sulle scale risuonava un calpestio di passi pesanti. «La scala antincendio! Presto! Prendete tutto... vi spiegherò dopo, a Dio piacendo... ma dovete andarvene, *adesso*».

Il rabbino corse a chiudere a chiave la porta, mentre David infilò le pietre nella tasca dei pantaloni. Lanciò il taccuino nella sua borsa da viaggio per poi gettarsela a tracolla. Yael stava alzando la finestra a ghigliottina.

«Prima lei». David afferrò il braccio del rabbino tirandolo verso la scala antincendio, ma l'anziano si liberò dalla stretta.

«No, David, prima lei. Adesso». Il tono di Ben Moshe era calmo. «Yael, portalo a Safed. *Lui conosce i nomi*. Lui sa i nomi dei Lamed Vovnik».

La donna stava già per saltare a cavalcioni sul davanzale. «Si sbrighi», ordinò a David.

«Vada!». Ben Moshe lo respinse mentre gli intrusi già iniziavano a battere contro la porta.

David, investito da una scarica di adrenalina, chinò la testa e salì sulla scala antincendio. La pioggia gli sferzò il viso. Yael era già a mezza strada verso la via sottostante, eppure lui ancora esitava tendendo la mano verso il rabbino. Ma proprio mentre Ben Moshe si divincolava per issarsi sul davanzale, sfondarono la porta e risuonarono degli spari. Con un borbottio, il rabbino iniziò a barcollare, gocce purpuree di sangue presero a stillargli dalla barba scendendo sulla mano di David.

«Corra, David!» gridò Yael mentre quest'ultimo, sconvolto dall'orrore in ogni sua fibra, si precipitava sulla scala verso la strada sottostante, quasi scivolando sul metallo bagnato. Per un attimo, levò lo sguardo verso l'alto per scorgere un omaccione che a calci spingeva da parte il corpo esanime del rabbino per poi prendere la mira.

David evitò il proiettile che con un suono secco scheggiò il mattone al suo fianco. Come un fulmine riprese a correre dietro a Yael mentre crepitava un altro colpo e l'omone biondo si precipitava sulla scala.

Corsero sotto la pioggia scrosciante e svoltarono l'angolo, Yael quasi andò a sbattere contro una donna che annaspava in strada con l'ombrello e il sacchetto della spesa.

«Stia attenta!» gridò la donna, ma Yael non aveva il fiato per risponderle. David la seguì mentre si catapultava tra due edifici, per poi raggiungerla mentre, assordata dai clacson, attraversava di corsa la strada evitando il traffico. All'improvviso un proiettile attinse la ruota posteriore di un furgone della UPS, che sbandò verso David.

Quest'ultimo si lanciò in avanti per poi atterrare scompostamente su un fianco contro il marciapiede. Yael lo afferrò per un braccio mentre David cercava goffamente di rimettersi in piedi. Il biondo correva a rotta di collo verso di loro, pistola alla mano, mentre i passanti si diradavano.

«Da questa parte!». David la trascinò verso un autobus che stava scaricando passeggeri una decina di metri più avanti. Corsero a razzo tra pile di sacchi d'immondizia facendosi largo fino ai gradini, tra gli altri viaggiatori in attesa. David, dal finestrino grondante di pioggia, colse di sfuggita il biondo che si precipitava dietro l'autobus.

La portiera si chiuse con un sibilo. Il biondo prese la mira.

«Tutti a terra! C'è un maniaco con una pistola là fuori!» gridò David. Un'anziana signora prese a strepitare.

«Caspita! Si muova, e subito!» urlò all'autista.

Gli altri passeggeri si voltarono a guardare fuori dal finestrino.

«Cazzo!» berciò un ragazzo di colore con le cuffie di un iPod. «Via, via!».

Imprecando e manovrando lo sterzo l'autista si insinuò nel traffico. Un proiettile fischiò in coda all'autobus mentre si staccava rumorosamente dal marciapiede sollevando alti spruzzi sulla sua scia. I giganteschi tergicristalli faticavano a tenere il ritmo del torrente d'acqua che stava inondando la città.

«Chiami il dirigente del traffico», ordinò Yael, ansante, all'autista. David notò le lacrime che le scendevano dal viso. «Gli dica di mandare un'ambulanza al B'nai Ysroel Center in Avenue Z. Un uomo è stato ferito».

Fissò David, ma entrambi rimasero in silenzio mentre l'autobus rombava in mezzo al traffico. Tutti e due sapevano che era troppo tardi. Rabbi Ben Moshe era morto.

Stordito, David si chiese se fosse altrettanto pallido e scosso della sua compagna. Il cuore gli batteva ancora nel petto. Non riusciva a venire a capo dell'accaduto.
Strinse la mano sulla borsa da viaggio umida di pioggia e, contemporaneamente, controllò il portafoglio con l'altra.

Le pietre erano ancora lì. E il nome di Stacy era ancora sul suo taccuino.

«Ha svuotato quella maledetta cassaforte! Si sono portati via tutto!» urlò Enrique mentre Gillis si precipitava nella stanza dalla scala antincendio per poi fissare la cavità vuota, spalancata sotto lo scaffale.

Merda. Già udivano l'ululato delle sirene. Non c'era più tempo.

«Il taccuino è sparito? E le pietre?».

«Shepherd e l'israeliana devono averli portati via entrambi». Enrique aveva già rivoltato la scrivania vuotando il contenuto dei cassetti sul pavimento. All'improvviso scorse la pila delle pagine faxate accanto al computer. Il nome di David Shepherd e il suo numero di fax erano annotati in cima a uno dei fogli. Li afferrò.

«Ehi, ma che cosa vuoi farne?».

Cacciò a forza i fogli nelle mani di Gillis, che si calmò nel vedere la lista dei nomi.

«Abbiamo qualcosa, Sanjay», latrò al microfono della cuffia del suo cellulare. «Le pagine del taccuino che Shepherd ha inviato per fax. Le stiamo portando via con il computer».

«Non sono ancora arrivati i poliziotti?» chiese Sanjay. La sua voce non suonava più monotona o annoiata. Sembrava agitata. «Filate».

Contemporaneamente, Enrique sollevò il computer strappando i fili dalla ciabatta sul pavimento. Poi corse a tempo di record verso le scale. Gillis si attardò solo per fare man bassa della pila dei cd nel contenitore sulla scrivania e per cavare l'accendino dalla tasca. Osservò la fiamma per una frazione di secondo poi, pregustando il mondo futuro prossimo a venire, lo gettò sui fogli affastellati alla rinfusa sul pavimento.

Scese due gradini alla volta, mentre l'ululato delle sirene si faceva sempre più vicino.

Quando le macchine della polizia a sirene spiegate si arrestarono davanti al marciapiede, il furgone bianco di panetteria era già a mezzo isolato di distanza, una chiazza pallida e insignificante sotto la pioggia martellante.

Sanjay stava già inviando via e-mail il suo rapportino in codice al quartier generale in Sicilia, dove Edoardo Di Stefano, chino al computer, lo leggeva attentamente parola per parola.

Capitolo 9

Meredith, le spalle irrigidite, si sporse dai posti di gradinata a guardare Stacy che, sulla linea del tiro libero, si asciugava il sudore dalla fronte facendo rimbalzare due volte la palla.

Dai, bambina, pensò. *Buttala dentro.*

Stacy diede un'occhiata furtiva al canestro, poi lanciò la palla a parabola verso il tabellone, come se fosse la cosa più naturale del mondo. Per un momento il silenzio aleggiò sulla palestra gremita della scuola. Persino Meredith trattenne il respiro mentre la palla descriveva un arco nell'aria; poi, quando entrò nel canestro con un sibilo, esplosero gli applausi.

Stacy, sorridente, si volse a dare il cinque alle compagne. Mancavano solo pochi secondi al termine della partita; non bastavano alle avversarie per andare a canestro.

«È mia figlia!» strillò Meredith dalle gradinate mentre squillava il cicalino. Tempo scaduto. Stacy era già in fila con le compagne a stringere la mano alle avversarie.

Guardando l'orologio, Meredith passò in rassegna le sue opzioni. La gara era finita presto. Len non l'avrebbe chiamata da Stoccolma prima di un'ora. C'era tempo sufficiente per fare un salto al ristorante cinese prima di rincasare.

«Vado a prendere la macchina, dolcezza».

«Okay, mamma, ma farò in fretta... ho una fame da lupi».

«Perché non passiamo dal China Palace? È appena dietro l'isolato», gridò Meredith attraversando il campo diretta all'uscita.

Stacy corse allo spogliatoio. Era una sensazione magnifica liberarsi della casacca madida di sudore e tuffarsi sotto la doccia. Non si disturbò nemmeno ad asciugarsi i capelli dopo averli lavati, si limitò a raccoglierli nell'umida coda di cavallo; poi prese i jeans e la T-shirt rosa che David le aveva regalato l'estate prima in occasione della sua visita al D.C. Quello stesso giorno, le aveva comprato anche uno di quei braccialetti gialli con un messaggio stampato; lo indossava tutti i giorni come memento: «Mira in alto».

Mentre si vestiva, pensò che era diventata un'ottima giocatrice di basket proprio grazie a David. Era stato lui a trasmetterle i primi rudimenti del tiro a canestro nel vialetto di casa, quando aveva appena cinque anni; all'epoca riusciva a malapena a stringere il pallone tra le mani. Poi, all'età di otto anni, le aveva insegnato a palleggiare; si allenavano tutte le sere mentre la mamma preparava la cena. Stacy sorrise al ricordo di David che urlava alla madre di venirla ad applaudire ogni volta che lo batteva. Naturalmente, con il senno di poi, si rendeva conto che diverse volte lui l'aveva lasciata vincere.

Adorava il modo in cui correvano a caricare la lavastoviglie dopo cena, perché così avrebbe avuto il tempo di provare un centinaio di tiri liberi prima del crepuscolo.

Poi, quand'era troppo buio per vedere la rete, sudati com'erano, sedevano sotto il patio accanto alla mamma a rinfrescarsi con delle enormi scodelle piene di banane e di gelato, e ad osservare lo spuntare delle prime stelle. David l'aveva battezzato il «momento dello scintillio».

Correndo verso la porta, Stacy si gettò sulle spalle la borsa sportiva cercando di scacciare i ricordi. *Fattene una ragione. Ora è Len il tuo patrigno. E non è tipo da basket e gelati, lui.*

Len era tipo da squash e latte di soia.

All'improvviso mentre spingeva la doppia porta, si sentì tremare la terra sotto i piedi. Le ragazze urlarono all'unisono.

Oddio, un'altra scossa di assestamento. Il giorno prima si era svegliata alle vibrazioni di una scossa tellurica di grado 3.6, che aveva fatto tremare il letto. Si era poi scoperto che non era niente di cui preoccuparsi; fortunatamente, solo una lieve oscillazione.

Si era ormai abituata ai terremoti, buon per lei. Agli inizi, quando Stacy e la madre si erano appena trasferite a Santa Monica, le batteva forte il cuore al minimo tremito. A quel punto, però, era diventata quasi una vera californiana: non ci faceva più caso.

Ma ultimamente erano accaduti talmente tanti disastri in tutto il mondo che iniziò a preoccuparsi che potesse verificarsi anche un grande terremoto. Tutti dicevano che era solo questione di tempo prima che il Big One devastasse la West Coast. C'era da aver paura solo a pensarci.

Paura... come per il cecchino di Toronto. Quante persone aveva già ammazzato? Proprio quella mattina la madre, nauseata, aveva spento il televisore, sbottando che non sarebbe riuscita più a sopportare una sola notizia riguardo alle disgrazie che si susseguivano in tutto il mondo.

Ma Stacy continuava a preoccuparsi.

Solo per un giorno, prova a ignorare le cattive notizie come fa la mamma, raccomandò a se stessa, affrettandosi verso la macchina sotto il sole del pomeriggio inoltrato. *Cerca di pensare a un bel polletto adagiato su un letto di lattuga. Alla salsa piccante con una punta d'agro. Al gelato allo zenzero.*

Era talmente assorta nei suoi pensieri che non si avvide nemmeno del tipo che leggeva oziosamente il giornale nella Dodge Caravan di fronte al parcheggio. Non l'aveva notato neppure negli ultimi posti delle gradinate.

Salì sulla Explorer e agganciò la cintura, mentre lo stomaco le brontolava dalla fame.

«Ho bisogno di cibo!». Infilò un cd di Alicia Keys nel lettore e alzò il volume, mentre Meredith ingranava la marcia del SUV.

Stacy Lachman era una ragazza carina, pensò Raoul LaDouceur. Peccato stesse andando incontro a un destino sinistro.

Piegò il giornale lasciandolo cadere sul pavimento della vettura. Uscì dal parcheggio, tenendosi alla distanza di tre automobili rispetto all'Explorer di Meredith Lachman. La donna era altrettanto ignara del pericolo della figlia. Le seguiva da due giorni, registrando minuziosamente i loro spostamenti e prendendosela comoda nello studiare i loro itinerari per le strade di Santa Monica. E pensare che quelle due non sospettavano di nulla!

La parte sgradevole dell'incarico era quell'accidente di smog. Era peggio dell'infiammazione alla gola che aveva rimediato in Grecia, per via di quei fottuti ulivi.

Avrebbe dovuto ricordarsi di passare da Walgreens per un altro inalatore quella sera, prima di esaurire quello che stava usando. Invariabilmente portava sempre con sé una ricetta valida, assieme alle armi da fuoco, ai maglioni a coste e a un cellulare satellitare.

Quando l'Explorer si fermò al parcheggio del China Palace, Raoul lo imitò posteggiando a breve distanza.

In preda al respiro affannoso, aspirò una boccata dall'inalatore mentre osservava le Lachman dirigersi verso il locale.

Aveva ricevuto istruzioni generiche: doveva sembrare un incidente o un rapimento. Un rapimento sarebbe stato più pulito, aveva deciso. Quindi Stacy Lachman stava per sparire nel nulla. Allo stesso modo in cui era sparita la sua vittima designata nella Sierra Leone, quattro mesi prima. Stavolta avrebbe abbandonato il cadavere nella Valle della Morte strada facendo verso Las Vegas. Sarebbero passati dei mesi prima che qualcuno trovasse le ossa.

Scoprì di avere fame solo quando il suo stomaco protestò. Scese dalla macchina e si avviò a passo tranquillo verso il ristorante rosso e nero, malamente illuminato.

Le Lachman non si voltarono neppure quando s'infilò in un séparé in diagonale rispetto al loro. Ordinò il cibo, poi guardò la ragazza, così abile con i bastoncini. Raoul sorrise nel mescolare due zollette di zucchero nel suo tè oolong.

Pappati tutto, Stacy Lachman. Domani morirai.

A meno che prima questo fottuto smog non riesca a stroncarmi.

CAPITOLO 10

«CHIUDA LA PORTA A CHIAVE», ordinò Yael mentre David la seguiva nella stanza 736 del Riverside Tower Hotel. Fece cadere con un tonfo il suo borsone e la sacca del rabbino sulla scrivania accanto alla finestra ed estrasse il cellulare.

«Devo fare una telefonata...».

David le strappò il BlackBerry dalla mano. «Per prima cosa mi deve dire chi sono quelli da cui stiamo scappando».

«Avremo un sacco di tempo per le spiegazioni, dopo che avrò telefonato. Me lo ridia!». La voce di lei era fredda, gli occhi verdi ancor più freddi.

«Chi era quello? Gli Gnoseos?».

Yael aggrottò la fronte. «Il loro squadrone della morte. Li chiamano Angeli Oscuri. La prego... ho un contatto qui e se mi lascia telefonare, lei ed io potremmo anche uscire vivi dal paese».

«Uscire dal paese? E come? Non ho nemmeno il passaporto».

«Quello è il più piccolo dei suoi problemi. Ora mi ridia il cellulare».

Glielo strappò di mano e David si girò di spalle. Gettò la sua borsa da viaggio umida di pioggia nella rastrelliera portabagagli e si guardò allo specchio del cassettone. Aveva i capelli come incollati alla testa e la pelle dall'aspetto livido, malaticcio. Forse per via dello shock. Nessuna meraviglia. Nella sua testa continuava a vedere e rivedere l'immagine di Ben Moshe accasciato di traverso sulla scala antincendio.

Lui e Yael erano scesi alla fermata successiva. In qualche modo erano riusciti a chiamare un taxi sotto la pioggia battente per poi dirigersi verso il fiume Hudson; David era silenzioso, fradicio e in preda ai brividi, ovviamente per qualcosa di più preoccupante del temporale.

Chissà se erano al sicuro. E il bestione biondastro? Cercava le gemme o il taccuino?

Ben Moshe gli aveva detto che erano a caccia dei nomi.

E uno dei nomi era quello di Stacy.

David estrasse il telefonino e, frustrato, rimase in ascolto dopo che il cellulare di Stacy squillò quattro volte per poi indirizzarlo alla segreteria.

«Ciao, Mezzacartuccia», cercò di darsi un tono naturale, ma la sua voce aveva un che di forzato. «Chiamami appena ricevi il messaggio, okay? Volevo solo sapere come te la passi».

Poi provò a contattare Meredith ed imprecò ad alta voce nell'udire il suo messaggio registrato.

«Chiamami, Mere, è urgente. Devo parlarti di Stacy. Subito».

Non che sapesse che cosa le avrebbe detto quando l'avrebbe richiamato. Come si fa a dire a qualcuno che sua figlia potrebbe essere sulla lista di nera di un gruppo di assassini? Aveva bisogno di ottenere ancora qualche risposta da Yael HarPaz, prima che Meredith o Stacy lo richiamassero.

Avvicinandosi alla finestra, aprì la sacca del rabbino. E mentre Yael sbraitava a raffica in ebraico alle sue spalle, ne sbirciò il contenuto: un libro di preghiere, un raccoglitore, una medaglietta di bronzo con inciso il numero 8.

David la guardò da vicino. No, non era un 8… ma una coppia di serpenti attorcigliati.

Notò due carte plastificate sul fondo. Ne raccolse una e prese a fissare il suo strano e intricato disegno. *Che cos'è questo?*

Era un diagramma. Dieci cerchietti diversamente colorati, uniti da linee che s'intersecavano. Gli ricordavano la formula di una molecola che aveva notato su una rivista di medicina. O qualcosa che aveva costruito da ragazzo con il meccano.

Non appena udì Yael terminare la telefonata, lasciò ricadere il diagramma nella sacca e si voltò per guardarla in viso.

«A questo punto, vorrei avere una spiegazione».

La donna rispose con freddezza. «Da dove vuole che inizi?».

«I nomi sul mio taccuino. Perché sono scritti anche sugli antichi papiri di cui mi ha parlato il rabbino?». Le parole gli sgorgavano di bocca suo malgrado. «A chi appartengono? E che cos'hanno in comune?».

«Sono le persone grazie alle quali il mondo continua ad esistere. Individui rari e speciali. Gli Gnoseos li stanno sistematicamente assassinando».

Un terrore freddo lo invase. I nomi che aveva cercato su Google... aveva ragione. Tutti quegli incidenti, non erano davvero incidenti.

Stacy.

Dio mio, dov'era finita?

«Il nome della mia figliastra è sul taccuino». La sua voce s'incrinò. «Le mi sta dicendo che è in pericolo?».

Yael deglutì. Un accenno di compassione le balenò nello sguardo.

«Mi spiace. Non lo sapevo. Sì, è in pericolo. Tutti i Lamed Vovnik lo sono. Si trova qui nel D.C.?».

«No, sulla West Coast. A Santa Monica». David digrignò i denti. «E sono sempre gli stessi a darle la caccia? Questi Angeli Oscuri?».

La donna annuì con espressione tetra. «Sono sicari implacabili ed altamente addestrati». Trattenne il respiro. «Se hanno il suo nome, la troveranno. Ha bisogno di protezione immediata. Richiamerò Avi...».

«No». David serrò le mascelle. «Conosco qualcuno di cui mi fido. È il migliore. Sarà lui a proteggerla, oltretutto è a meno di un'ora di volo da lei».

Yael si morse il labbro, poi alzò le spalle. Si sfilò la giacca di seta tutta inzuppata e rabbrividì. Il colore non le era ancora tornato in viso. «Molto bene. Preparerò del caffè mentre lei prende i suoi accordi».

David selezionò il numero di Karl Hutchinson, quello che sapeva a memoria. Erano tre anni che non lo vedeva di persona, ma scambiavano quattro chiacchiere di tanto in tanto, a distanza di qualche mese. Pregò che Hutch gli rispondesse.

«*Hola!*». La voce familiare di Hutch lo pregò di lasciare un messaggio dopo il segnale acustico. David avvertì come un senso di soffocamento.

«Hutch, sono io. Mi trovo a New York per un'emergenza. Ho ragione di credere che Stacy sia in pericolo di vita. Ho bisogno di te, amico».

David si sentiva come se stesse per scoppiargli la testa. Inalò un profondo respiro e poi un altro ancora. *Concentrati.*

Si concentrò su Yael, che gli porgeva una tazza di caffè. «Ora mi dirà qualcosa di quello che sta succedendo?».

«Ci proverò. Si sieda, David». Lo fissò come per studiarlo. «Non le sarà facile farsene una ragione. Né per me spiegarglielo».

David prese posto sulla sedia accanto alla scrivania e depose la tazza di caffè.

Ricordò le parole di Ben Moshe rivolte a Yael mentre quest'ultima si precipitava verso la scala antincendio.

No, non sarebbe mai salito su un aereo per Israele... non senza Stacy.

Il suo sguardo si alzò sulla donna dalle lunghe gambe flessuose seduta sul letto in diagonale rispetto a lui.

«Può iniziare», disse con calma, «parlandomi dei Lamed Vovnik».

Capitolo 11

«Le è familiare il Talmud?». Yael lo guardava fisso.

«A grandi linee. Antichi commentari rabbinici dell'Antico Testamento, giusto?».

«Molto di più. Il Talmud racchiude il corpo principale delle scritture ebraiche... tutto ciò che occorre sapere sull'ebraismo: la legge, la storia, la filosofia, gli insegnamenti morali, persino le leggende». Yael sorbì un sorso di caffè. «Sessantatré trattati, tutti scritti tra il III e il VI secolo ad opera dei saggi più dotti... uomini che trascorsero tutta la loro vita a discutere, analizzare e definire ogni singolo aspetto della legge ebraica. La spiegazione sui Lamed Vovnik è contenuta all'interno del Talmud».

«Continui». David si sforzava di trattenere l'impazienza.

«Secondo rabbi Abbaye – uno di quei dotti sapienti – vi sono al mondo, per ogni generazione, trentasei giusti benedetti dalla *Shekhinah*».

«Cioè?».

«L'aspetto femminile di Dio». I loro sguardi si incontrarono.

«La tradizione ebraica insegna che è solo grazie ai meriti propri di questi stessi giusti che Dio mantiene in esistenza il mondo».

David scosse la testa. «Vada avanti... mi stava dicendo che in tutto il mondo esistono solo trentasei giusti?».

«In realtà, sono diciottomila», rispose lei con un accenno di sorriso. «Ma i Lamed Vovnik sono individui speciali, le cui anime hanno raggiunto i più alti livelli spirituali. La loro bontà è così potente, talmente insita in loro, che sono in grado di unirsi spiritualmente a Dio mentre sono ancora sulla Terra».

David, incredulo, sollevò un sopracciglio. «Quindi,

avrebbero una specie di linea diretta con Dio? Guardi, ho sempre conosciuto Stacy per una ragazza dolce, amabile... ma, andiamo...».

«I mistici sottolineano che i Lamed Vovnik camminano in mezzo a noi, ignoti a tutti. Almeno trentasei per ogni generazione, sconosciuti a tutti, persino a se stessi. Quindi, chiunque si proclami uno dei giusti non lo è certamente. Sono umili e fanno del bene in tutta quiete, evitando le lodi e i riconoscimenti. I rabbini cassidici tramandano racconti di Lamed Vovnik che, arrivati da stranieri in una data città, la salvarono dalla distruzione per poi sparire senza fanfare, rapidamente così com'erano venuti».

Le mani di Yael erano strette alla tazza di caffè. «Se tutti i Lamed Vovnik di una generazione dovessero morire, il mondo cesserebbe di esistere».

Un tuono parve squarciare il cielo. Entrambi guardarono verso la finestra; la pioggia cadeva a scrosci inondando la città.

«Non lo vede, David? È già cominciato. Non si è chiesto degli orrori che si ripetono in tutto il mondo, l'uno dopo l'altro? Si ricorda di un'epoca in cui il disordine era altrettanto palpabile, così inesorabile? Gli Gnoseos, David, stanno distruggendo il mondo, sterminando i Lamed Vovnik».

David prese di nuovo a tamburellare con le dita al ritmo sincopato della pioggia battente. Si alzò dalla sedia attraversando la stanza fino alla finestra. Si concentrò sull'acqua piovana che precipitava senza posa sulle strade. Mentre osservava, un lampo si stagliò su un edificio accanto all'albergo. Le finestre dei piani superiori andarono in frantumi nell'attimo in cui un tuono esplose con la violenza di una bomba. David si ritrasse d'istinto mentre l'onda d'urto scuoteva il pavimento sotto i suoi piedi.

I terremoti in Turchia, l'esplosione nel porto di Dayyer, l'attentato terroristico a Melbourne. Gli uragani che vorticano sull'Atlantico l'uno dopo l'altro... le colate di fango nel Cile...

No. Impossibile. Si voltò verso Yael. Gli occhi verdi dell'archeologa erano come velati nella luce fioca della stanza d'albergo. «David, dobbiamo portarla in Israele... a Safed, una città santa e mistica».

«Io non vado da nessuna parte, tranne che a Santa Monica».

«A Safed, David. Le risposte sono là, nella luce... nell'aria. E persino degli scienziati laici, come mio padre e me, non hanno potuto negare l'aura mistica irradiata dalle stelle che la avvolge. I cabalisti di Safed hanno bisogno del suo taccuino, della sua *mente*. Possiedono i frammenti di papiro che contengono i nomi di tutte le creature, inclusi quelli segreti dei Lamed Vovnik. Ma anche lei, David, li conosce. Li ha nella testa».

«Se Stacy è una di loro...» s'interruppe, lo stomaco in subbuglio per via della paura. *Ammesso che esistano.*

Yael si passò una mano tra i capelli, scostandone le ciocche brune dal viso. «Non possiamo fare affidamento sul fatto che il suo Hutch la raggiunga in fretta, specialmente dal momento che non le ha ancora risposto. Manderò una squadra d'appoggio. Il mio contatto, Avram Raz, ha accesso alle migliori unità della sicurezza e dell'intelligence israeliane. *Nomen omen*».

«Che cosa dovrebbe significare il suo nome?».

«*Raz* in ebraico significa "segreto". Ma ogni lettera dell'alfabeto ebraico possiede anche un valore numerico. E le lettere che compongono la parola Raz danno la stessa somma dei termini ebraici per "luce" e "straniero"».

«Ancora non la seguo».

«Avi Raz è un uomo che porta alla luce segreti e stranieri», le rispose lei. «Il che dovrebbe dirle quanto basta in merito al suo incarico... e alle sue qualifiche».

David serrò le labbra. Aveva bisogno di ricevere nuove di Stacy, *subito*. Il suo cellulare squillò proprio nel momento in cui Yael aveva iniziato a parlare fitto fitto in ebraico; ghermì l'apparecchio pregando che fosse il nome di Stacy ad apparire sul display.

Hutch.

«David, che diavolo sta succedendo? Dimmi che posso fare».

«Va' a Santa Monica... voglio che tu protegga Stacy e

Meredith. Ricordi la casa? Portale fuori dalla California. È in arrivo una squadra d'appoggio... Dovrai contattarmi, una volta che sarete tutti al sicuro».

«Gesù, ma con chi hai a che fare?».

«Credo che Stacy sia finita su una lista di persone da eliminare, Hutch». David riusciva a malapena a credere alle sue stesse parole. «Una setta di fanatici religiosi le sta dando la caccia. Amico, ho bisogno che tu arrivi sul posto quanto prima... ieri, magari».

Quando richiuse il telefonino, David sorprese Yael ad osservarlo. Non una minima traccia di compartecipazione le addolciva lo sguardo.

«Avi ha selezionato due agenti del Mossad che partiranno in volo per Los Angeles, stasera stessa. Non appena Hutch prenderà contatto con noi, si prepareranno ad incontrarlo e a portarli via. Stacy non correrà alcun pericolo, David. Deve fidarsi di me».

Un altro tuono scosse la finestra, Yael si allontanò dal letto avvicinandosi a lui. «Nel frattempo, noi due dobbiamo andare a Safed, il prima possibile».

«Niente da fare. Andrò da mia figlia. È la mia unica priorità».

«Sarà protetta, David. Ma un sacco di altre persone non lo saranno affatto. Ci pensi... dopo quello che è successo oggi, lei è sul radar degli Gnoseos. Se va da Stacy ora, potrebbe condurli dritti da lei».

Le tempie di David iniziarono a pulsare. I colpi d'arma da fuoco gli fischiavano ancora nelle orecchie.

E se Yael avesse ragione?

«La può aiutare di più da Safed che da qualsiasi altro posto. Prima arriviamo, meglio è; ha bisogno che qualcuno le porti il passaporto, stasera». Lo sguardo di lei s'incollò al suo.

«Di chi si può fidare?».

Capitolo 12

Fare il morto nella vasca era la sensazione più rilassante del mondo. Stacy chiuse gli occhi crogiolandosi sotto i teneri raggi del sole ed emise un sospiro, soddisfatta per quel pomeriggio quasi perfetto. Aveva vinto la gara di basket, il suo biscottino della fortuna le aveva promesso un'avventura e, *dulcis in fundo,* David si era offerto di convincere la madre a rinunciare a portarla con sé nella «luna di miele di famiglia».

Se solo avesse potuto coprire i miagolii della madre al telefono con Len: era nauseante!

Se non fossi così a mio agio, pensò Stacy, *nuoterei fino al pavimento della piscina per sparare la musica a tutto volume.* Ma non voleva saperne di darsi una mossa.

Dalla finestra soprastante, i risolini della madre avevano raggiunto i 10 decibel d'intensità. *Ma chi sto prendendo in giro?* Scese dal materassino per immergersi nell'acqua tiepida, il viso stralunato in una smorfia di esasperazione. *Come fai a rilassarti mentre tua madre si rende così ridicola, oltretutto parlando ad alta voce e facendosi sentire dai vicini?*

Sguazzò fuori dalla piscina e raggiunse la sdraio dove aveva abbandonato il cellulare, la crema solare e l'asciugamano. La lattina di Coca si era scaldata sotto il sole, ma ne bevve comunque un sorso mentre alzava il volume dello stereo portatile.

Ecco. Molto meglio. Adesso non mi tocca più ascoltare…

All'improvviso qualcuno la afferrò da tergo e la Coca le schizzò dalle narici. La lattina volò in aria mentre si divincolava cercando invano di prendere fiato, dopo che una mano ruvida aveva cominciato a premerle sul naso e sulla bocca. Stava soffocando, boccheggiava, si dibatteva per respirare e al tempo stesso cercava di urlare, ma nonostante provasse a increspare le labbra anche solo leggermente, dalla bocca non le usciva alcun suono.

Il terrore si abbatté su di lei con la veemenza d'un pugno, mentre il braccio villoso del suo aggressore la sollevava completamente da terra. E, quando quel farabutto iniziò a correre come un attaccante di football americano lanciato verso la meta, il petto, in debito d'ossigeno, sembrò scoppiarle.

Seppure in preda a un panico incontrollabile, capì dove erano diretti. Ancora dieci passi e sarebbe finita all'interno dello strano furgone parcheggiato fuori dalla rimessa.

Eva Smolensky, mugugnando, trascinò la Dyson giù per le scale. Era uno scricciolo di donna, di pochi centimetri più alta e non molto più larga dell'aspirapolvere che sospingeva nell'ufficio del dottor Shepherd. Dopo aver fatto scattare l'interruttore della luce, fece schioccare la lingua scrutando la pila dei giornali che si erano accumulati dall'ultima volta che aveva fatto le pulizie, il martedì precedente. Cioè, dedusse, da quando il dottor Shepherd l'aveva chiamata pregandola di aprire a padre McGrath quel pomeriggio; aveva rigovernato la casa con un giorno d'anticipo, lasciandosi libera la mattinata del martedì per far visita al nipotino più piccolo.

Ma – accidenti! – Eva non era più giovane come un tempo! Non aveva fatto le pulizie nella tarda serata, dal momento che i suoi nipoti erano piccoli e aveva aspettato che andassero a letto prima di rimettere in ordine la casa. E rassettare dopo che il dottor Shepherd se n'era andato non era facile. Era un giovanotto ammodo, d'accordo, ma pur sempre disordinato, proprio come suo genero Henry.

Eva scosse la testa, be', almeno l'aveva chiamata abbastanza presto. Avrebbe dovuto riordinare tutto prima che padre McGrath si presentasse a prendere ciò di cui aveva bisogno.

Sbirciando fuori dalla finestra per cogliere una visione fuggente del prete, Eva si massaggiò le reni. Stava diventando troppo vecchia e malferma per fare le pulizie, ma non aveva ancora rinunciato ai suoi clienti preferiti. Almeno per il momento.

L'anno seguente, chissà. Forse sarebbe andata in pensione definitivamente.

Nessun segno del prete bello, per cui arrancò verso l'aspirapolvere per poi chinarsi ad attaccare la spina alla presa. Non importa se McGrath fosse arrivato alla porta mentre stava ancora spolverando, gli aveva detto che avrebbe lasciato aperto l'uscio in caso non fosse riuscita a sentire il campanello per via dell'aspirapolvere o della lavatrice.

Mentre sfiorava con il dito l'interruttore dell'aspirapolvere, udì un segnale acustico. L'asciugatrice. Con un sospiro, si trascinò nella lavanderia, dove l'attendeva il carico delle camicie ingualcibili, che avrebbe comunque dovuto appendere subito alle grucce per evitare che si stropicciassero.

La lavatrice passò al risciacquo con un tonfo sordo, mentre apriva lo sportello dell'asciugatrice. *Ma perché qualcuno non si prende la briga d'inventare una lavatrice e un'asciugatrice sincronizzate sullo stesso programma? È chiedere troppo?* All'improvviso Eva udì un movimento in corridoio. Padre McGrath. Doveva essere entrato qualche secondo prima che guardasse fuori dalla finestra. Ma come aveva fatto a non sentirlo? Forse aveva davvero bisogno di un apparecchio acustico, come continuavano a ripeterle le figlie...

Uhm. Si affrettò lungo il corridoio, più che lieta di dover trascorrere qualche istante con il suo prete preferito. Padre McGrath non solo era piacevole a vedersi, ma aveva anche modi gentili e cordiali. Ogni volta che lo incontrava, veniva via con la sensazione d'essere stata in compagnia di un angelo.

Si guardò attorno. Strano. Non c'era.

«Padre McGrath?» cinguettò. Con passo felpato entrò in cucina guardandosi di nuovo attorno, poi ripercorse a ritroso il corridoio e sbirciò di traverso su per la scala.

Ma guarda! Avrebbe giurato d'aver sentito qualcuno per casa. «Padre?» chiamò di nuovo.

Silenzio.

Perplessa, Eva si avviò verso lo studio.

Ma non riuscì mai a raggiungerlo.

Qualcuno le gettò sulla testa la camicia a righine del

dottor Shepherd, quella celeste, ancora calda d'asciugatrice; le maniche si strinsero sulla sua gola raggrinzita.

Si divincolò per respirare come una marionetta appesa ai fili, ma si ritrovò in compagnia degli angeli appena un minuto prima che ficcassero il suo corpo tra le camicie sgualcite nell'asciugatrice.

Gli occhi di Stacy si volsero imploranti alla finestra aperta della madre. *Mamma*, avrebbe voluto gridare. Ma il fiato le rimase in gola, non riusciva nemmeno a respirare. Le bruciavano le narici e la gola; dei puntini luminosi iniziarono ad offuscarle la vista.

Si dibatté per liberarsi dalla stretta del suo aggressore, torcendosi come se avesse dovuto strappare la palla a un'avversaria. Ma non funzionò. Era troppo forte, quello. Il portello spalancato del furgone sembrava la bocca di un mostro aperta in uno sbadiglio. *Non svenire!* disse a se stessa, poi, sotto l'effetto di una scarica di adrenalina, si costrinse ad aprire la bocca più che poté per mordere, come un dobermann, le dita che le premevano sulla bocca.

D'istinto l'uomo allentò la presa e mandò un grido. Stacy inspirò avidamente l'aria e si liberò dalla morsa. Si gettò in avanti nel momento stesso in cui il suo assalitore si lanciò verso di lei.

Aiuto! Rapimento! A piedi nudi si fiondò verso la strada. *Grazie a Dio!* Il signor Atkins stava accompagnando Reckless per la sua passeggiata postprandiale.

Mentre il signor Atkins la fissava, il border collie iniziò ad abbaiare e all'improvviso trascinò il padrone che lo teneva al guinzaglio verso il vialetto dei Lachman.

Il motore del furgone si accese rombando alle spalle di Stacy, mentre quest'ultima, nel dileguarsi, andava a ruzzolare contro la jacaranda; il furgone la oltrepassò sgommando per poi immettersi sulla strada con una sbandata.

«Stacy! Chi era quello? Stai bene?». Quando il signor Atkins e Reckless la raggiunsero, Stacy si lasciò sfuggire un alto grido.

«Mamma!».

Capitolo 13

Un crepuscolo afoso calò su Capitol Hill. Dillon McGrath uscì dalla casa di D Street affrettandosi verso la sua Acura. Si piazzò al volante e inserì la chiave d'accensione senza girarla. Invece, estrasse il cellulare e un fazzoletto per tergere le gocce di sudore sul labbro superiore.

«Dillon, l'hai preso?».

David sembrava molto teso. Il che era più che comprensibile, pensò Dillon, considerando il fatto che aveva assistito all'assassinio di Ben Moshe.

«Mi spiace, David. Non l'ho trovato. In realtà, non era nel primo cassetto della scrivania, o negli altri tiretti. L'ho cercato persino nello scrittoio del tuo studio. Ma senza fortuna».

«Guarda ancora, dev'essere lì per forza». Dalla voce di David traspariva tutta l'ansia.

«Ho perlustrato tutto l'appartamento, credimi. Non c'era. E non c'era nemmeno Eva... mi aveva lasciato la porta aperta». Dillon girò la chiave d'accensione.

Silenzio all'altro capo del telefono.

«David...».

«Qualcuno è arrivato prima. Prima di te». La voce di David era scossa dalla frustrazione. «Qualcuno ha prelevato il mio dannato passaporto».

«No, no, non credo». Dillon, attraversato da un fremito di tensione, strinse il volante. «Non sembrava che avessero rovistato dappertutto. Era tutto in ordine. Tranne l'aspirapolvere. Eva si è dimenticata di portarsela via».

«Non è da lei».

«Che cosa vuoi che faccia?». Una macchina lo superò con un sibilo, sparpagliando foglie secche sulla sua scia. «Vuoi che chiami la polizia per denunciare la scomparsa del passaporto?».

«No, lascia stare la polizia. Troverò un altro modo».

«David… l'agata». Dillon si schiarì la voce. «Ce l'hai ancora con te, vero?».

«Sì. E ho anche l'ambra. Ben Moshe mi ha dato la pietra di Levi prima di…». La sua voce si affievolì.

Nella sua macchina scura, Dillon chiuse gli occhi. «Spero che tu ti renda conto del potere che ti porti appresso».

«Non ho molto tempo per rifletterci sopra».

«Vorrei poter fare qualcosa di più, David. Per giunta devo lasciare il paese per un po'. Se hai bisogno di me nei prossimi giorni, lasciami un messaggio al mio ufficio. Controllerò regolarmente. Ma…». Esitò.

«Sta' attento, David. Ho un brutto presentimento».

«Dillo a me!».

Mentre chiudeva di scatto il cellulare, David fissò Yael, china sull'agenda a fogli mobili del rabbino. I capelli le ricadevano sulle guance come tendine rossastre.

«Il mio passaporto è sparito, Hutch non mi ha ancora richiamato e non so nemmeno dove diavolo si trovi mia figlia. E lei, come se la passa?».

Lasciandosi cadere sul letto, David premette i palmi delle mani contro gli occhi.

Yael alzò lo sguardo. «Ecco come me la passo».

Indicò il televisore, dove sullo schermo silenzioso scorrevano le immagini di morte e di devastazione causate dal terremoto in Turchia.

Dillon aspettò di fermarsi a un semaforo prima di selezionare un altro numero.

Rimuginava sulle pietre ormai da giorni. Era venuto il momento di passare all'azione.

«È sicuro che il vescovo Ellsworth si trova là?» domandò saltando i convenevoli. «Sono diretto al Reagan International, in questo momento».

Rimase in ascolto per attimo, mentre scattavano le luci del semaforo e il suono spazientito di un clacson riecheggiava alle sue spalle. «Ottimo. Dovrei atterrare a Glasgow domani sera, sul presto. Verrò direttamente da lei».

CAPITOLO 14

«SO CHE AVI RAZ È IN GRADO DI PROCURARLE un passaporto falso, ma potrebbe impiegarci qualche giorno», lo punzecchiò Yael, spostandosi avanti e indietro di fronte alla finestra.

David uscì dal bagno e si fece passare sul viso un asciugamano umido. «Ho un'idea migliore. So come ottenere un passaporto valido entro domani mattina».

«E come?» Yael si arrestò a fissarlo.

«A volte giova essere figli di un senatore».

Specialmente se Judd Wanamaker si trovasse ancora negli Stati Uniti.

Lo chiamò.

Il migliore amico di suo padre al momento era ambasciatore in Egitto. All'epoca, i due si erano alleati in senato adoperandosi senza posa per sostenere il disegno legislativo sulla preservazione delle aree paludose del paese, che entrambi avevano presentato a detrimento degli interessi delle società immobiliari e dell'industria del legname. In seguito, si instaurò un legame anche tra le rispettive famiglie. Qualche anno dopo, gli Shepherd e i Wanamaker trascorsero assieme le vacanze sul Lago Niagara e fu così che nacque una tradizione che proseguì per una ventina d'anni, finché il padre di David non morì d'infarto nella sala conferenze del senato.

«Siamo fortunati», disse David. «Si trova qui a New York... per lavoro alle Nazioni Unite. Ha insistito per invitarci a cena. C'è un ristorante giapponese con una sala privata a tre isolati di distanza; potremo parlare liberamente. Lo incontreremo tra un'ora».

«Il che mi dà tutto il tempo di dare un'occhiata a quello che resta di questa roba». Yael, lanciando a David un'occhiata perplessa, spostò la sacca del rabbino sul letto e iniziò ad estrarne il contenuto, un oggetto alla volta, allineando il tutto sulla coperta a fiori accanto all'agenda.

«Ha trovato qualcosa d'interessante quando le ha dato un'occhiata prima?».

Attraente quanto dotata di spirito d'osservazione, pensò David, sorpreso che se ne fosse accorta.

«Sì, in realtà. Ma non ci ho capito un'acca. E lei? C'è qualcosa d'importante nell'agenda del rabbino?».

Yael si accomodò sul letto accanto alla sacca, accoccolandosi sulle proprie gambe, prima di rispondere. «Qualche dettaglio sugli Gnoseos, frutto delle ricerche del rabbino. Pare che siano ossessionati dalla segretezza, proprio come gli antichi gnostici. Questo è il motivo per cui si sa ben poco sulle loro credenze e sulle loro pratiche. Si trasmettono le loro tradizioni solo oralmente e tuttora usano talismani e simboli segreti per identificarsi tra loro».

Una piega le solcò la fronte. «Il rabbino era profondamente preoccupato. Ha scritto che temeva che gli Gnoseos fossero vicini a raggiungere la loro meta. E ha annotato anche qualcos'altro».

David rimase in attesa, mentre l'espressione sul viso di Yael si addolciva.

«Ha scritto due righe sulla sua fede in Dio. Credeva che Dio ci avrebbe rivelato la via per sconfiggere gli Gnoseos».

David non aveva mai conosciuto una fede di quel tenore. Si domandò che cosa si provasse a credere con quella determinazione. La sua mente era stimolata dalla riflessione critica e dall'analisi puntuale dei sistemi politici e delle loro dinamiche... non dai sermoni, dalle preghiere o dagli aneddoti biblici. Ma in quel mentre, eccolo lì a sforzarsi di trovare una logica nell'inesplicabile.

Per un momento si udì solo la pioggia tamburellare sui vetri delle finestre. Poi David pescò una specie di carta colorata dalla coperta. «Si è mai riferito a questa in qualche modo?».

«Una carta dei tarocchi». Yael fece per afferrarla, aggrottando la fronte.

«È quello che sembra?». David pareva sorpreso.

«Credevo che consultare chiromanti o tavolette Ouija – o ricorrere a qualsiasi altro artificio occulto – fosse proibito agli ebrei tradizionalisti. Al college condividevo la stanza con un ortodosso che continuava a sgridare una delle nostre amiche ebree invitandola a smetterla di leggere l'oroscopo tutti i giorni; insisteva sul fatto che la Torah proibisce ogni forma di divinazione».

Yael alzò un sopracciglio. «È vero, ma il suo amico era incorso in un equivoco. L'astrologia non è mai stata assimilata alla divinazione. Dovrebbe vedere le antiche abitazioni e le sinagoghe che abbiamo dissotterrato in Israele, specie quelle del IV secolo. Non riuscirei a tenere il conto di tutte quelle decorate con elaborate ruote dello zodiaco».

«Sul serio?».

«Oh, sì. Gli antichi studiosi della Cabala credevano che tutto nel mondo spirituale fosse riflesso e trasmesso nel nostro mondo fisico, sulla Terra, in base a cicli stellari e planetari. Insegnavano che gli astri e i pianeti sono parte integrante del grande disegno divino, che la Terra è lo specchio dei cieli».

Yael squadrò la carta che reggeva in mano: la faccia anteriore raffigurava una torre vivacemente colorata, una poderosa fortezza, dalla quale una mezza dozzina di individui precipitava a testa in giù in un fossato. Dietro di loro, un fulmine crepitava in un cielo nero come l'inchiostro, incendiando i merli della torre. Sul dorso vi era solo il disegno di due serpenti intrecciati con il numero 471 nell'angolo in basso a sinistra.

«Non riesco a capire perché rabbi Ben Moshe abbia conservato questa carta». Sembrava sconcertata. «Non sono un'esperta in fatto di tarocchi, ma le posso assicurare che derivano direttamente dall'Albero della Vita della Cabala. Glielo mostro».

Nulla riuscirà più a sorprendermi, pensò David mentre Yael pescava un'altra carta, quella plastificata con lo schema che aveva notato in precedenza. L'archeologa gli indicò i cerchietti connessi tra loro dalle linee.

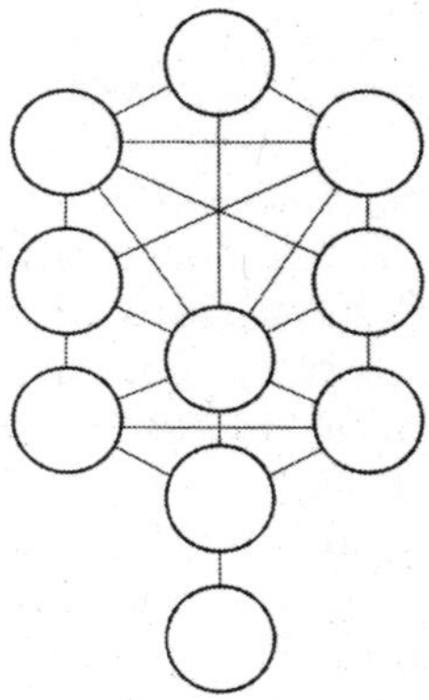

«Questo è l'Albero della Vita», gli spiegò. «La struttura centrale della Cabala».

«Ecco che cos'è. Pensavo che raffigurasse delle molecole», ammise David.

Yael scosse la testa, cercando di nascondere un sorrisino. «È un albero simbolico, ovviamente. Ognuno di questi dieci cerchi – o *Sephirot* – rappresenta attributi divini, che gli esseri umani possono cercare di emulare. I cabalisti ne hanno fatto oggetto della loro meditazione, in quanto passi lungo il sentiero verso l'illuminazione spirituale. Lei sa che sono una scienziata, David, e non una mistica, eppure nutro una specie di timore reverenziale per i concetti, il mistero e la bellezza che questo albero rappresenta».

David fissò la carta, l'impazienza stava iniziando a logorarlo. I cerchi continuavano a sembrargli delle particelle di una molecola. E non riusciva a capire come il tutto fosse legato alla protezione di Stacy.

«Ma che cos'ha a che vedere con i tarocchi? O con gli Gnoseos?» domandò teso.

«Non sono a conoscenza di un qualche legame con gli Gnoseos, ma so che il mazzo dei tarocchi è ispirato all'Albero della Vita. Un occultista francese del XIX secolo, chiamato Eliphas Levi, fu il primo ad approfondire questa analogia. È come se...» Yael si morse il labbro, cercando di scegliere con cura le parole.

«In parole povere, la Sephirot rappresenta il complesso della creazione... passato, presente e futuro. Immagini ognuno di questi cerchi, David, come un "vaso" ricolmo di luce divina o di energia. I mistici sostengono che Dio abbia creato il mondo a partire da questi "vasi", riversandovi una luce così abbagliante che si ridussero in cocci e si dispersero spargendo quella luce divina in tutto l'universo, dando origine al mondo».

«Il Big Bang?».

Yael abbassò lo sguardo. «Non esattamente. Posso proseguire?».

L'espressione afflitta di lei gli ricordò la sua insegnante di terza liceo, la signorina Karp, quando la mettevano alle strette. Ma Yael HarPaz era molto più carina.

«Vada avanti». David contrasse i muscoli delle spalle. La tensione sul collo iniziava a infastidirlo.

«Okay, i frammenti sparsi», continuò Yael. «I mistici ritengono che ognuno di essi sia stato nascosto in una specie di guaina che ne nasconde la luce e che il nostro compito, in quanto esseri umani, sia proprio quello di aprire questi involucri per riportare nel mondo la luce di Dio».

Yael si allontanò dal letto e riprese a camminare.

«Non si aspetti di capirci granché, David. La Cabala è molto complicata. Mi creda, le mie conoscenze sono superficiali, nella migliore delle ipotesi. Occorrono anni di studio intenso solo per scalfirne la superficie. Questo è il motivo per cui nel passato è stata sempre mantenuta segreta».

«Immagino che i cabalisti abbiano qualcosa in comune con gli Gnoseos», meditò fra sé David.

«La segretezza, certo. E anche una brama inestinguibile di legami divini». Smise di camminare e si voltò verso di lui. «Sennonché la visione del mondo dei cabalisti e del ruolo dell'umanità al suo interno è radicalmente diversa. La Cabala tratta della possibilità di creare la luce e la bontà nel mondo, del nostro dovere di esseri umani di correggerlo e non certo di distruggerlo».

«Finalmente, riesco a ricordare qualcosa della scuola ebraica: *tikkun olam*, ossia il dovere di emendare il mondo, di migliorarlo».

«Per l'esattezza». Yael appoggiò l'anca alla scrivania. «Ed ecco un'altra differenza. Gli Gnoseos inziano ad insegnare ai loro figli fin dalla più tenera età che il mondo materiale è male. La Cabala, invece, per tradizione viene trasmessa solo a uomini sposati oltre i quarant'anni, che abbiano passato anni ed anni a studiare la Torah».

«Il che avrebbe escluso Madonna».

Yael increspò le labbra. «Oltre a un sacco di sprovveduti che se ne sono appropriati facendone una religione popolare. Non si può separare la Cabala dal giudaismo, dallo studio della Torah. Sono sempre stati intrecciati».

«Be', non ho quarant'anni e non sono più sposato, ma voglio ancora capire come quest'albero è legato ai tarocchi».

«La pazienza non è il suo punto forte, vero?».

«Non quando mia figlia è in pericolo».

Yael si ravviò i capelli ancora umidi. «Ci siamo quasi». Gli gettò una carta tra le mani.

«Le dieci Sephirot, i cerchi, rappresentano i livelli di spiritualità. Le ventidue linee che li uniscono sono altrettante vie seguite dai mistici ebraici per elevare la propria consapevolezza spirituale».

David si fregò le tempie. Un lieve mal di testa iniziava a tormentarlo a partire dall'area posteriore del cranio. «La seguo».

«Okay... dieci Sephirot, ventidue vie e ventidue lettere dell'alfabeto ebraico. Si dà il caso che esistano ventidue carte negli arcani maggiori dei tarocchi. Anche il numero

10 è importante nel mazzo dei tarocchi... Che cosa c'è che non va?».

David si stava massaggiando le tempie. Aveva un'aria sofferente. «Si sente bene?» lo incalzò Yael dirigendosi verso il bagno per prendere un bicchier d'acqua.

David provò l'impulso incontenibile di chiudere gli occhi. Il mal di testa lo stava sfibrando. Si sforzò di consultare l'orologio.

Era quasi ora di incontrare Judd. Perché non aveva ancora notizie di Hutch? Vide Yael osservarlo preoccupata nel tendergli il bicchiere.

«Mal di testa», mugugnò, poi si alzò di colpo dal letto barcollante. In due passi raggiunse la sua borsa da viaggio per estrarne il taccuino.

Percy Gaspard.

Afferrando la penna dalla scrivania, sfogliò freneticamente la sezione finale del taccuino per poi scarabocchiare il nome sul primo spazio vuoto.

«Percy Gaspard». La voce appena percettibile. Yael si spostò verso di lui e, sbirciando da sopra la spalla, lesse il nuovo nome annotato sul taccuino, mentre David segnava la data.

«Chiamerò Avi per farglielo confrontare con quelli che abbiamo trascritto», disse svelta. «Farà dei confronti incrociati per verificare se è ancora vivo».

O morto, oppure se in questo stesso momento è un bersaglio... pensò David.

«Già che ci sono», Yael parlava con il telefono all'orecchio, «gli dirò di procedere con il suo passaporto, nel caso l'amico di suo padre non si faccia vivo».

David si trascinò in bagno per spruzzarsi dell'acqua fredda in viso. «Dobbiamo andare», mormorò rientrando nella stanza. Ficcò il taccuino nella borsa da viaggio, e anche gli effetti del rabbino, dopo averli raccolti dal letto.

«Porteremo tutto con noi, non si sa mai». Traendo un profondo respiro afferrò la maniglia. «Pronta per affrontare il diluvio?».

Yael, nella sua giacca di seta ancora umida, rabbrividì. «Peccato che Noè non ci aspetti là fuori con la sua arca». Lo superò sull'uscio aperto avviandosi a passo spedito.

Capitolo 15

Judd Wanamaker aveva tutta l'aria di un medico di campagna. Era un individuo robusto, dai capelli radi, con una barba grigia ben curata; sul suo viso dall'aria assennata sporgeva un nasone da Babbo Natale. Il padre di David soleva osservare che se Judd avesse perso le elezioni, avrebbe pur sempre potuto fare affidamento su un ottimo secondo lavoro come tassista a New York, visto che guidava come un pazzo in preda all'istinto suicida; diceva di avere un sacco di storie da raccontare, ma non si era mai disturbato a condividerle.

«Dovete ordinare del *sanma shioyaki*», insistette Judd, una volta terminate le presentazioni, prima di prendere posto nella stanza privata del tatami, sopra la sala da pranzo principale dello Yotsuba. Yael si accomodò appoggiandosi allo schienale di legno curvo del suo stuoino imbottito di paglia di riso per poi incrociare le gambe sotto il tavolinetto e agguantare il menu decorato con un quadrifoglio in rilievo.

«Ordinate dello sgombro cotto al sale e ve lo serviranno con del daikon appena grattugiato. Il migliore che abbia mai gustato. Fu Ted Kennedy a farmelo apprezzare, cinque anni fa; era talmente superlativo che tornai la sera successiva a riassaggiarlo».

«Judd è sempre stato una buona forchetta, oltre che un politico appassionato», confidò David a Yael mentre il cameriere era chino a servire dei bicchieri d'acqua. «È entusiasta anche della moglie».

Poi tornò a rivolgersi all'amico del padre. «Come sta zia Katharine? Scommetto che sta raccogliendo fondi più di chiunque altro per l'orchestra sinfonica nazionale!».

«Starà battendo un primato persino in questo preciso

istante. Credo che la raccolta di fondi sia un atto più politico della politica stessa, e Katharine ha come un dono naturale per questo genere di cose. Dovrebbe prendere in considerazione lo sgombro», consigliò Yael, mettendo da parte il suo menu.

«Temo che sia un po' azzardato, vista la giornata che abbiamo passato, ambasciatore Wanamaker». Yael si sciolse in un lieve sorriso. «Credo che invece assaggerò del *kitsune udon*».

Judd la fissò con comprensione. «E che razza di giornata è stata, oltre che molto umida?».

«Atroce».

Sembrava del tutto padrona di sé, pensò David, per una donna arrivata in mattinata, che aveva assistito a un omicidio a colpi di arma da fuoco ed era stata braccata da un killer; ed ora eccola lì a cena con un ambasciatore americano. Si chiese che cos'altro avesse sperimentato per essere dotata di una tale forza d'animo.

«Credo che dovremmo ordinare, prima», suggerì David dando un'occhiata al cameriere in attesa.

Per la prima volta, la preoccupazione trasparì dallo sguardo di Judd, che annuì con un cenno. All'improvviso le luci si abbassarono, poi tornarono a risplendere. David aveva i nervi a fior di pelle.

Scelsero una serie di antipasti e di pietanze, e fu solo dopo che il cameriere sgattaiolò attraverso la porta di shoji richiudendola alle sue spalle che la tensione di David cominciò ad allentarsi. Il calo di tensione non era il preludio a un blackout.

«Non ti avrei coinvolto in questa storia se non fosse stato strettamente necessario, Judd». David si schiarì la gola. «Ma devo lasciare il paese domani e il mio passaporto è sparito».

«Capisco». Judd cercò il viso di David. «Affari o piacere?».

«Affari». David fu più brusco di quanto avesse voluto. Judd aguzzò la vista preoccupato.

«Pare un'emergenza».

«Non mi sarei approfittato di te se non lo fosse».

«Non ti stai approfittando di me, David. Sono più che felice di aiutarti. Purtroppo, c'è di mezzo la burocrazia, quindi per prima cosa dovrai incontrarti con me alle Nazioni Unite, domani mattina. Comunque non dovrebbe essere un problema procurarti un'autorizzazione d'emergenza».

«Quanto ci vorrà?» intervenne Yael sollevando il tovagliolo di lino che copriva i bastoncini di legno.

«Farò una telefonata dopo cena, dovresti averlo in mano entro mezzogiorno».

«Grazie, signore». Colmo di gratitudine, David si rivolse a Judd nella maniera formale che aveva appreso da bambino. Judd accennò un ghigno.

«Suppongo che tuo padre avrebbe fatto lo stesso per i miei figli».

«Come stanno Katie, Asley e Mark?» domandò David mentre il cameriere tornava per deporre sul tavolo un vassoio di legno stracarico di un'artistica composizione di involtini di sushi e sashimi.

David addentò un California róll, che per quanto gli importava avrebbe potuto essere anche un pezzo di polistirolo. Ormai il suo appetito era svanito. Augurandosi che Judd non se ne accorgesse, sparse il cibo per il piatto con i bastoncini, mentre allacciavano un dialogo superficiale sulla famiglia, il lavoro, il matrimonio. Osservò Yael che li ascoltava tranquilla pescando vermicelli di grano duro e tofu fritto dalla sua ciotola; di tanto in tanto, esprimeva un qualche commento, ma per gran parte del tempo se ne rimaneva ad osservare.

Poi Judd chiese di Stacy, dando avvio ad un silenzio carico di tensione.

«Non le parlo da qualche giorno». David cercava di nascondere l'ansia. «È un po' nervosa da quando Meredith si è risposata».

Judd non era un sempliciotto. Colse subito il lampo di disagio che aveva rannuvolato lo sguardo di David per un millesimo di secondo, prima che riacquistasse il controllo.

I solchi sulla fronte di Judd si ispessirono. «C'è qualche problema, vero, David?» chiese con calma. «Riesco a leggerti nel pensiero come se fossi uno dei miei figli. Stacy è ammalata?».

«No, sta bene», riprese; poi, gravato dal dolore che gli opprimeva il petto, scosse la testa. «È in pericolo, Judd. Inutile girarci attorno».

L'ambasciatore depose i bastoncini e fissò David con lo stesso sguardo intento che aveva intimidito parecchi testimoni nel corso delle udienze del Congresso. «E quindi?».

«Non occorre che te lo spieghi. Io stesso non ci capisco granché».

«Provaci. E se c'è qualcosa che posso fare, qualunque cosa, sai che lo farò».

David e Yael si scambiarono un'occhiata. La lieve alzata di spalle di lei lo autorizzò a seguire il suo istinto.

Guardò direttamente il volto perplesso di Judd.

«Hai mai sentito parlare di una setta religiosa nota come gli Gnoseos?».

Capitolo 16

A quattrocento chilometri da Santa Monica, Stacy stava ancora rabbrividendo. Il buio della notte avviluppava la strada, illuminata soltanto dal lontano bagliore dei fuochi sulle colline, mentre la Grand Cheerokee noleggiata filava a tutta birra verso est sull'Interstatale 40 alle falde delle Black Mountains.

Hutch guardò nello specchietto retrovisore. Sul sedile posteriore, Meredith cullava la figlia tra le braccia. I singhiozzi di Stacy si erano attenuati perdendosi nel rumore sordo e incessante dell'autostrada, via via che si allontanavano dal traffico cittadino. In quel momento, Stacy, appoggiata alla madre, non sobbalzava più alla vista di ogni furgoncino bianco che procedeva con cautela accanto a loro.

Ma che razza di maniaco darebbe la caccia a questa ragazza nel suo giardino? si chiese Hutch.

O era David quello a cui davano la caccia; forse qualcuno stava cercando di arrivare a lui tramite la figliastra?

Era come una specie di grottesco *déjà vu*. Quanti anni erano passati da quando aveva fatto da guardia del corpo a David? E ora anche quella ragazza aveva bisogno della sua protezione; era così importante per David, come se fosse del suo stesso sangue.

Meredith si mosse sul sedile posteriore. «Quanto manca a Flagstaff?» sussurrò rendendosi conto che Stacy le si era assopita sulla spalla.

«Tre ore e passa. Ha bisogno di andare in bagno?».

Meredith esitò. «Non ancora. Attraversiamo il confine, prima».

«Fra non molto, allora». Hutch guardò ancora nello specchietto retrovisore ma era troppo buio per scorgere l'espressione di Meredith. Quando erano schizzati via rombando dalla casa di Santa Monica, era letteralmente terrorizzata. «Perché non schiaccia un pisolino, la sveglierò io non appena incrociamo una stazione di servizio decente in Arizona».

«No, grazie, non so se riuscirò ancora a dormire», mugugnò.

«Sì che dormirà, glielo prometto. Nessuno riuscirà a trovarvi, dove vi sto portando».

Hutch era grande e grosso, e aveva due spalle possenti. Come ex incursore della marina militare, era stato addestrato per combattere e per proteggere, e sapeva infondere fiducia e serenità; Meredith, da parte sua, era consapevole d'aver bisogno di essere rassicurata. Purtroppo, non si sentiva al sicuro. La notte le appariva minacciosa, come il suo nemico che non aveva volto.

I brividi di freddo le davano il formicolio al braccio mentre lo stringeva attorno a Stacy.

Con occhi stanchi e annebbiati, Meredith fissava il tremolio dei fari sulla corsia opposta dell'interstatale, pregando che Hutch avesse ragione e che nessuno riuscisse a trovarle. In quella giornata iniziata in maniera del tutto banale, ogni cosa era cambiata. Si sentiva diversa. Una donna in fuga, spaventata. Ma non temeva per se stessa, bensì per l'unica persona al mondo che significasse qualcosa per lei.

«Cercherò di nuovo di mettermi in contatto con David». La mano scivolò nella borsetta in cerca del cellulare.

«Buona fortuna». Hutch accelerò per superare un autocarro.

«Per una qualche ragione, il suo cellulare continua a passarmi la segreteria». La sua voce tradiva una punta d'astio.

«Qualcosa mi dice che David in questo momento sta facendo del suo meglio», disse calmo Hutch. «Chiamerà lui».

Quando lo farà, pensò Meredith, mentre apriva il telefono a labbra serrate per via della tensione trattenuta a stento, *sarà meglio che mi spieghi perché qualcuno sta braccando mia figlia.*

Capitolo 17

Judd Wanamaker emise un lieve sibilo, quando David smise di parlare. Fissò prima il volto tirato di quest'ultimo poi il viso emaciato di Yael, e raccolse le idee prima di rompere il silenzio.

«Roba da fantascienza, David. Lamed Vovnik, culti segreti, l'annientamento di Dio...».

«E non dimentichi la distruzione del mondo», Yael lo fissò di sbieco, tranquilla.

Judd sospirò. «Se tu non fossi il figlio di Bob Shepherd, farei fatica a trattenere le risate per poi andarmene per la mia strada. Ma, date le circostanze...». I suoi occhi penetranti color grigio passarono David da parte a parte. «Non so che fare».

«Judd, so benissimo che sembra una follia, ma il pericolo è più che reale. Gli Gnoseos e i loro Angeli Oscuri sono più che reali. Ci hanno quasi ammazzato, oggi». David si afferrò all'orlo del tavolo.

«Gli Gnoseos stanno per distruggere il mondo, che lei ci creda o meno», intervenne Yael, «perché non esce e non dà un'occhiata in giro. Non è un normale nubifragio, questo. Ha mai visto un diluvio simile? In tutto il mondo c'è qualcosa che non va. Che non quadra. E non è una coincidenza».

«Forse dovrei chiamare il presidente», osservò Judd tra il serio e il faceto.

David estrasse il suo taccuino dalla borsa da viaggio. «Forse dovresti dargli una scorsa».

Spinse l'agenda di cuoio rosso sul tavolo. Judd infilò la mano nella tasca interna della giacca e ne cavò un paio di occhiali da ipermetrope. In silenzio aprì il taccuino scorrendone con attenzione le pagine.

«È una lista di nomi».

«Dei nomi particolari, secondo il rabbino», precisò David. «Ricordi il giorno in cui caddi dal tetto con Crispin Mueller e Abby Lewis? Quand'ero tra la vita e la morte all'ospedale, quel pomeriggio, ebbi un'esperienza mistica. Vidi le persone a cui appartenevano quei nomi, che mi parlarono raccomandandomi di ricordarli. Sono quelli di cui ti ho accennato... quelli che, come insiste Yael, gli Gnoseos vorrebbero spazzare via. In qualche modo, ho avuto i loro nomi, Judd. Il rabbino mi ha detto che si tratta dei Lamed Vovnik».

David tese la mano reclamando il suo taccuino. «Questi nomi coincidono con quelli che Yael e suo padre hanno decifrato negli antichi papiri scoperti in Medio Oriente».

Yael si chinò in avanti. «I papiri sono stati autenticati. Sono frammenti del leggendario Libro dei Nomi vergato per la prima volta da Adamo».

Judd sembrava sbalordito. «Quello di Adamo ed Eva?».

«Ora comincia a capire», disse in un soffio Yael.

Judd si accigliò. «Ma si rende conto di quello che mi sta dicendo?...». Si volse verso David trafiggendolo con lo sguardo. «E tutto questo che cos'ha a che vedere con il fatto di lasciare il paese?».

«David ha bisogno di incontrarsi con i mistici di Safed», rispose Yael prima che riuscisse a farlo David. «Lui potrebbe fornire la chiave per svelare i piani degli Gnoseos. Crediamo che David sia in possesso di una speciale conoscenza, che nessun altro sulla Terra possiede. D'altronde, gli archeologi sono ben lungi dal ricostruire il testo completo del Libro di Adamo».

Yael posò lo sguardo su David. «E se rimane qui», scandì lentamente, «gli Gnoseos lo troveranno e lo uccideranno».

Troveranno. Uccideranno. All'improvviso David guardò l'orologio. Perché non aveva ancora notizie di Hutch? O di Meredith o di Stacy?

Verificò sul cellulare. *Si era perso quattro chiamate.* «Scusatemi un secondo», bofonchiò mentre recuperava i messaggi.

«Oh, mio Dio». Si lasciò sfuggire con voce strozzata.

Yael e Judd si bloccarono.

«Qualcuno ha cercato di rapire Stacy. È fuggita... ora è con Hutch e con Meredith».

«David, no». Judd spinse indietro lo sgabello e si alzò corrugando la fronte costernato. «Sta bene? Sono andati dalla polizia?».

«Hutch dice che sta bene. La polizia è arrivata subito, prima di Hutch. Lui le sta portando al suo rifugio». David si girò su se stesso rivolgendosi a Yael, la mascella serrata. «Quando arriverà la squadra inviata da Raz?».

«Domani, mi dia le loro coordinate e chiamerò la squadra per fissare l'ora presunta dell'arrivo».

Scavallò le gambe e si alzò lentamente in piedi, spostandosi ad un angolo della stanza riservata.

«Per prima cosa, passerò alle Nazioni Unite per il passaporto», annunciò teso David. «Che tu ci creda o meno, Judd, ne ho bisogno». Il suo sguardo si incollò a quello del suo interlocutore.

«E lo avrai. Io... Non so che farci con tutta questa roba, David. Sono un uomo di fede. Lo sai. Ma...». Judd Wanamaker giunse le mani. «Come può esserci del vero in tutta questa storia? Mi pare...».

«*No!*». Il grido di Yael lo interruppe. «È impossibile!».

Ascoltava con le lacrime agli occhi e le dita avvinghiate al cellulare. Dopo averlo spento, si spostò rigidamente verso di loro, il viso bianco come gli avanzi di riso.

«Era Avi. L'aereo della squadra è precipitato. Entrambi i motori sono esplosi sopra l'Atlantico».

David aveva lo stomaco in gola.

«I motori della El Al esplodono raramente», osservò con asprezza. «Non da soli e meno che mai contemporaneamente».

Capitolo 18

Con le teste chine sotto il diluvio, Yael e David si trascinavano per Parkside diretti al Riverside Tower. Non un taxi libero in vista e le pozzanghere erano al livello delle caviglie. Un vento impetuoso li sferzava mentre ignoravano gli incroci infischiandosene della segnaletica e cercando disperatamente di sfuggire alla furia scatenatasi intorno a loro.

Anche gli altri passanti correvano, mentre ingaggiavano una lotta contro il vento impetuoso che si faceva beffe dei loro ombrelli. I pochi veicoli di passaggio, immergendo gli pneumatici nelle pozzanghere, schizzavano acqua dappertutto.

David e Yael avevano percorso meno di un isolato, quando scorsero un negozio di fiori e un drugstore, e poi un'insegna lampeggiante al neon all'entrata di un seminterrato: LETTURA DEI TAROCCHI.

David afferrò il braccio di Yael. «Mi è venuta un'idea», gridò sovrastando il fragore della pioggia. «Da questa parte».

Si precipitarono sulla breve scalinata, irrompendo oltre la porta decorata con un enorme occhio fisso color cremisi. Il tintinnio di una campana a vento di cristallo annunciò il loro arrivo. La stanza in cui si ritrovarono sapeva stranamente di vaniglia e d'aglio. Diverse sedie pieghevoli circondavano il tavolo al centro del locale, sopra il quale un candeliere impolverato emanava un fosco chiarore. Vasi di felci, di bambù benaugurante e di sansevieria fiancheggiavano la vetrinetta d'angolo, nella quale sotto la luce fioca sfavillavano degli amuleti. Alla parete opposta, una libreria pericolante stipata di volumi affastellati alla rinfusa era inclinata su un fianco.

Poi una tenda di fili di perline dorate prese a luccicare e si aprì rivelando un'anziana signora dalla corporatura esile. La donna indossava una gonna nera lunga fino alle caviglie e una casacca ricamata color viola; i capelli ingrigiti le ricadevano sulla schiena raccolti in una grossa treccia. David le avrebbe dato una settantina d'anni, eppure la sua pelle era liscia e rugiadosa e le mani, eccezionalmente piccole, non erano deturpate da vene in risalto. Tuttavia, le cataratte che velavano gli occhi sbiaditi color terra d'ombra ne tradivano l'età, come pure le palpebre, sottili e vizze come una crêpe.

La vecchia si mosse verso il tavolino tondeggiante, drappeggiato da una lunga tovaglia di seta. Una candela spenta e dei fiammiferi erano ammonticchiati al centro del mobile. Senza clamore, la donna raccolse un mazzo di tarocchi.

«Benvenuti. Non aspettavo visite in questa notte buia e tempestosa. Chi di voi due desidera una lettura?».

Io. Se solo credessi che sei in grado di confermarmi che Stacy sta bene, meditò tetro David. Non sapere era una tortura, ma per il momento doveva mettere da parte il pensiero.

«In realtà siamo venuti qui per chiederle informazioni». David prelevò una sedia per Yael per poi accomodarsi accanto a lei.

«Le carte contengono moltissime informazioni», replicò la vecchia signora porgendogli il mazzo. «Vuole scegliere una carta?».

Invece di pescare nel mazzo, David frugò nella sua borsa da viaggio e le tese la carta del rabbino.

«Sono più interessato a quello che può dirci riguardo a questa».

Con un'aria seccata, la donna depose il mazzo e si accomodò su una sedia di fronte a loro. Afferrò la carta con un'alzata di spalle e, prima di voltarla, studiò per un attimo il disegno della torre.

«È la carta della Torre. Che altro volete sapere?».

«Li ho beccati. Conosco la zona».

James Gillis fece schioccare le dita a Enrique, steso su uno dei letti matrimoniali nella loro stanza in un motel del Lower East Side. Subito il portoricano scostò la coperta, afferrò le chiavi del furgone sulla cassettiera e si diresse spedito verso la porta. Gillis stava ancora parlottando fitto fitto nel suo cellulare quando la porta si chiuse con un tonfo alle loro spalle.

«Gli stiamo addosso». Gillis si alzò il bavero sotto la pioggia battente. «Siamo già in azione in questo momento, mentre ti sto parlando».

Relazionò il compagno mentre si affrettavano a raggiungere il furgone.

«Abbiamo avuto una bella fortuna. È la nostra seconda opportunità. Sono appena usciti dallo Yotsuba. Un po' oltre Riverside Park».

Yael avvicinò la sedia al tavolo. «Vorremmo sapere che cosa significano le immagini su questa carta».

La lettrice di tarocchi, incrociando lo sguardo di Yael, avvicinò la carta a sé.

«La Torre è una carta che reca un messaggio degli arcani maggiori. È la più infausta di tutto il mazzo».

«Infausta, e in che modo?» s'informò David.

Lo sguardo della vecchia si spostò sul viso assorto di quest'ultimo. «Indica morte, distruzione, paura e sacrificio. In altre parole, un cambiamento in arrivo».

Conficcò l'unghia scabra del dito sulle figure che precipitavano dalla torre. «Ecco la spiegazione: una caduta rovinosa che conduce alla rivelazione della verità suprema. Si appoggiò allo schienale e un gatto bianco, materializzatosi dal nulla, le saltò in grembo. David non l'aveva neanche notato fino a quel momento.

Le dita della vecchia, mentre parlava, gli lisciavano il pelo. «Kabuki, sei venuto a dare un'occhiata ai nostri visitatori?».

David si agitò sulla sedia. «C'è qualcos'altro?».

«Quanto tempo avete a disposizione?» replicò con un sogghigno. Poi si alzò per arrancare verso la libreria, mentre il gatto le saltava giù dal grembo. Raggiunti gli scaffali, li passò attentamente in rassegna finché non estrasse un librone che portò al tavolo.

Le dita della vecchia, con destrezza, individuarono la pagina che andava cercando. «Qui». Iniziò a leggere, socchiudendo le palpebre e tenendo il libro davanti agli occhi velati.

«Marte, pianeta bellicoso, domina la Torre, il che ne fa una carta di guerra». Le sue labbra si serrarono attorno alla parola.

Continuò a leggere il libro come se recitasse una nenia. «Una guerra tra organizzazioni fondate sulla menzogna. E...» aggiunse indicando sulla carta il fulmine che mandava in frantumi i merli della torre, «un lampo accecante di verità».

Depose il libro e li fissò. «Quando qualcuno pesca questa carta in una lettura, lo avverto di aspettarsi rivelazioni scioccanti. Qualcosa di così forte da abbattere un re... o un sistema consolidato di credenze.

Un sistema consolidato di credenze, meditò David mentre il sushimi gli ribolliva nello stomaco. *Si potrebbe definire il mondo civilizzato un sistema consolidato di credenze?*

Non starai iniziando a credere a quelle corbellerie? disse a se stesso. Mentre l'anziana signora era sul punto di riprendere la parola, riecheggiò il rombo di un tuono. Un'improvvisa oscurità calò nella stanzetta, lasciandoli senza fiato finché la lettrice di tarocchi non sfregò un fiammifero per accendere la grossa candela al centro del tavolo.

«Così va meglio», mormorò tranquilla, mentre la fiamma diffondeva una fragranza di vaniglia.

Invano David si guardò attorno nella speranza che tornasse la luce.

Accanto a lui, il viso di Yael, alla luce della candela, rifulgeva spettrale e contratto; eppure la sua voce era ferma, quando impresse una svolta alla conversazione.

«Dice nulla il libro riguardo ai legami tra i tarocchi e il misticismo ebraico?».

«Ovviamente... la Cabala». La vecchia signora annuì nella penombra. «Certe fonti parlano di un collegamento, altre lo negano. Per certo, vi sono numerose analogie».

Spinse il libro verso David. «La luce non tornerà tanto presto. I vostri occhi si adatteranno facilmente alla luce della candela, più dei miei».

«Sappiamo già della connessione numerica tra le carte e l'alfabeto ebraico», la mise al corrente David mentre sfogliava il libro alla ricerca dell'indice, dopo l'appendice illustrata. «Le ventidue carte degli arcani maggiori, le ventidue lettere dell'alfabeto...».

Si accorse del gatto che, sgusciatogli tra le gambe, si sfregava contro di lui per tutta la lunghezza del tronco. «La Cabala, ci risiamo», disse. Dopo aver aperto il libro a metà, lesse ad alta voce.

«Il mazzo dei tarocchi rispecchia l'Albero della Vita dei cabalisti. Così come quest'ultimo ha dieci Sephirot, in ogni seme degli arcani minori dei tarocchi vi sono dieci carte numerate. Vi è un'altra affascinante connessione: i quattro mondi mistici in cui esiste l'Albero della Vita – terra, aria, acqua e fuoco – sono rispecchiati nei quattro semi dei tarocchi: denari, spade, bastoni e coppe». David alzò lo sguardo per osservare il riflesso della fiamma della candela che guizzava nelle iridi della vecchia sorridente.

«Se vuole scoprire altri legami, sono sicura che troverà innumerevoli indicazioni alla Biblioteca Pubblica di New York», suggerì. «D'altro canto», aggiunse con uno sbuffo, «troverà anche una pletora di libri che affermano che i tarocchi non hanno niente a che vedere con la Cabala, che furono i templari a strapparli ai saraceni».

Piegò la testa di lato. «E poi ancora una legione di altri testi che insiste nell'affermare che il primo mazzo dei tarocchi al mondo fu introdotto alla metà del XV secolo dagli gnostici».

Un fremito di tensione percorse la spina dorsale di David.

«Ah, è così». David raccolse la carta della Torre. «Ci vede qualcosa di rilevante in merito alla Cabala o agli gnostici?».

La donna sbuffò ancora. «Ovviamente. Lo si potrebbe a malapena sottacere». Gli lanciò un sorrisino condiscendente, mentre prendeva la carta per rigirarla e avvicinarla alla luce tremula della candela.

«Questo... il duplice *uroboro*».

«È greco, vero?». Yael sbirciò i due serpenti che mordevano l'uno la coda dell'altro a formare il numero 8 con i loro corpi.

«Naturalmente. In greco significa "coda in bocca". Per gli gnostici, il serpente aptero che mangia la propria coda rappresenta il sole o il mondo. Ma un doppio serpente come questo, chiamato il "Grande Serpente del Mondo" è il simbolo gnostico dell'eterno ciclo della morte e della rinascita».

«Morte e rinascita. Distruzione e rinnovamento», confermò Yael, mentre lo stomaco di David era ancora in subbuglio per via del tempura e del nauseante aroma di vaniglia. Yael si sporse verso di lui, abbassando la voce. «Esattamente quello che gli Gnoseos progettano di fare su scala mondiale. Assassinando i Lamed Vovnik», sussurrò. «Inizia a credermi, finalmente?».

La pioggia sembrò intensificarsi all'improvviso con un ticchettio insistente, come se dei chicchi di grandine fossero scagliati come proiettili contro la porta.

Persi nei loro pensieri, non udirono una doppia serie di passi furtivi sulle scale di servizio del negozio.

David si stava chiedendo perché rabbi Ben Moshe avesse chiuso in cassaforte la carta della Torre, unitamente alla pietra del sommo sacerdote e agli altri oggetti.

La vecchia signora fu la prima a rompere il silenzio. Restituì la carta a David, scrutando il suo volto nella semioscurità.

«Lei ha parecchie domande. Forse le risposte vi attendono nelle carte». Con un sorriso speranzoso tese il mazzo a Yael.

«Vada avanti, cara. Le mischi. Le riferirò quello che hanno da dire».

Yael scosse la testa e si alzò all'improvviso dalla sedia nello stesso istante in cui David colse un movimento dietro la tenda di fili di perline. Ma non era il gatto... bensì una figura imponente dai capelli biondicci.

Un'intensa sensazione di pericolo deflagrò in lui. «Andiamo!» gridò spingendola verso la porta. Yael la spalancò una frazione di secondo, prima che le due sagome irrompessero nella stanza.

Il biondastro gettò la vecchia contro la parete. Il vigoroso ispanico alzò la pistola e fece fuoco esplodendo un proiettile che sibilò all'orecchio di David; quest'ultimo, però, era già uscito e stava salendo i gradini alle spalle di Yael. Piombarono nella completa oscurità inseguiti dalle urla della vecchia.

La città era nera, nera come la pece, grondante e deserta, rimbombante di tuoni.

Dio, ti ringrazio per il buio, pensò David mentre afferrava la mano di Yael correndo alla cieca lungo la strada, zigzagando tra le pozzanghere disseminate a casaccio lungo la via.

«Per di qua». Mentre un rumore di passi sguazzanti sembrava guadagnare terreno, Yael all'improvviso virò a sinistra trascinandolo con lei. Si acquattarono sulle scale di un edificio di arenaria. Accovacciandosi nell'acqua alta fino ai ginocchi, si sforzarono di controllare il respiro stridulo. Con la paura che gli perforava lo stomaco, David si strinse a Yael: nel buio indistinto, avevano l'aria di due topi di fogna. Poi fece scivolare la mano nel portafoglio, assicurandosi che le gemme fossero ancora al sicuro.

Appena sopra di loro, a livello della strada, risuonarono passi pesanti; scarpe invisibili spruzzarono acqua negli occhi di entrambi.

David e Yael, con l'alito gelato per via della paura, trattennero il respiro e aspettarono. Aspettarono...

Passò un minuto buono prima che potessero tirare un sospiro di sollievo e strisciare timidamente fuori dal loro nascondiglio. Svelti, passarono a guado la strada, per poi rasentare gli edifici dalla parte opposta della via, lieti della copertura delle tenebre, mentre riprendevano barcollanti la via dell'hotel.

«Come ci hanno trovato?» sussurrò Yael, azzardandosi finalmente a parlare una volta sgattaiolati all'interno del Riverside Tower.

«Forse non sappiamo abbastanza sul loro conto. Potrebbero essere dappertutto in città». Con cautela, David si fece strada nel corridoio buio pesto, finché non trovò la superficie ruvida di un'uscita di sicurezza. «Per fortuna non siamo all'ultimo piano», mormorò mentre, in fila indiana e alla cieca, si avviavano faticosamente lungo le scale.

Passi in discesa. Si bloccarono, rilassandosi solo quando udirono la voce dolce e cordiale di una donna che parlottava con un bambino piagnucoloso.

Addossandosi alla parete, lasciarono che la coppia procedesse oltre e continuarono la loro ascesa in silenzio.

La borsa da viaggio inzuppata di David sembrava pesare una tonnellata mentre raggiungevano il pianerottolo successivo. Aveva la sensazione di portare il peso del mondo.

E se tutto quello che aveva appreso quel giorno era vero, lo stava facendo sul serio.

Dillon fissava il buio, nero come l'inchiostro. Non avrebbe saputo dire se guardasse il cielo o l'oceano. Molti dei suoi compagni di viaggio erano appisolati nella cabina malamente illuminata dell'aereo di linea, ma lui era completamente sveglio. E smanioso di un doppio whiskey.

L'ultima volta che aveva incontrato il vescovo Ellsworth avevano partecipato, a Roma, a una conferenza, fissata in coincidenza con la settimana di Pasqua. Il prelato l'aveva scovato e, per diversi minuti, aveva lodato l'ultimo libro di Dillon. Ma, in realtà, Ellsworth aveva impiegato *più* tempo a parlare del progetto che *lui* aveva lanciato nella sua diocesi: una «colazione biblica» del sabato mattina per ragazzi a rischio.

Dillon abbassò lo sguardo mentre si appoggiava allo schienale del sedile, immaginando l'anello di rubino che Ellsworth indossava quel giorno, ricordando come brillasse alla luce del sole in piazza San Pietro, mentre il prelato gesticolava entusiasta.

All'epoca, Dillon non aveva idea della storia che stava dietro quella gemma. Sarebbero passati degli anni prima che ne scoprisse l'importanza. E finché David non aveva portato alla sua attenzione una pietra simile, non si era reso conto di che cosa dovesse fare: tanto per cominciare, convincere David a recarsi a Brooklyn.

Ora tutto combaciava.

Cercò dentro di sé, nel profondo, qualcosa che aveva imparato a dominare molto tempo prima: la rabbia che l'aveva consumato quand'era un ragazzotto battagliero di Boston, quella collera gelida che provava quando il padre lo prendeva a cinghiate e sua madre abbandonava la stanza. Aveva bisogno di provare ancora quella rabbia. Di sfruttarla.

Era pronto ad usare ogni mezzo necessario per portare a termine la battaglia.

CAPITOLO 19

Flagstaff, Arizona, il giorno dopo

HUTCH SISTEMÒ LA CAFFETTIERA SUL FORNELLO e accese il gas. Ancora preferiva filtrare il caffè alla maniera tradizionale e, regolarmente, abbondava un po' con la miscela, a prescindere dal numero delle tazze che stava preparando.

Mentre la tv allo scaffale all'angolo sparava a tutto volume le solite cattive notizie, Hutch ruppe delle uova in una padella gettandovi anche della pancetta a dadini. Ma non pensava al cibo, bensì alle due ospiti che condividevano la camera da letto spartana sul retro del rifugio.

Vi aveva portato Stacy nel cuore della notte e si era raccomandato con Meredith che lo avvertisse immediatamente se avessero avuto bisogno di lui, senza badare all'ora. Aveva sentito la ragazza gridare nel sonno diverse volte, ma alle urla era sempre seguita la voce di Meredith che era riuscita a calmarla. Era quasi mezzogiorno e non aveva ancora udito alcun rumore dalla stanza delle ospiti nelle ultime due ore.

Pensava che David si sarebbe messo in contatto alle prime luci dell'alba, ma l'amico non l'aveva chiamato. Hutch aveva seguitato a schiacciare il tasto redial per tutta la mattina, senza riuscire a raggiungerlo. E ora la CNN gliene stava spiegando il motivo.

«... i cinque distretti amministrativi di New York e parte del New Jersey oggi sono rimasti senza corrente, a seguito delle precipitazioni senza precedenti che la notte scorsa hanno scaricato oltre 27 centimetri di pioggia sulla East Coast. I lampi hanno colpito la centrale elettrica principale causando un caos simile a quello verificatosi nell'agosto del 2003, cioè il collasso della rete elettrica. Il temporale di ieri ha anche interrotto le comunicazioni via cellulare; gli addetti ci hanno comunicato che, una volta ripristinate le linee elettriche, occorreranno settimane per pompare l'acqua che ha invaso la rete della metropolitana...».

La voce dell'annunciatore seguitava a ronzare monotona mentre Hutch depositava le uova nel piatto. Finché David era bloccato a New York, non c'era molto da fare, se non rimanere a occhi aperti per proteggere Stacy e Meredith, oltre che impedire a quest'ultima di terrorizzare la figlia più di quanto non avesse fatto fino a quel momento.

«Sento odore di fumo».

Hutch si voltò nell'udire la voce di Stacy, ritta sulla soglia della cucina, i capelli lunghi fino alle spalle in disordine e gli occhi ancora rossi di pianto. Indossava ancora gli stessi pantaloncini della tuta grigia e la T-shirt che si era messa in macchina.

«Gli incendi sono lontani, tesoro. È solo fumo trasportato dal vento. Che cosa posso offrirti per colazione? Uova? O sei una patita dei cereali?».

«Voglio parlare con David», implorò Stacy con voce tremula.

Anch'io, pensò Hutch.

«Quando ieri mi ha chiamato pregandomi di venirvi a prendere, si trovava a Brooklyn. E proprio ieri un violento nubifragio si è abbattuto sull'intera città di New York».

Hutch indicò con un cenno del capo il televisore che mandava immagini di newyorkesi intenti a evitare le strade cittadine alluvionate. «È saltata la corrente, Stace, e persino le antenne dei cellulari sono fuori uso. Non ci resta che tenere duro in attesa che David si faccia vivo».

«Non riesco a capire che cosa sta succedendo», la voce di Stacy era sommessa e la paura era tornata ad affiorarle nello sguardo. «Qui sono scoppiati degli incendi, mentre New York è allagata. Che strano!».

Stacy andò alla finestra e prese a fissare il fumo che saliva dai lontani bagliori color arancio all'orizzonte. Si voltò verso Hutch, sull'orlo delle lacrime.

«Hutch, non riesco a smettere di pensare a tutti quei

poveri animali intrappolati nell'incendio. Qualcuno di loro riuscirà a scampare?».

Hutch si schiarì la gola. «A volte ci riescono».

«E tutte le altre volte che succede?». Rimase in silenzio per un momento. «Non so perché Dio permette che accadano queste cose».

Fissare quegli occhi da cerbiatta era come guardare in faccia il dolore. Il volto di quella giovane innocente era devastato da una sofferenza allo stato puro. Voleva che Hutch avesse una risposta per lei.

«Non so molto di Dio, meno di quanto dovrei», rispose lui alla fine. «Ma di sicuro me ne intendo in fatto di cuocere delle uova. Strapazzate, in camicia o all'occhio di bue, signorina?».

Stacy deglutì a fatica e premette il dorso delle mani sugli occhi umidi. «Strapazzate, credo». Si voltò di nuovo verso la finestra, lo sguardo fisso sui fuochi in lontananza.

«Quanto pensi che impiegheranno a domare gli incendi?».

CAPITOLO 20

DAVID AVEVA IMPIEGATO DUE ORE PIENE a percorrere il tragitto per l'ufficio di Judd Wanamaker, procedendo a fatica per le strade affollate. Sembrava che tutta New York si fosse riversata sui marciapiedi: capannelli intorno alle stazioni radio, gente a caccia di cibo o di bancomat, per non parlare dei passanti in attesa di novità riguardo al ripristino delle linee elettriche e della normalità.

David si era affrettato di buon passo tra la calca, con i sensi in stato di allerta, sorvegliando con occhio vigile le persone intorno a lui, finché non si era ritrovato al sicuro davanti al palazzo delle Nazioni Unite, ma solo per scoprire che l'edificio era buio e inaccessibile.

Era rimasto all'esterno maledicendo il suo inutile cellulare. Non lo consolava il fatto che anche i telefoni dell'hotel erano inattivi. O che avesse cercato di contattare Judd e Hutch infinite volte. Gli era stato impossibile.

Frustrato e rabbioso, David poteva solo sperare che Stacy fosse al sicuro con Hutch. Con un nodo che gli stringeva il cuore si domandò se l'avrebbe rivista.

Non gli rimaneva che tornare in albergo. Aveva percorso solo qualche isolato, quando il richiamo dei pasticcini disposti in bella mostra nella vetrina di una panetteria lo attirò all'interno del negozio. Il locale, illuminato solo dalla luce del giorno, era gremito.

«È tutta roba di ieri», annunciò il commesso quando David riuscì ad avvicinarsi al banco. «È tutto in vendita. Compri tre e paghi uno. Siamo aperti fino ad esaurimento. Non posso accendere il forno finché non torna la corrente».

David acquistò una mezza dozzina di muffin e qualche fetta di torta, oltre a una bottiglia da due litri di Coca ormai calda, poi si rituffò nelle strade allagate. Il traffico era scarso, benché l'acqua fosse rifluita nel corso della notte, il che gli parve un po' sinistro. Si guardò attorno con cautela mentre proseguiva verso l'hotel, ancora chiedendosi come i loro aggressori fossero riusciti a individuarli la sera prima.

Dovevano esserci migliaia di lettrici di tarocchi sparse per New York: come avevano fatto gli Angeli Oscuri a sapere dove si trovavano? Una scelta casuale dettata dalla fretta?

A meno che non ci avessero seguiti dal ristorante. Dall'esterno dello Yotsuba. Se gli Angeli Oscuri li avevano visti cenare con Judd, forse anche lui era in pericolo.

E non c'era modo di avvertirlo né di avvisare i Lamed Vovnik superstiti. Non era neppure sicuro di conoscere tutti i loro nomi, magari qualcuno era ancora sigillato nella sua testa.

Per la prima volta provò un deciso impulso di recarsi a Safed. La sua unica arma contro gli Gnoseos erano i nomi che aveva in testa, nel suo taccuino. Non possedendo le conoscenze o i contatti di Yael, né la saggezza di rabbi Ben Moshe, gli rimanevano solo le ripercussioni di un'esperienza che sfidava ogni spiegazione razionale. Se la città di Safed era davvero dotata di un'aura sacra e mistica, come gli aveva assicurato Yael, forse sarebbe riuscito a liberare le voci di tutte quelle anime che l'avevano implorato di ricordare i loro nomi.

Allungò il passo, felice per l'opportunità che aveva di camminare, sciogliere i muscoli, schiarirsi le idee. Sembravano passati secoli e non solo cinque giorni da quando aveva battuto Tom a squash. Non riusciva a capacitarsi che la sua vita fosse andata a gambe all'aria da allora.

Ora era un fuggitivo, rintanato in un'umida camera d'albergo, isolato e sull'orlo della follia. La stanza sembrava rimpicciolirsi ad ogni istante, eppure Yael non si era lamentata neanche una volta. Si era dimostrata più che disponibile a restarsene in albergo quella mattina mentre lui si avventurava fuori per ritirare il suo passaporto. Meredith si sarebbe arrampicata sulle pareti lamentandosi d'essere stata murata viva.

Hutch dev'essere preso fino al collo, pensò mentre scrutava attentamente la scala prima di salire. *Ammesso che l'abbia ancora, il collo.*

Deve averlo.

Nell'udire delle voci al di là dell'uscio, David si bloccò di colpo. Si chinò sulla porta, ascoltò una voce maschile e infilò la chiave magnetica nella fessura. Spalancò la porta e si ritrovò a fissare la canna di una pistola.

Capitolo 21

Villa Casa della Falconara, Sicilia

Il maggiordomo del primo ministro salì sulla terrazza dove Di Stefano e la moglie, avvolti in vesti da camera di seta, indugiavano sull'abituale prima colazione a base di biscotti e caffè espresso.

«*Mi scusino, lor signori*».* Si volse verso il primo ministro con un lieve inchino in tono contrito. «Un giovanotto del paese ha chiesto di vederla. È molto insistente. Dice che sua madre lavorò qui nelle cucine, quando lei era sotto le armi e, in effetti, io mi ricordo di lei. Crede che lei sia l'unico che possa aiutarlo».

Di Stefano chiuse di scatto il giornale e lo depose accanto al piatto, mentre la moglie sorbiva il suo caffè espresso. «Fallo entrare, Carlo», rispose con un'alzata di spalle.

Mario Bonfiglio si precipitò sulla terrazza, il viso bruno segnato dall'ansia e i muscoli del suo corpo di bracciante tesi come un fascio di corde. Di Stefano ne ricavò l'impressione di una lince pronta a balzare sulla preda.

«*Mi dispiace, eccellenza,* non sarei venuto da lei, ma sono disperato. La polizia non fa nulla e non sa nulla. La famiglia della mia fidanzata ed io stiamo vivendo giorni da incubo». Deglutì e riprese biascicando, sudando sotto l'occhio acuto del primo ministro e lo sguardo freddo e indagatore della moglie.

«La sua fidanzata?...» lo incalzò il primo ministro.

---

* Le parole in corsivo nel testo sono in italiano nell'originale. *(N.d.T.)*

«*Sì*, la mia Irina, la mia innamorata, l'anima mia. Dovevamo sposarci la settimana scorsa. Ma è scomparsa. Suo padre l'aveva mandata a sbrigare una commissione all'ufficio postale, ma non è più tornata. L'abbiamo cercata dappertutto, *signore*, nelle masserie, nei campi, ovunque. I poliziotti scrollano le spalle e non fanno nulla. Mi hanno riso in faccia dicendomi che probabilmente è scappata con un altro uomo. Ma io so che non è vero, la mia Irina ed io ci eravamo promessi l'uno all'altra. Non vedevamo l'ora di sposarci e di mettere su famiglia».

«Che cosa crede che io possa fare a differenza della polizia?». Il primo ministro lo studiò perplesso.

«Eccellenza, lei potrebbe ordinare alla polizia di indagare sulla sparizione, informando i paesi vicini. È scomparsa da tre settimane e abbiamo perso del tempo prezioso. La prego, se lei glielo ordina, ci aiuteranno a cercarla». Tese le mani supplicando la moglie del primo ministro, mentre quest'ultima deponeva la tazza.

«Signora, lei sa che cos'è l'amore. Gioia e dolore. Voglio che la mia innamorata ritorni. Qualcosa di terribile le è accaduto. Non mi avrebbe mai lasciato».

Mario cercava comprensione e compassione sul volto della signora, ma vide solo indifferenza nei suoi occhi blu freddi come l'acciaio sotto i capelli biondi spettinati. La donna posò il tovagliolo e si alzò con un sorriso, tagliente come la lama di un rasoio.

«Ah, ma a volte l'amore è incostante, giovanotto. E a volte non dura. Forse la sua Irina non vuole che la si ritrovi».

La rabbia affiorò sul volto di Mario. I suoi occhi bruciarono come carboni di ossidiana, ma si trattenne dal profferire parole irrispettose.

Mentre Flora Dondi gli passava accanto per rientrare in casa, Mario volse il suo sguardo infuocato al marito. «Mai», disse a bassa voce. «Mai la mia Irina mi avrebbe abbandonato di sua spontanea volontà».

«Mi dispiace per lei». Il primo ministro si sporse in avanti e Mario fu sollevato nel cogliere sul suo volto signorile, al di là delle parole, la partecipazione. «Se lei mi lascia il suo nome e quello della sua fidanzata, oltre alle generalità del padre di lei e alla data della scomparsa, chiederò alla polizia di svolgere un'indagine approfondita, senza trascurare neppure un vigneto o un paesello». Di Stefano gli tese una penna e ordinò al maggiordomo di portargli della carta.

«Ha fatto bene a venire da me, figliolo», disse dopo che Mario aveva scribacchiato le informazioni richieste e spinto il foglio di carta sulla tovaglia colmo di gratitudine.

Di Stefano si alzò per porgerli la mano. Mario strinse con gioia il palmo robusto del suo benefattore. La speranza tornò a fluire in lui e silenziosamente ringraziò la Madonna per avergli dato il coraggio di presentarsi.

«Dio la benedica, signore. Dio la benedica». Mentre si voltava per lasciare la terrazza, quasi urtò contro la sedia; il maggiordomo lo scortò all'uscita.

Di Stefano raccolse il foglio di carta e fissò le scritte vergate con grafia grossolana. Un momento dopo, estrasse un accendino con un monogramma d'argento dalla tasca della vestaglia. Guardò per un attimo il doppio uroboro che vi era inciso, per poi dar fuoco alle speranze di Mario Bonfiglio e incenerirle.

CAPITOLO 22

LA MANO DI DAVID AFFERRÒ LA CANNA DELLA PISTOLA cercando di scostarla. Ma quello che aveva tutta l'aria di un killer, nonostante la bassa statura, aveva una presa d'acciaio. Prima che potesse premere il grilletto, David gli assestò una spallata nell'ampio petto, facendogli perdere l'equilibrio. Caddero assieme lottando avvinghiati l'uno all'altro per impossessarsi della pistola, mentre la busta del panettiere volava in aria e la borsa da viaggio sbatacchiava contro la schiena di David.

«*Lo,* Avi!» urlò Yael in ebraico. «No, non sparare, è David!».

David si bloccò a mezz'aria non appena afferrò l'ingiunzione. *Avi.* La scarica di adrenalina che l'aveva investito alla vista della pistola rifluì, ma il cuore gli batteva ancora all'impazzata.

Merda. Allentò la presa sulla pistola e si rizzò in piedi. Anche il suo avversario, torvo in volto, si rialzò barcollante.

«Che razza di benvenuto è questo!?» protestò David fissando l'israeliano brevilineo dai capelli ispidi davanti a lui.

«È così che si sopravvive nel mio lavoro», replicò tranquillo Avi in un inglese dal marcato accento esotico.

Yael chiuse la porta a chiave e raccattò il sacchetto del panettiere. «Visto che avete smesso di accopparvi, non potremmo aggiornare David in merito a quello che mi hai riferito?».

Avi gli tese la mano. «Ci sa fare, lei!». L'israeliano aveva capelli rossicci, basettoni e gli occhi più scuri che David avesse mai visto. Rivelava durezza nei modi e i suoi lineamenti da ebreo askenazita trasmettevano forza e sicurezza.

«L'istinto di sopravvivenza è un maestro veloce», rispose David.

«Ha preso il suo passaporto?» gli chiese Yael.

David scosse il capo. «Non sono riuscito a vedere Wanamaker. Il palazzo delle Nazioni Unite è chiuso. Manca ancora la corrente, dappertutto».

«Me ne sono accorta». Yael si picchiettò il viso ricoperto da una patina di sudore. C'erano almeno una trentina di gradi nella stanza.

«Ma ho anche buone nuove, David. Avi ha un passaporto per lei. Non so come ci riesca», aggiunse con un sorrisino all'altro uomo, «ma ce la fa sempre».

David colse una nota di ammirazione nel tono della sua voce, il che lo infastidì per una qualche ragione che non riusciva a capire. Ma dovette ammetterlo, il passaporto tesogli dall'israeliano era perfetto. Del tutto indistinguibile da quello che aveva lasciato nella sua camera da letto e che era sparito.

«Lo firmi!».

Autoritario, vero? pensò David, mentre Avi gli porgeva la penna prelevata dalla scrivania.

«E ora dobbiamo aspettare solo che riaprano l'aeroporto Kennedy», fece Yael.

«E che riprendano a funzionare questi dannati cellulari». David ficcò il passaporto nella borsa da viaggio. «La vostra seconda squadra ha già raggiunto mia figlia?» chiese ad Avi.

L'israeliano prese posto sull'unica sedia accanto al tavolo, dove aveva posato la pistola. «Non ancora. Dovrebbero raggiungere Flagstaff domani mattina, sul presto. L'ultima comunicazione che ho ricevuto m'informava che Newark era stato chiuso... sembra che l'elettricità sia venuta a mancare prima nel New Jersey, per cui hanno dovuto ripiegare su una rotta più lunga, da Tel Aviv a Londra e poi Phoenix, almeno ventuno ore di viaggio».

David, frustrato, provò una stretta al cuore. «E poi dovranno trasferirsi in macchina a Flagstaff?».

«Yael ci ha detto che il suo uomo laggiù è piuttosto esperto».

«Molto». Ma David si stava chiedendo se Hutch fosse in grado di respingere uno stormo di Angeli Oscuri in picchiata. *Loro non sanno dov'è Stacy,* ricordò a se stesso. Però, aveva pensato anche che non sapessero nemmeno dove si trovavano lui e Yael. Fece un giro attorno alla stanza soffocante; gli sembrava che stessero per scoppiargli le vene.

«David». Yael pareva leggergli nel pensiero. Gli toccò il braccio. «Il suo compito in questo preciso momento è portare a termine il suo libro dei nomi... e il nostro. Non abbiamo tutti i nomi. Diversi frammenti del Libro di Adamo risultano ancora mancanti, sepolti nelle grotte o nel deserto. Eppure, se quei nomi sono sigillati nella sua testa, riusciremo a tirarglieli fuori».

«È l'unico modo per sconfiggere gli Gnoseos», aggiunse Avi, i cui occhi scuri perforavano David come un laser. «Dobbiamo mantenere in vita il numero più alto possibile di Lamed Vovnik. E solo lei può dirci chi sono».

David fissò il pavimento. Tutto quello che voleva era abbandonare New York e raggiungere Stacy. Ma non poteva rischiare di metterla in pericolo. Il sudore iniziò a colargli lungo le costole, ma non certo per via del calore soffocante di quella stanza, lo sentiva.

Yael riprese a parlargli con dolcezza, come se intuisse il dilemma che lo tormentava.

«Una volta a Safed, i mistici potranno aiutarla a ricordare tutto ciò che le è stato detto. Deve cercare di concentrarsi. È il modo migliore per aiutare Stacy. Il mondo non è ancora arrivato alla fine, David, lei deve continuare a credere che sua figlia è ancora viva».

Seguì un breve silenzio, interrotto da Avi che raccattò il sacchetto della panetteria, facendo frusciare la carta mentre estraeva un muffin al mirtillo semifrantumato. Dopo averlo addentato, passò il sacchetto a Yael.

«Che mi dice di Percy Gaspard?» lo incalzò David, abbassando lo sguardo su Avi, e mettendolo alla prova. «Avete scoperto qualcosa su questo nome?».

«Pochissimo, per ora. Intanto, ne abbiano scovato solo uno: di sesso maschile, nato a Montreal nel 1939. Tutte qui le informazioni raccolte dalle nostre fonti prima del blackout. Ma a questo punto potrebbero averne scoperte altre. Voglio andarmene di qui, partire per la Pennsylvania o trasferirmi in un qualsiasi altro posto civilizzato, insomma, in una città degna di questo nome, dove funzionino i cellulari. Potremmo raccogliere ulteriori indizi per procedere, una volta che avrò rintracciato i miei colleghi».

«Allora dovresti muoverti!» suggerì Yael.

Avi annuì alzandosi dalla sedia. «Ancora una cosa», aggiunse spostandosi verso David. «Le gemme. Le prenderò io, adesso».

«Perché?» chiese David.

«Saranno più al sicuro con me, anche se arriverete prima in Israele. Sono vitali per il popolo ebraico, ce le hanno portate via per troppo tempo». David fissò Yael. «Gli ha detto che sospettiamo che la Cerchia d'élite degli Gnoseos si sia già appropriata di diverse pietre?».

Lo sguardo di Yael fulminò David. «Non si fermeranno davanti a nulla pur di metterci le mani sopra. Bramano quelle gemme quasi quanto i trentasei nomi per via dell'intrinseco potere di ribaltare l'equilibrio».

David di colpo tornò con la memoria a Crispin, che, tanti anni prima, aveva alzato la pietra promettendo a lui e ad Abby che non sarebbero caduti. Come faceva a sapere Crispin che la pietra era magica? E come diavolo ne era venuto in possesso?

«Mi spieghi quest'ultima parte», la pregò conciso David. «Quella riguardo all'equilibrio».

Avi si sfilò la camicia kaki madida di sudore. «I sapienti ci hanno insegnato le proprietà magiche delle pietre. Ognuna delle gemme che ornava il pettorale del sommo sacerdote porta il nome di una delle dodici tribù d'Israele e il loro rispettivo colore è lo stesso del vessillo che garriva fuori dall'accampamento di ciascuna tribù. Il sommo sacerdote indossava il pettorale ogni volta che accedeva al Santo dei Santi. Lo sa perché?». Avi stesso rispose alla domanda prima che David potesse azzardare un'ipotesi.

«Perché rappresentava il popolo ebraico e ricordava a Dio le dodici tribù che invocavano la sua misericordia», spiegò Avi.

«Lei sa come funziona una tavoletta Ouija?» intervenne Yael. Al cenno di assenso di David, Yael proseguì. «Il pettorale del sommo sacerdote era come un'antica tavoletta Ouija israelitica, un modo per comunicare con Dio. Quando il popolo ebraico incontrava il favore di Dio, le pietre risplendevano. E quando Israele era in guerra e le pietre luccicavano era un buon auspicio, un segno di vittoria».

«Eccole un esempio». Avi infilò la pistola nella fondina. «Yael ha parlato della tavoletta Ouija. Ecco come funzionava nei tempi biblici. Il popolo presentava al sommo sacerdote dei quesiti da rivolgere a Dio. Dopo aver dato voce alle richieste, Aronne contemplava le pietre del suo pettorale meditando sui tanti nomi di Dio. Mentre faceva tutto questo, le lettere sulle pietre brillavano d'una luce radiosa, comunicando la risposta di Dio».

David rimase immobile. Ricordò il momento in cui aveva trovato la pietra dopo il disgelo. La sua luce accecante gli faceva male agli occhi. Aveva creduto che vi fosse riflessa la luce del sole. Mentre le parole di Avi si imprimevano in lui, prelevò entrambe le pietre dalla tasca e prese a studiarle.

«No, lei non...» esordì l'israeliano, ma David lo zittì.

«Se parliamo di avvenimenti mistici, credo di avere un'esperienza maggiore della sua. Ho trovato io questa pietra e, stando a quanto ho sentito, probabilmente c'è una dannata buona ragione per questo. Per non parlare del fatto che rabbi Ben Moshe le ha affidate entrambe a me prima di essere assassinato».

«Credo che abbia ragione, Avi», Yael si interpose tra i due. «Trovò Naphtali subito dopo la caduta che gli aveva procurato la visione. La pietra era lì ad *aspettarlo*. Non credo che sia stata una coincidenza. È rimasta in suo possesso per tutti questi anni. Era destinato a custodirla», insistette Yael. «Forse per una ragione che ancora non conosciamo».

Avi spostò lo sguardo dall'uno all'altra, la bocca serrata in un'espressione accigliata. Alla fine si strinse nelle spalle. «Suppongo che possa aver ragione. D'accordo, allora».

Tese la mano a David. «Non appena verrà ripristinata la corrente le farò sapere della sua figliastra... e di Percy Gaspard. Preghi che riaprano l'aeroporto entro ventiquattro ore. Il tempo non gioca a suo favore».

Capitolo 23

Los Angeles

Alberto Ortega era contrariato. Il che aveva seccato Raoul LaDouceur.

Quest'ultimo perdeva raramente la calma, ma sudava copiosamente e schiumava di rabbia nell'allontanarsi dal Sofitel sulla Firebird gialla che aveva noleggiato all'Avis. Il suo primo impulso era stato quello di limitarsi ad abbandonare da qualche parte il furgone bianco, ma poi aveva avuto un'idea migliore rendendosi conto che avrebbe dato meno nell'occhio se l'avesse parcheggiato all'aeroporto di Los Angeles. E a quel punto si era procurato un altro veicolo sotto una diversa identità. La polizia non sarebbe mai riuscita a collegarlo a Stacy Lachman.

Ma la rabbia di Ortega gli rintronava ancora nelle orecchie. *Non è soddisfatto! Crede forse che lo sia io?* Raoul represse il bisogno di schiacciare a tavoletta l'acceleratore della Firebird. Invece, accese la radio a tutto volume tanto per schiarirsi le idee.

Quella sera avrebbe dovuto svolgere un lavoretto pulito. La ragazza in quel momento si sarebbe dovuta trovare nella Valle della Morte a urlare contro i coyote. *All'inferno. Un altro giorno... due al massimo,* disse a se stesso, *... e mi toglierò il fiato puzzolente di Ortega dal collo. Lo stato dell'Arizona non è così grande perché la ragazza mi sfugga una seconda volta.*

Il vecchio Ortega gli ricordava sempre più il nonno, ingrato ed esigente com'era. Quand'era più giovane, da segretario delle Nazioni Unite, Ortega era stato rapido a promuoverlo tra i ranghi degli Angeli Oscuri. Ma ora che la fine era vicina, stava diventando intrattabile come una vecchia zitella acida.

Dopo tutti i nemici che ho accoppato per lui, basta un piccolo inconveniente per mandarlo in bestia, per sbraitare minacce e avvertimenti. Come se si potesse negare un posto sull'Arca al più abile e al più efficiente degli Angeli Oscuri! Nel momento in cui l'Ascesa è così vicina.

Aspettavano solo che il Serpente portasse a termine la sua opera, che individuasse gli ultimi due nomi.

E allora perché Ortega mi assilla? Come posso eliminarli prima che il Serpente mi riveli la loro identità?

Quella – la Lachman – non era un problema. Le era capitato solo un colpo di fortuna, la sera prima. Diede un'occhiata alla benda sul dorso della mano. Però, aveva denti aguzzi la ragazzina per essere così dolce e amabile! Comunque, era riuscita solo a guadagnare qualche ora.

E l'avrebbe pagata cara.

Il suo telefono emise un segnale acustico: messaggio in arrivo.

Di nuovo Ortega, dal suo palazzo di Buenos Aires. Be', non se la sarebbe goduta ancora per molto, quel furbastro, quel bastardo. Raoul sapeva che Ortega s'era affrettato a tornare in Argentina per un'unica ragione: riunirsi alla moglie e ai figli, e portarli con sé sull'Arca.

Diede una scorsa al testo del messaggio.

Cambio di programma. Voglio esaminare personalmente la merce. Portala in un luogo sicuro, intatta.

Raoul s'irrigidì, il piano era cambiato. Ora volevano la ragazza viva? Quale valore poteva avere, se non da morta?

A meno che non vogliano attribuirne l'assassinio a qualcun altro.

Increspò la bocca in una smorfia mentre filava a tutta birra verso il confine dell'Arizona. Si sarebbe occupato della cosa più tardi.

Capitolo 24

Brooklyn, New York

La vedova di rabbi Tzvi Goldstein, chiusa nel suo dolore, era una donna esile, dai lineamenti da cerbiatta. Sembrava avesse superato a malapena i vent'anni, eppure aveva partorito sette figli al marito, in altrettanti anni. La più giovane, una neonata di cinque mesi, non riusciva ancora a capire il significato dello squarcio che la madre si era deliberatamente procurata all'angolo sinistro superiore della sua tuta gialla di cotone. Né poteva sapere che non avrebbe più rivisto il padre che, nel benedire la prole, faceva scendere lo sguardo su di lei all'inizio di ogni *Shabbat.*

Sarah Leah Goldstein e i suoi bambini sedevano nella penombra, nel loro modesto appartamento. Erano appollaiati sul divano dal quale erano stati tolti i cuscini, tutti in fila come uccellini. Sulla console alle loro spalle, ardeva una candela commemorativa in un bicchiere rosso, l'unica luce nella stanza per via del nubifragio. Al loro fianco, la pila dei libri delle orazioni riservate ai maschi per le funzioni di suffragio da tenersi in quella casa due volte al giorno, per sette giorni consecutivi. I parenti più stretti di Tzvi Goldstein, nel frattempo, si sarebbero attenuti alle prescrizioni legate al lutto.

Alla notizia dell'assassinio del marito, Sarah Leah aveva afferrato le forbici tagliando il colletto della blusa, per poi operare un taglio simile sugli indumenti dei suoi figli. Per un periodo di lutto di sette giorni, detto *shivah,* tutti gli specchi della casa sarebbero stati coperti, e i familiari avrebbero preso posto su dei bassi sgabelli o su divani privi di cuscini, mentre il padre e i fratelli di Tzvi si sarebbero astenuti dal radersi.

I membri delle altre famiglie e gli amici sarebbero venuti, in un flusso costante, a rincuorare i parenti del defunto con cibo, preghiere e il conforto della loro presenza. David e Yael si sentivano come due intrusi in quel mare di unanime solidarietà, eppure sapevano entrambi che il loro intervento era necessario.

Quando la nipote di Leah le prese la bambina insistendo perché sedesse al desco almeno per un succo di frutta, Yael le toccò il braccio.

«Signora Goldstein, il professor Shepherd ed io eravamo con rabbi Ben Moshe al momento dell'attacco», le disse dolcemente. «Non desideriamo incomodarla oltre, ma se potesse dedicarci qualche minuto del suo tempo, forse ci sarà utile per scoprire i responsabili dell'omicidio».

La vedova li scrutò con occhi pieni di dolore. «Venite con me».

Li condusse in uno studiolo pieno di libri. La luce del giorno morente che filtrava obliqua dalle persiane rivelò una stanza decorosa e accogliente, che odorava di tabacco da pipa e di detergente per mobili.

«Mio marito, riposi in pace, passava molte ore qui dentro, a studiare e a lavorare».

Si guardò attorno, rassegnata, come se cercasse qualcosa che non c'era più. «Che cosa posso fare per voi?».

David estrasse la carta dei tarocchi dalla borsa. «Questa era tra gli effetti che rabbi Ben Moshe mi ha incaricato di custodire. Ha una qualche idea del motivo per cui ne era in possesso o almeno sa dirmi da dove viene?».

La giovane vedova indietreggiò non appena David le mostrò la carta. Gli occhi di Sarah Leah balzarono di scatto sul viso di David. «Quella carta è foriera di morte».

La giovane vedova vacillò e Yael le afferrò la mano per sostenerla.

«Che cosa intende dire?» chiese Yael, lanciando a David un'occhiata meravigliata.

«Mio marito in effetti mi disse della carta. Rabbi Lazar di Cracovia l'aveva inviata a rabbi Ben Moshe, buonanima, appena due settimane prima. Sperava riuscisse a scoprire chi potesse averne ordinate duemila copie». Le tremava la bocca mentre si sforzava di proseguire. «E chi potesse aver assassinato un uomo pur di impossessarsi dei cliché».

«Ucciso chi?» chiese David stupito.

«Lo stampatore... lo stampatore di Cracovia». Sarah Leah si umettò le labbra. «Il suo giovane figlio si trovava nel retrobottega a cambiare l'inchiostro per la stampa quando accadde. Il padre gli stava insegnando il mestiere. Tzvi mi disse che il giovane aveva udito un alterco tra il padre e uno sconosciuto che parlava in polacco con un pesante accento straniero. Ricordava la voce perché quell'uomo si era già presentato due giorni prima, offrendo il doppio della paga se lo stampatore avesse finito il lavoro entro quarantotto ore. Lo sconosciuto aveva ordinato duemila copie della carta».

David trattenne il respiro. «Quindi ne esistono altre 1999...».

«Lei conosce il motivo della lite?».

«Il cliente richiese i cliché. Lo stampatore rifiutò, non si era mai vista una cosa del genere. Lo sconosciuto si arrabbiò, continuando a insistere; poi lo stampatore con una scusa andò nel retrobottega. Mandò a casa il figlio per proteggerlo dalle conseguenze di quello scambio nefasto. Il ragazzo era appena uscito quando udì lo sparo... tornò sui suoi passi solo per vedere le fiamme che bruciavano alle finestre».

Sarah Leah scosse tristemente la testa. «Quel poveretto cercò di raggiungere il padre, ma il fuoco ormai aveva avvolto tutta la casa. La carta, l'inchiostro, le sostanze chimiche... un incendio furioso».

Era livida in volto. «Rabbi Lazar disse che lo stampatore era un brav'uomo... come mio marito...». Le si affievolì la voce.

David avvertì un sussulto di dolore, come una sensazione di impotenza quasi fosse un bambino. «Sa come rabbi Lazar si era procurato questa carta?» chiese con dolcezza.

«Il figlio dello stampatore era affascinato dai serpenti. Nell'aiutare il padre a stampare le carte, fu come ipnotizzato dai rettili effigiati sul dorso. Lo stampatore, com'è consuetudine, conservava sempre delle copie d'archivio di ogni lavoro. Quando rabbi Lazar visitò la famiglia per lo *shivah*, il ragazzo si fece avanti. Rabbrividì nel confidare a rabbi Lazar di aver sottratto la carta dall'archivio». Le tremava la voce. «Quel povero ragazzo si sentiva responsabile per la morte del padre e credeva che sarebbe stato punito per aver rubato la carta».

«Un peso insopportabile per un ragazzo», mormorò Yael. «Un peso che non avrebbe dovuto portare». La sua voce si fece aspra. «Se il cliente avesse saputo che il ragazzo si trovava nel retrobottega, avrebbe ucciso anche lui pur di mantenere il segreto sulle carte».

Segreto. David stava mettendo insieme le tessere del puzzle. «Ecco perché ha ucciso per rubare i cliché, per far sì che le carte non venissero più identificate o riprodotte».

«Questo vi aiuterà a scoprire l'assassino di mio marito?». Gli occhi della vedova erano lucidi di lacrime, ma subito Sarah Leah sbatté le palpebre come per arginarle. «Credete che il committente in persona abbia seguito la carta da Cracovia per poi uccidere rabbi Ben Moshe e mio marito per riaverla?».

«Qualcosa del genere». Le dita di David si strinsero sulla carta. «È tutto collegato. Ma è una faccenda troppo grossa perché ci sia coinvolto un uomo solo».

Seguì un momento di silenzio, mentre Sarah Leah portava le mani alla gola. E all'improvviso il pianto di un neonato ruppe il silenzio nello studio.

«Credo che Bayla abbia fame», le disse la nipote, apparsa sulla soglia con la piccola piagnucolante.

«Devo andare». Sarah Leah prese in braccio la figlia neonata e iniziò a cullarla.

«Grazie per il suo aiuto, signora Goldstein», le disse David mentre Sarah Leah lo ricambiava con un sorriso mesto per poi seguire la nipote che usciva dalla stanza.

David e Yael si fecero strada nel soggiorno affollato. Non appena Yael posò la mano sulla maniglia, un brusco calo di tensione accompagnato da un ronzio oscurò l'appartamento, dopodiché, un istante dopo, le lampadine nel soggiorno tornarono alla vita.

«Sia fatta la luce», mormorò David, presagendo che

l'orribile limbo nel quale era precipitato si fosse appena dissolto.

Nel momento in cui misero piede all'esterno, David e Yael cercarono entrambi il cellulare; nessuno dei due apparecchi al momento era funzionante.

«Useremo il telefono dell'hotel per riservare il volo». Yael stava già dirigendosi a grandi passi verso l'incrocio in cerca di un taxi.

«Se le linee non sono ancora interrotte». David si mise al passo con Yael e stava per rimettere la carta nella borsa, quando si bloccò: aveva notato qualcosa.

Ma perché non se ne era accorto prima? Dietro a uno dei corpi che cadevano dalla torre c'era un ponte levatoio. La torre, spaccata in due, precipitava in una specie di fossato e quasi lo nascondeva; sembrava un bastione, ma in realtà era un ponte.

All'improvviso si rese conto di dove avesse già visto un ponte come quello. Ci era salito all'inizio dell'anno, a Londra, sporgendosi a guardare il Tamigi e ad ammirare lo spettacolare panorama notturno della capitale. La stessa serata in cui aveva cenato con Blair, un gruppetto di commensali aveva insistito a condurlo in una stanza privata all'interno del Tower Bridge che tagliava il fiume. Una vista straordinaria. E il fatto che il pubblico in occasioni speciali potesse affittarla per banchetti o conferenze d'affari era ancor più sorprendente.

Fissando la carta dei tarocchi, David studiò la resa artistica dell'architettura del ponte. La somiglianza con il Tower Bridge era impressionante: lo stesso stile vittoriano, la combinazione di ponte a bilico e di ponte sospeso, l'arte muraria...

Non era una riproduzione molto precisa, eppure...

Il London Bridge sta cadendo.

La canzoncina della sua infanzia gli riecheggiò nella mente. Anche se sapeva che si riferiva ad un altro ponte, non a quello vicino alla Torre di Londra, le parole continuavano a ronzargli nel cervello.

London Bridge. Sta cadendo. La figura della carta che cadeva...

La carta della Torre. Il Tower Bridge?

David si sentì rabbrividire. La carta era dunque un avvertimento? Gli Gnoseos stavano pianificando un qualche tipo di attacco su Londra? O da Londra?

E perché qualcuno potrebbe aver avuto bisogno di duemila copie della stessa carta... che fosse un avvertimento o meno?

«Ecco un taxi, su si sbrighi!» lo incalzò Yael mentre una vettura faceva stridere i freni sul marciapiede davanti a lei.

David con passo incerto si diresse verso il taxi, mentre Yael, chinandosi, prendeva posto nel veicolo. Il cervello del professor Shepherd prese a vagare in un'infinità di direzioni, che s'incrociavano dando forma a una specie di mappa; purtroppo, non era ancora in grado di seguirla.

CAPITOLO 25

LA FAMILIARE SUONERIA DEL CELLULARE gemette nel momento stesso in cui il tassista suonò il clacson a un bus che invadeva la sua corsia. *Finalmente!*

«Ehi, socio!». La voce di Hutch gli rimbombò nelle orecchie. «Qui qualcuno è in attesa di parlarti».

«Non ha aspettato quanto me». Il cuore di David sobbalzò e rimase come sospeso nel momento in cui udì distintamente la vocina di Stacy.

«David, la mamma mi ha detto che hai cercato di avvertirci che qualcuno voleva farmi del male. Come facevi a saperlo?».

Chiuse gli occhi, a corto di parole. Come poteva spiegarglielo quando non riusciva a spiegarlo a se stesso?.

«David? Ci sei ancora?».

«Sono qui, Mezzacartuccia. Non posso dirti tutto adesso, ma devi fare tutto quello che ti dirà Hutch. Rimani dentro. Stagli vicino. Non allontanarti».

«Quell'uomo potrebbe tornare?».

«Lui o qualcuno come lui». David fece una smorfia nell'udire il pianto di Stacy.

«Ho paura. Perché non vieni qui con noi?».

La supplica della bambina lo spezzò in due.

«Vorrei poterlo fare, tesoro. Darei qualunque cosa per starti vicino in questo momento. Ma devo andare altrove, lontano. È molto importante... ha a che vedere con il fatto di proteggerti».

«Lontano... quanto?» riprese con voce tremante. Poi udì Meredith che le chiedeva il telefono.

«David, che diavolo sta succedendo? In che cavolo di pasticcio ti sei cacciato? Ma lo sai che qualcuno ha quasi soffocato Stacy in giardino e ha cercato di infilarla nel bagagliaio di un furgone?».

David fece per aprire la bocca e risponderle, ma Meredith continuò come un rullo compressore. «Lo sai che siamo finite nella fottuta Arizona, rintanate in mezzo al nulla, circondate da incendi? Non riesco a contattare Len e a quest'ora avremmo dovuto partire per la nostra dannata luna di miele. In che accidenti di ginepraio ti sei ficcato...».

«Meredith, fammi parlare con Hutch». David digrignò i denti.

«Non prima d'avermi detto che cosa hai combinato. Hai messo in pericolo mia figlia, ho il diritto di sapere».

«Meredith, è la fine del mondo, okey? Sto cercando di evitarla. Ora fammi parlare con Hutch».

Udì il rauco respiro della donna. Riusciva a immaginare la furia, l'incredulità sul viso dell'ex moglie. «È la fine del mondo. Ha bisogno di te». La sua voce grondava di sarcasmo.

«Che succede, socio? La tua squadra d'appoggio non si è ancora fatta vedere».

Di nuovo Hutch. La voce della ragione.

«Sono morti. Qualcuno li ha fatti eplodere sopra l'Atlantico, ma un'altra squadra dovrebbe arrivare da un momento all'altro. Pensi che riuscirai a tenere il forte?».

«Un orso riuscirebbe a farla nel bosco?».

«Ascolta, lascerò il paese non appena sarò in grado di prenotare un volo. Solo per qualche giorno. La tua squadra d'appoggio è israeliana. Assicurati che recitino qualche preghiera in ebraico prima di farli entrare».

«Qualcosa come *"Hava Nagila"*, *shalom* e *oy*?».

«Sbruffone, quelle non sono preghiere». David chiuse gli occhi mentre il taxi svoltava a destra, ad angolo retto, mancando per un pelo un fattorino in bicicletta. «Ho piena fiducia in te, Hutch. Lo sai, vero?».

«Così come conosco il mio gruppo sanguigno».

David ripose il cellulare in tasca.

«Stacy piangeva», disse.

La mano di Yael sfiorò la sua, indugiando leggermente sulle dita. «David, mi dispiace. È terribile».

Il suo tocco era lieve come quello di una piuma, eppure

le sue dita emanavano un calore che sembrò quasi sciogliere il gelo che aveva dentro.

«Con un po' di fortuna, saliremo su un volo in partenza dal JFK, stasera», gli confermò.

Fortuna. Dipende tutto dalla fortuna? Dalla buona sorte? Da un quadrifoglio?

Dio solo lo sa, meditò tetro mentre avvistavano il Riverside Tower.

Georgetown University

Tom McIntyre saltò sulla sedia, rovesciando quasi la tazza di caffè sui test che stava valutando, quando due agenti in uniforme irruppero nel suo ufficio.

«È lei David Shepherd?» disse il più giovane dei due sventolandogli in faccia un mandato di perquisizione, dopo essersi avvicinato alla scrivania.

Che razza di impudente figlio di puttana. Tom s'inalberò all'istante. *Con le guance rosate, il taglio a spazzola come da regolamento e il fisico da bagnino palestrato. E gli occhi.* Osservò Tom. *Uno sbirro fatto e finito.*

«No, Tom McIntyre», rispose ignorando il mandato. «Che cos'è tutto questo cancan?».

«Lei sa dove si trova David Shepherd?».

«Perché volete saperlo?». Tom fissò il poliziotto negli occhi. Non riusciva a figurarsi uno scenario in cui la polizia facesse irruzione in cerca del suo compagno d'ufficio, specie con un mandato di perquisizione. Dio santo, il migliore amico di David era un prete, suo padre era stato senatore degli Stati Uniti. Chi avrebbe potuto essere più onesto?

«Quando l'ha visto per l'ultima volta?».

Tom esitò un secondo, cercando di raccogliere le idee.

«Diversi giorni fa, immagino. Lunedì o martedì della settimana scorsa... non ricordo bene».

«Questo è il suo ufficio, vero?».

«Sì. E anche il mio. Guardi, farebbe meglio a spiegarmi il motivo della vostra visita».

«Omicidio». Il secondo poliziotto finalmente aprì la bocca.

Tom sperò solo che lo shock non gli trasparisse in viso.

«La domestica di David Shepherd è stata trovata morta in casa sua, professor McIntyre», continuò il secondo agente, la voce spavalda come il suo aspetto, la mascella quadrata e la posa aggressiva. «Dobbiamo accertarci che il professor Shepherd goda di buona salute».

L'agente sfrontato rilevò il collega. «Non risponde al cellulare. Sa se questo numero è quello giusto?». Gli spinse sotto il naso un pezzetto di carta.

Era il numero di David.

«È quello lì». Tom, scosso pur cercando di non darlo a vedere, si inumidì le labbra; gli si seccò la bocca all'improvviso. «È andato a New York per qualche giorno... affari personali. Come lei sa, c'è stato un blackout da quelle parti, sono saltate le comunicazioni via cellulare e tutto il resto. Ecco perché non avete avuto risposta».

Il giovane agente lo studiò con calma. «Probabilmente».

Il secondo poliziotto aveva già iniziato a frugare nei cassetti della scrivania di David. Da cui estrasse una fotografia incorniciata di Stacy e la mostrò al collega, che annuì come se avesse capito l'antifona.

«Sa chi è?» domandò il secondo poliziotto.

«Sì. La sua figliastra».

Tom gli diede i nomi di Stacy e di Meredith. Gli balzò lo stomaco in gola quando gli chiesero il loro indirizzo.

«Ascoltatemi, devo dirvelo, David Shepherd non farebbe del male a una mosca. Voglio dire, gioca bene a squash, ma questo è il massimo della sua ferocia». Contro il suo istinto, Tom tornò a sprofondare nella sedia.

«Professore», riprese l'agente sfrontato, in tono affabile, «non stiamo accusando il suo compagno di ufficio di aver ucciso qualcuno. Vogliamo solo parlargli, okay? Accertarci che non sia rimasto vittima di un omicidio. Quindi se sa dov'è, dovrebbe dircelo; sarebbe nell'interesse del suo amico, oltre che del suo».

«Tutto quello che so è che è andato a New York». Tom detestava il fatto che David riuscisse regolarmente a batterlo a squash e che fosse più abile come rocciatore. Garantito, a volte dentro di sé gli aveva augurato una caduta. Ma non gli augurava certo la morte. Sembrava che l'agente impudente non vedesse l'ora di guadagnarsi i galloni. *Magari a spese di David.*

Per quasi un'ora, misero a soqquadro la scrivania di David, gli schedari, la libreria persino il cassetto contenente i fogli dei test.

Una volta conclusa l'operazione, i due agenti tesero a Tom un biglietto da visita con il numero di riferimento al quale avrebbe potuto rintracciarli. Quello sfrontato lasciò Tom con il fermo «consiglio» di chiamarli subito qualora avesse avuto notizie di David.

Aspettò che si avviassero sulle scale prima di chiudere la porta e di afferrare il cellulare.

Capitolo 26

Mentre rientravano alla stazione di polizia, l'agente Scott Conrad digitò la data sull'avviso a tutte le unità, mordicchiando un sandwich al prosciutto e formaggio che aveva arraffato alla tavola calda dell'università.

Il suo compagno, Lou Minelli, era tornato alla casa della vittima per interrogare ancora una volta la figlia adulta di quest'ultima. Conrad gli aveva augurato buona fortuna. Ci erano già stati assieme per compilare il rapporto iniziale e, allora, aveva dovuto trattenere l'impazienza mentre la figlia singhiozzava così insistentemente da risultare quasi sconclusionata.

Secondo il suo racconto, Eva Smolensky aveva lasciato lo stufato a sobbollire nel tegame di terracotta prima di uscire, diretta all'abitazione di Shepherd. La cena della figlia. La trentenne familiare della defunta era commessa presso il negozio di un fotografo. La madre l'aveva chiamata sul posto di lavoro dicendole che sarebbe passata a riordinare la casa di Shepherd e di non aspettarla a cena. Era stata l'ultima volta che la figlia della donna delle pulizie aveva udito la voce della madre.

A Conrad piaceva il caso. Gli piaceva un sacco. E gli sarebbe piaciuto ancor di più quando il dottor Shepherd si sarebbe seduto davanti a lui, al tavolo dell'interrogatorio.

Abbassò lo sguardo mentre le sue dita tamburellavano sulla tastiera.

A tutti i dipartimenti di polizia e a tutte le agenzie investigative. Individuare un ricercato in relazione a un omicidio avvenuto al 223 di D Street NE, Washington, D.C. Il nome di detto individuo è professor David Shepherd, bianco, maschio, trentatré anni, alto un metro e ottantacinque, novanta chili, capelli castani, occhi nocciola, segni particolari: nessuno. Data di nascita: 15 agosto 1973. Domiciliato al 223 di D Street NE, Washington, D.C.

Conrad rigurgitò un sorso di sciroppo e si pulì la bocca con un tovagliolino di carta. Osservò attentamente lo schermo in cerca di refusi, poi continuò.

Il ricercato è stato segnalato a New York. Probabilmente si sta spostando in aereo, treno o su un'auto noleggiata. Si prega di trattenerlo in stato di fermo e di contattare immediatamente il Dipartimento di Polizia di Washington, D.C.

L'agente Conrad pigiò il tasto INVIO, trasmettendo l'avviso al Dipartimento di Polizia di New York e all'ente per la sicurezza dei mezzi di trasporto aereo affinché fosse immediatamente diramato a tutti gli aeroporti di New York e del New Jersey.

Una volta che avessero fatto circolare l'avviso, sarebbe stata solo questione di tempo.

CAPITOLO 27

«DAVID», LA VOCE DI YAEL SI ERA FATTA stridula e angosciata, di fronte all'espressione attonita del professor Shepherd. «Chi era quello? E che cosa le ha detto?».

Shepherd scosse la testa incredulo aprendo e chiudendo la bocca, mentre stringeva la mascella.

«Mi dica che cosa c'è che non va», chiese Yael saltando sulla sedia da dove aveva appena assistito al notiziario della CNN che riferiva di un disastro dopo l'altro. Poi si fermò davanti a David, perplessa, chiedendosi come mai avesse assunto quel colorito cinereo.

«Eva è morta».

«Chi è Eva?».

«La mia domestica. L'hanno uccisa... a casa mia».

Chiuse gli occhi e per un attimo rivide le palpebre cascanti e il sorriso stanco della donnina che gli aveva riordinato diligentemente la casa negli ultimi sette anni.

Riaprì gli occhi e guardò fisso Yael. «La polizia mi sta cercando».

«Oh, mio Dio». Yael aveva il viso tirato. «Quando l'hanno trovata?».

«Non ne ho idea. "Quello" era Tom McIntyre... condividiamo l'ufficio alla Georgetown. Si sono presentati con un mandato di perquisizione e mi hanno rivoltato la scrivania. Sanno che sono a New York». La nausea gli fece ribollire lo stomaco.

«Questo significa che non possiamo aspettare domani mattina... dobbiamo andare subito all'aeroporto per farle superare i controlli, prima che tappezzino di sue fotografie tutto il JFK».

David la fissò assente, ancora troppo scosso per poter pensare chiaramente. «Prima, devo passare alla polizia...».

«*No*». Yael lo spinse sulla sedia. «Ci pensi, David. Chiunque abbia ucciso Eva, forse cercava *lei*. Se contatta la polizia, non le permetteranno di lasciare il paese prima d'aver arrestato il colpevole».

Sapeva che Yael aveva ragione. Eppure esitava ancora.

Yael, con movimenti rapidi e sicuri, stava già raccogliendo i suoi effetti per la toilette. «Passeremo la notte all'aeroporto. Farò una doccia veloce, mentre lei raccatta la sua roba».

Quando la porta del bagno si chiuse alle sue spalle, David, con la mente in subbuglio, iniziò a misurare la stanza.

È stata colpa mia, ho chiesto ad Eva di aspettare Dillon, pensò. *Ma Dillon mi ha detto che se n'era andata prima del suo arrivo. Senza riporre l'aspirapolvere...*

Perché era già morta, comprese David, che si bloccò fissando il vuoto fuori dalla finestra.

Ma allora perché Dillon non ha scoperto il cadavere?

Le ascelle gli grondavano di sudore. Dillon e l'assassino si erano recati sul posto a breve distanza l'uno dall'altro. Era Dillon quello che avrebbe potuto dare una mano alla polizia.

Ma era all'estero, ricordò.

Avvertì un vuoto allo stomaco. Il sacerdote era il suo migliore amico. Aveva rischiato di morire assieme ad Eva. *Perché mi stanno dando la caccia?*

A grandi passi raggiunse la borsa e la rovesciò sul letto, poi appallottolò la camicia del giorno prima e la cacciò dentro. Mentre l'immagine tremolante sul video attirò il suo sguardo; afferrò il telecomando e ripristinò l'audio.

«Il vento si è spostato qui in Arizona», riferiva una corrispondente dalla lunga chioma. «Un centinaio di migliaia di acri è già bruciato e ora il fuoco ha cambiato direzione, avanzando verso Flagstaff e allontanandosi dagli incendi controllati predisposti alle sue spalle. Il che rappresenta un duro colpo per i pompieri che si sono prodigati a tempo pieno nelle ultime trentasei ore. Lo sceriffo sta avvisando i residenti di prepararsi ad evacuare la zona in caso di necessità. Qui Flagstaff, vi ha parlato Dana Landau».

Il terrore si abbatté su di lui. Meredith gli aveva gridato

qualcosa a proposito degli incendi, ma lui vi aveva prestato scarsa attenzione.

Hutch avrebbe dovuto trasferirle altrove, e David sapeva bene che cosa significava. Hutch gliel'aveva spiegato anni prima, quando proteggeva la sua famiglia: gli spostamenti aumentavano i rischi.

All'improvviso sentì la necessità di udire di nuovo la voce di Stacy. Ancora una volta, prima che il suo aereo si staccasse dalla pista l'indomani mattina.

C'era qualcosa che non le aveva detto. Meredith le aveva strappato il telefono prima che ne avesse l'opportunità.

Ancora una volta, prima di lasciar il paese, prima della fine del mondo, voleva assicurarsi che Stacy capisse quanto la amava.

Yael aprì la doccia al massimo e ripensò al fatto che David era ricercato dalla polizia. *Il suo passaporto nuovo di zecca non serve a nulla.*

Mentre aspettava che la temperatura dell'acqua si stabilizzasse, si appoggiò al mobiletto del bagno e prese in esame diverse opzioni. Conosceva Avi da quindici anni e da quindici anni l'amico non faceva altro che vantarsi del suo ingegno sconfinato.

Era giunto il momento di metterlo alla prova.

CAPITOLO 28

DAVID, CON LE SPALLE IRRIGIDITE DALLA TENSIONE, osservava le navi da carico sul fiume Hudson dalla finestra dell'hotel. Un ennesimo *déjà vu*. Hutch, Meredith e Stacy non rispondevano al cellulare.

Aveva deselezionato il sonoro del televisore, ma le immagini di un furioso incendio e di un fumo denso e nero balenavano ancora sullo schermo.

Gli incendi controllati non sortivano alcun effetto. Nulla sembrava averne. Poteva solo sperare che Hutch riuscisse ad eludere il fronte delle fiamme.

Sentì Yael chiudere il rubinetto del bagno, ma in un altro angolo del cervello udì Stacy urlare il suo nome terrorizzata.

No. Spense quel video da incubo e ricordò a se stesso che Karl Hutchinson era il migliore nel suo campo: nessuno avrebbe potuto sbarazzarsi di Hutch per far del male a Stacy e a Meredith, nemmeno un Angelo Oscuro.

«Nessuno di loro mi riceve», gridò a Yael. «Ho un brutto presentimento». Si voltò, spalle alla finestra, bloccandosi di colpo. Yael era ai piedi del letto sfatto. L'accappatoio dell'hotel semiaperto, gli occhi verdi diafani per la paura. Accanto a lei, un monolito biondiccio le premeva un coltello da caccia contro la gola.

Non ho sentito nulla.

Guardandolo da vicino, David si rese conto che quel bestione era solo un ragazzo... un enorme ragazzone. Grande e grosso come un giocatore di football, con una faccia da cadetto gasato della riserva. C'era qualcosa nei suoi occhi. Azzurro chiari, quasi incolori e privi di emozione come due palline da ping pong. *Sembra un incrocio tra un giocatore di football e un killer prezzolato.*

«Lasciala andare», gli ingiunse. Il biondastro si leccò le labbra. Le due pietre nella tasca di David all'improvviso presero ad avvampare come carboni ardenti, ustionandogli la coscia. Fissò la giugulare di Yael che pulsava a qualche millimetro dalla lama pressata sulla pelle.

Come si fa a ragionare con un Angelo Oscuro?

«Sono sicuro che noi due, in un modo o nell'altro, possiamo metterci d'accordo, se non le fai del male», esordì avanzando lentamente di un passo. «Per prima cosa, devi lasciarla andare».

«Ci penserò sopra... *dopo* che mi avrà consegnato il suo libriccino rosso».

Sa del mio taccuino. David era attonito. *Credevo che fosse in cerca delle pietre o della sacca del rabbino.*

Trattenendo il respiro, David valutò la stazza del bestione. *Prenditela con comodo. Ti occorre un punto d'appiglio. Ha più o meno l'età di uno qualunque dei tuoi studenti. E da come sta sudando sembra altrettanto insicuro.*

«Perché non mi dici il tuo nome e non mi spieghi che cosa c'è sotto tutta questa storia?».

Con sua sorpresa la voce gli uscì più bassa di un ottava rispetto al solito.

«Sono solo un fattorino, professore», disse con un cenno del mento. «Posi il telefono sul tavolo e mi dica dov'è il libretto. Prenderò anche tutto quello che le ha affidato il rabbino».

David incollò lo sguardo a quello di Yael. Gli pulsavano le vene alle tempie. Avrebbe voluto dire al ragazzo di andare a farsi fottere, ma si morse la lingua, costringendosi a guardare fisso l'avversario fino a fargli abbassare lo sguardo.

Ci dev'essere qualcosa in quella zucca, dietro quegli occhi vacui. Ma come arrivarci? Forse, se gli offrissi una delle pietre lascerebbe perdere Yael.

Fu come se l'avesse sentito. «Non lo faccia, David». A giudicare dalla voce, Yael era spaventata quasi quanto lui, con tutto quel caos che gli strepitava nella testa. «Mi ucciderà comunque. Esca di qui... *ora*».

Il bestione sorrise debolmente e aumentò la pressione della lama sulla carne di Yael. Poi fece un cenno verso il letto sfatto. «Lei se l'è scopata l'altra sera. Oggi sembra che sia venuto il mio turno».

Yael rimase a bocca aperta quando il pugnale le incise la gola. Dal forellino sgorgò un fiotto di sangue.

«Lo vedete perché i corpi sono tanto sgradevoli», sentenziò il bestione con disprezzo. «Così sudici. Fastidiosi. E un vero ostacolo all'ascensione spirituale». Allontanò il coltello di una frazione di centimetro dalla gola di Yael, che sussultò non appena il sangue iniziò a darle il solletico scendendo verso il bavero dell'accappatoio. «Si dia una mossa, professore. Non le basta quello che ha visto?».

«Bastardo», sibilò Yael tra i denti nel dargli una spinta con la schiena e tirandogli un calcio allo stinco. David si lanciò in avanti. La stanza sembrò vacillare mentre cercava di agguantare il coltello. Yael, contorcendosi disperatamente, riuscì a divincolarsi, ma con un pugno il monolito la mandò a sbattere contro le ante dell'armadio. Poi l'Angelo Oscuro si voltò verso David e gli assestò un calcio allo stomaco da manuale di karate, facendolo crollare sulle ginocchia.

David era senza fiato, sembrava persino che non riuscisse a ricordare come respirare. Aveva come la sensazione che gli si stessero afflosciando i polmoni e che, al tempo stesso, prendessero fuoco. Una sensazione di disgusto lo prese alla gola mentre si afferrava alla testiera del letto per rialzarsi.

Poi tutti e tre, all'unisono, si avvidero dell'ambra caduta sul pavimento. Era rotolata a terra dalla tasca di David e brillava come un minuscolo sole accanto a uno dei sandali di Yael, le antiche lettere incise sulla pietra oscure come il mistero.

Yael, incurante del braccio muscoloso del biondastro, si tuffò sulla pietra; David afferrò la rete metallica portabagagli e la fracassò sulla testa del bestione, con uno schianto raccapricciante. L'Angelo Oscuro stramazzò sul tappeto come un elefante.

«Tutto bene, Yael?». David inalò avidamente l'aria, e via via l'ossigeno gli riaffluì al cervello.

«Starò meglio, una volta che saremo usciti di qui», gli

rispose allacciando la cintura dell'accappatoio. Poi portò la mano tremante alla gola e sussultò alla vista del sangue. «E lei? Qualcosa di rotto?».

«Forse», replicò con un ghigno. «Ma se non ci faccio caso, sono sicuro che mi passerà».

Con un tenue sorriso, Yael raccattò la gemma e gliela tese.

David se la fece scivolare in tasca e udì un lieve tintinnio nel momento in cui urtò l'agata, che era rimasta al suo posto.

«Vediamo se ha con sé qualcosa di utile prima di uscire di qui», disse inginocchiandosi accanto all'uomo esanime.

La patente del New Jersey identificava il bestione come James Gillis.

«Quel documento potrebbe essere falso. Se riuscissimo a portarlo ad Avi, ci potrebbe spiegare chi ha mandato questo frescone», mormorò Yael mentre frugava nella tasca posteriore dei pantaloni di Gillis.

«Ha molta fiducia in Avi, vero?».

«Ci conosciamo da un sacco di tempo». Perquisì il resto del portafoglio. «Fu reclutato dal Mossad lo stesso anno di mio marito».

«Marito?» s'informò David, ispezionando il gonfiore al calzettone di Gillis.

«Eravamo sposati solo da tre mesi quando fu ucciso in missione. Avevamo rinviato la luna di miele...».

La compassione sgorgò spontanea in lui. Ma prima ancora che potesse esprimerla, Yael cambiò discorso, osservando la pistola di piccolo calibro che David aveva appena estratto dalla calza di Gillis.

«Non proverei a farla passare sotto il naso del servizio di sicurezza. Me la dia».

Detergendosi la fronte imperlata di sudore con la mano, David la sbirciò mentre vuotava il serbatoio della pistola e nascondeva i proiettili sotto il materasso; poi esaminò l'altra gamba di Gillis e scoprì una carta dei tarocchi nell'altra calza.

«Ehi, guardi questa. È identica».

Yael si avvicinò per esaminarla. «Il numero sul dorso è diverso», sottolineò.

Aveva ragione. Era segnata 1098. *Risolveremo il problema più tardi,* meditò David. A quel punto era necessario legare Gillis prima che rinvenisse. Voleva avere delle risposte.

Senza indugio strappò il lenzuolo dal suo letto.

«Yael, vada a prendere un bicchiere d'acqua fresca in bagno».

Lei gli rivolse una lunga occhiata, poi si eclissò mentre David annodava un'estremità del lenzuolo alle braccia di Gillis, legandole dietro la schiena. Poi passò alle gambe.

«Pronta?». Yael teneva il bicchiere d'acqua fresca sopra la testa di Gillis.

«Via».

Gillis non ebbe il minimo sussulto, nemmeno quando David gli schiaffeggiò la faccia umida. «Sveglia, biondino». Ma Gillis non batté neanche le palpebre. Yael si chinò su di lui per poi premergli le dita alla gola. «Il battito è debole. Potrebbe rimanere svenuto per un pezzo, e noi non possiamo permetterci il lusso di aspettare».

David cacciò la patente e la carta dei tarocchi nella borsa mentre Yael si vestiva. Dopodiché si gettò il borsone sulle spalle mentre entrambi davano un'ultima occhiata alla stanza. Alla tv, le unità di soccorso turche stavano ancora estraendo corpi martoriati dalle macerie del terremoto.

Gillis emise un lamento senza muoversi. David fece per avviarsi verso di lui, ma Yael lo afferrò a un braccio. «David, la prego, non abbiamo tempo».

Sapeva che Yael aveva ragione. Forse ci sarebbero volute ore per costringere Gillis a parlare. E, nel frattempo, i dispacci della polizia avrebbero allertato gli agenti del servizio di sicurezza dell'aeroporto spingendoli a interrogarlo.

David aprì la porta con cautela e gettò lo sguardo lungo il corridoio. Vuoto.

Ma non aveva modo di sapere del robusto portoricano appoggiato alla parete in fondo alla scala, nella hall. Lo sguardo di quest'ultimo si incollò agli ascensori casomai il professor David Shepherd e Yael HarPaz fossero riusciti a sfuggire a Gillis e cercassero di pagare il conto dell'albergo per poi andarsene.

«Alla faccia della moderna tecnologia!». Con disgusto, Hutch si alzò gli occhiali da sole sulla fronte e fissò il commesso corpulento di Charlie's, il negozio di alimentari e casalighi, mentre Stacy passava in rassegna le caramelle esposte su uno scaffale di legno.

«Infatti!» annuì il commesso masticando la palla di tabacco appallottolata sotto la guancia ispida. «Quegli incendi sono una bella fregatura per noi. Madre Natura ha sempre la meglio sulla tecnologia».

«Ma è assurdo. Lei mi sta dicendo che non c'è un solo cellulare che funzioni qui a Flagstaff?» chiese Meredith. La sua impazienza le costò un grugnito sommesso da parte del commesso. Stacy alzò lo sguardo verso le travi di pino del soffitto e strabuzzò gli occhi.

«È proprio quello che le sto dicendo, signora... se avete un AT&T, un Venzon o un Cingular, e simili. Nessun cellulare che riceva il segnale dall'antenna principale è attivo fino a questo momento».

«E tutte le linee di terra sono intasate dalle persone che cercano di comunicare», gridò un tale, bruciato dal sole, che inalberava una confezione da sei lattine di birra. Stacy notò i suoi stivali neri, una vera opera d'arte, ornati com'erano da intricate cuciture e da elaborate decorazioni.

Hutch non gli stava prestando attenzione: l'uomo teneva d'occhio sia Stacy sia l'entrata, come pure la strada che serpeggiava tra gli arbusti e gli spuntoni di roccia oltre il parcheggio. Nessuno li aveva seguiti dal rifugio a Walnut Creek. Neppure la squadra d'appoggio attesa da un minuto all'altro. Hutch non aveva idea di chi dovessero incontrare, ma era certo che dovessero eludere il fronte dell'incendio.

«E se qualcuno avesse un'emergenza?» Meredith alzò la voce che risuonò stridula nel negozietto, che sapeva di caffè stantio e deodorante all'essenza di pino.

«Il mondo intero ha un'emergenza, mamma», mugugnò Stacy, rossa in volto come la scritta sulla sua felpa grigia. «Non hai sentito il telegiornale?».

Il commesso sogghignò spostandosi al registratore di cassa per battere delle bibite gassate e delle patatine a due giovanotti in attesa.

Hutch prese in esame le alternative. Non ne aveva. Avrebbero dovuto attendere di collegarsi con David, una volta raggiunta una località sicura.

«Su, signore, diamoci una mossa. Troveremo un altro posto per chiamare la nonna e augurarle buon compleanno».

Lo sguardo di Stacy per un attimo guizzò su di lui, poi si abbassò nel momento in cui Hutch la sorprese. *Poveretta*. Di tanto in tanto probabilmente dimenticava la ragione della sua piccola avventura. Per una ragazza di tredici anni aveva fin troppo sale in zucca, eppure ben presto il destino le avrebbe presentato il conto. Hutch l'aveva osservata quella mattina stessa mentre scribacchiava furiosamente sul suo diario raggomitolata nella grande sedia dall'alto schienale, dove un tempo sedeva suo nonno a leggergli *L'allevatore di bestiame*. In breve tempo, aveva capito che Stacy era una ragazza sensibile e altruista, dolce e impaurita, con il cuore in mano; insomma, un esempio per tutti, anche se lei non ne era minimamente consapevole.

Meredith gettò sul banco un pacchetto di Marlboro 100's Light con un biglietto da dieci dollari, mentre Hutch abbassava gli occhiali da sole precedendo Stacy alla porta.

«Vada pure avanti. Arrivo», gli gridò dietro le spalle Meredith.

Mentre Hutch scortava Stacy all'Explorer, esaminò con lo sguardo la strada e la terra brulla a perdita d'occhio che digradava in direzione opposta al negozio. Non colse nulla di insolito, ma appoggiò comunque leggermente la mano alla spalla della giovane.

Raoul LaDouceur sorrise, inquadrando la guardia del corpo sul mirino. Ancora tre minuti e avrebbe ficcato nel bagagliaio Stacy, addormentata e immersa in sogni al cloroformio, per poi dirigersi a tutta velocità verso un aereo privato in attesa.

«Aspetti, signora». L'uomo bruciato dal sole afferrò il braccio di Meredith e la spinse indietro mentre si avviava verso porta.

«Tenga giù le mani...». Meredith sbiancò in volto accorgendosi che impugnava una pistola.

«Stacy, scappa, bambina!» urlò.

Ma nel momento stesso in cui Meredith urlava il suo avvertimento, l'uomo si catapultò fuori facendo fuoco con la pistola così rapidamente che gli spari parevano fuochi d'artificio. Le ci volle un attimo prima di capire che i colpi crepitavano anche dalla direzione opposta.

«All'inferno, stia giù signora!» strillò il commesso steso sul pavimento. Contemporaneamente, Meredith vide Hutch con la pistola in mano, accovacciato a terra, con Stacy che si dimenava sotto di lui, singhiozzante.

«Scappa!». Meredith si precipitò fuori urlando. «Scappa, Stacy, scappa».

Un proiettile le fece schizzare dalle dita il pacchetto di Marlboro. Barcollò, poi corse a rotta di collo verso l'Explorer. In quello stesso istante, l'uomo bruciato dal sole zigzagando nel parcheggio faceva fuoco verso lo spuntone di roccia a un centinaio di metri di distanza.

«Aiutalo, mamma. Sta perdendo molto sangue. Devi aiutare Hutch». Stacy, con il volto spaurito, bianco come uno straccio, era rannicchiata accanto ad Hutch, mentre l'uomo bruciato dal sole all'improvviso si voltò dirigendosi verso di loro.

«Non ci uccida», lo implorò. «La prego, non ci uccida».

L'uomo s'inginocchiò e afferrò la mano destra di Hutch, strappandogli la pistola e deponendola accanto a Meredith. «Sono dalla vostra parte, signore. Garrick Rix. Il rinforzo di Hutch», annunciò controllando il polso al ferito.

Schiaffeggiò il volto di Hutch: nessuna reazione. «E dai, stronzo, non mollare proprio adesso».

Rix si sfilò la cintura dei jeans per poi lanciarla a Meredith. «Morirà se non gliela stringe il più possibile attorno alla gamba, e regga la cinta finché non torno. Qualunque cosa dovesse succedere, non muovetevi di qui. Spero di aver ferito quel figlio di puttana laggiù, ma non ne sono sicuro. Vado ad accertarmi che non stia aspettando di farci fuori uno alla volta, poi ce ne andremo da questo inferno di posto. Il vostro compito nel frattempo è di impedire che Hutch muoia dissanguato».

Capitolo 29

Stacy afferrò la cintura di cuoio e la fece passare attorno alla gamba di Hutch, ignorando il sangue che inzuppava i jeans. Era a malapena consapevole che Garrick Rix si era allontanato. La sparatoria era finita, eppure il crepitio dei proiettili le rimbombava ancora nelle orecchie. Aveva la nausea, ma se avesse ceduto, Hutch sarebbe morto. Quello che gli era accaduto era colpa sua.

«Ti prego, non morire», mormorò con voce strozzata, fissandolo. La faccia di Hutch era dello stesso colore livido della plastilina che usava nelle lezioni di educazione artistica.

«Stacy, ci penso io». Meredith tremava al punto che le battevano i denti mentre cercava di carpire la cintura dalle dita serrate della figlia. «Va' sotto l'Explorer, adesso».

Le dita di Stacy si strinsero sulla cintura. «Rimarrò qui con te e Hutch. Posso farcela».

«Stacy, ti stanno dando la caccia. Va' sotto l'E...».

Uno sparo risuonò dallo spuntone di roccia. Stacy emise un gemito.

«Credi che abbiano sparato all'amico di Hutch?». Il suo volto era rigato dalle lacrime.

Sembra proprio di sì, pensò Meredith con il cuore in tumulto, ma prima che potesse rispondere la raggiunse il grido rauco del commesso dal negozio.

«Tornate qui, voi due. Posso tenerli a bada con il fucile. Correte!».

«Sta perdendo troppo sangue. Non posso abbandonarlo», gli sbraitò di rimando Meredith in tono basso. «Stacy, va' via ora», la incalzò, urlando fuori di sé con i capelli scarmigliati davanti agli occhi. Il sangue appiccicaticcio di Hutch le intiepidiva il ginocchio. «Torna strisciando al negozio. Ti prego. Ti prometto che avrò cura di Hutch».

Stacy era divisa tra il desiderio di obbedire alla madre e quello di proteggerla. Apparentemente non riusciva a smettere di singhiozzare. Né a muoversi. Poi fu troppo tardi.

Garrick Rix strisciava sul ventre, la pistola puntata contro l'uomo bruno a una ventina di metri. Era stato colpito, ma l'adrenalina l'aiutava a sopportare il dolore. Gli sarebbe bastato un solo colpo, un colpo ben piazzato.

L'uomo si avvicinò. Il figlio di puttana se la rideva come se avesse in mano una scala reale. Rix cercò di scostare il sudore dagli occhi sbattendo le palpebre e alzò il braccio leggermente a sinistra. Sputò il sangue che gli si era raccolto in bocca, per non tossire e tradirsi. *Crede d'avermi cucinato a puntino, come uno scoiattolo nella pentola dello stufato. Ma ho ancora un colpo in canna, un altro colpo.*

Una vampata di fuoco lo accecò mentre tirava il grilletto. Il mondo si fece rosso. Poi nero.

Raoul scalciò la pistola dalle dita inerti dell'uomo a terra e lo colpì ancora una volta alla testa, giusto per assicurarsi che fosse morto.

Non un solo movimento superfluo, corse alla Firebird accompagnato da una sensazione di euforia, per la prima volta dopo diversi giorni. La morte dava sempre un certo slancio alla sua andatura.

Il rumore di pneumatici che stridevano sulla ghiaia lacerò l'aria, mentre una Firebird gialla decapottabile slittava di coda attorno allo spuntone per poi arrestarsi, con un brontolio sommesso, ad angolo retto rispetto all'Explorer, tagliandogli di fatto ogni via di fuga.

Il commesso fece fuoco, ma il suo sparo mancò lo pneumatico anteriore e rimbalzò sotto lo sportello del passeggero.

Stacy riconobbe l'uomo che scendeva dalla Firebird.

«Mamma, è *lui*!» singhiozzò rintanandosi sotto il SUV.

Meredith, afferrata la pistola di Hutch, si sforzò di tenerlo sotto tiro. Ma le tremavano le braccia, un sussulto incontrollabile; inoltre, si era morsa il labbro inferiore, così forte che riusciva a sentire in bocca il sapore del sangue. L'uomo non le prestava alcuna attenzione. Stava trafficando con qualcosa che portava alla cintura.

Lo fissò inebetita mentre l'uomo portava il braccio all'indietro e lanciava qualcosa verso il negozio.

Sparagli, adesso! Sparagli, urlò una voce dentro di lei. Socchiuse gli occhi e tirò il grilletto, rinculando verso Hutch in seguito allo sparo. In quello stesso istante, un'esplosione assordante sollevò il negozio dalle fondamenta, mentre le fiamme fuoriuscivano dalle finestre.

Lo shock la paralizzò per un intero secondo. Poi si alzò in piedi nel tentativo di esplodere un altro colpo.

«Mi dia... la pistola». La voce di Hutch era a malapena percepibile. «La lasci cadere», sussurrò, «come se si stesse arrendendo».

Meredith cadde in ginocchio abbandonando la pistola nel palmo aperto di Hutch. Il suo sguardo incrociò gli occhi di Stacy quando la figlia la fissò rabbrividendo da sotto l'Explorer. *Rimani lì, bambina,* pregò in silenzio. *Rimani lì.*

Con un colpo di tosse, l'uomo dai capelli neri volse la schiena all'inferno che aveva scatenato e con grandi passi sicuri si avviò verso Meredith. Quando si arrestò a meno di un paio di metri da lei, il terrore iniziò a palpitare in ogni singola cellula del corpo di Meredith. Eppure tutto quello che riusciva a vedere erano gli occhi spaiati di Raoul. Erano di due diversi colori: l'uno marrone, l'altro azzurro.

Era così concentrata sugli occhi che non si avvide del braccio sollevato di Hutch. Udì solo lo sparo e vide barcollare l'uomo dagli occhi strani.

Per un istante fu pervasa dalla speranza. *Ancora, Hutch. Colpiscilo ancora. Stavolta al cuore.*

Sennonché l'uomo si mosse con discreta velocità, a dispetto del sangue che gli imbrattava la spalla destra.

«No!» urlò Meredith mentre faceva fuoco quattro volte per tutta la lunghezza del corpo di Hutch. «Mio Dio, no!».

«Stacy!» latrò l'uomo.

Udire il nome della figlia dalle labbra di quell'uomo le

diede una sensazione di gelo nell'anima. Mai avrebbe immaginato una perfidia del genere.

«La lasci stare!».

«Silenzio. Adesso!». Le puntava la pistola alla testa. «Stacy, se non vieni qui da quella brava ragazza che sei, tua madre farà la fine della guardia del corpo».

«Non dargli retta, Stacy!» strepitò Meredith.

Il vento flagellava il negozio in fiamme alzando fumo e scintille. L'uomo tossì poi puntò la pistola verso il basso, al cuore di Meredith. Ma all'ultimo istante, mentre premeva il grilletto, di scatto spostò la mira di qualche centimetro a sinistra. Il terreno accanto a lei esplose in frammenti di pietra e polvere.

«Mamma!» urlò Stacy uscendo barcollante da sotto l'Explorer per poi gettarsi sulla madre.

«Ci lasci in pace!» singhiozzò Meredith. «Che cosa vuole da noi?».

«Voglio *lei*!». Puntò la pistola verso Stacy. Poi, con un rapido gesto, afferrò l'arma per la canna e balzò su Meredith come una pantera.

L'ultima cosa che quest'ultima vide prima che la colpisse furono i suoi indifferenti occhi spaiati.

La ragazza si gettò sulla madre, piangente. Raoul impiegò meno dei sei secondi a stappare la fiala di cloroformio e a inumidire il panno che aveva estratto dalla tasca. Stavolta la ragazzina dai denti aguzzi avrebbe avuto solo il tempo di emettere un guaito.

Capitolo 30

Sette... sei... cinque... l'ascensore iniziò la discesa con un sibilo. Avvicinandosi al quarto piano, rallentò per una sosta. David si strinse a Yael nel caso dovessero precipitarsi all'esterno. S'irrigidirono nel momento in cui le porte si aprirono, ma la donna d'affari vestita di tutto punto che entrò trascinando il trolley li degnò a malapena di uno sguardo.

David, consapevole che Yael accanto a lui aveva iniziato a rilassarsi nel momento in cui la cabina riprese a scendere, all'improvviso tese la mano per premere il tasto del secondo piano.

«Dimenticavo, tesoro. Ho detto ai tuoi genitori che saremmo passati da loro».

Yael gli lanciò un'occhiata perplessa. «Oh... ma non dovevamo incontrarci nella hall?». Mentre profferiva quelle parole, si avviò per uscire al suo fianco; aspettò che si richiudessero le porte, poi riprese la parola.

«Che cos'è questa storia, *tesoro*?».

«Di colpo, ho avuto un'intuizione: Gillis non è il tipo che se ne va in giro da solo. Forse il suo complice sta sorvegliando la hall».

Yael abbassò lo sguardo. «Buona idea. Suggerisco le scale».

David fece scorrere lo sguardo lungo il corridoio, meditando sui cartelli che segnalavano l'uscita affissi all'estremità opposta. «Ricorda se abbiamo svoltato a destra o a sinistra, la sera scorsa, quando siamo rientrati dalle scale?».

«A destra... credo».

«Allora andiamo a sinistra. Quella è la scalinata più lontana dall'entrata principale».

Yael con uno strattone issò il borsone sulla spalla. «Speriamo ci sia un'uscita di servizio», mugugnò mentre si avviavano verso la tromba delle scale.

Con passo furtivo si fecero strada scendendo i gradini. David trattenne il respiro prima di socchiudere lentamente l'uscita del primo piano.

Fino a quel momento, tutto bene. Il corridoio era sgombro. Guardando a sinistra, David notò un altro andito che si diramava dal loro; si precipitarono in quella direzione.

Ma era solo una specie di nicchia, con delle sedie impilate fino al soffitto accanto a una porta con una targhetta: RISERVATO AL PERSONALE.

«Qui dentro». David spalancò la porta con una spinta, ma Yael si guardò attorno nell'udire un tramestio di passi che risuonavano nel corridoio alle loro spalle.

Un individuo dalla pelle scura puntò minaccioso verso di loro, correndo come una volpe a caccia di conigli. Il complice di Gillis, l'ispanico che li aveva presi di mira il giorno prima.

«Andiamo! Svelto!». Yael lo trascinò oltre la porta, chiudendola alle sue spalle con uno schianto.

David emise un gemito cozzando con lo stinco contro le gambe di un tavolo da banchetto inclinato su un fianco. «Merda!».

Erano finiti in un'area d'immagazzinamento, disseminata di tavoli oblunghi, altre pile di sedie, piattaforme, un proiettore e persino un piano.

David smosse il piano. «Mi dia una mano!».

Si puntellò ponendo i palmi su un fianco dello strumento, per poi appoggiarvisi con tutto il suo peso. Ma non si muoveva. Yael corse al lato opposto e, riunendo le forze, riuscirono a spostarlo di qualche metro verso la porta.

«Su, ancora!» la incitò David, le tempie grondanti di sudore e il viso paonazzo per lo sforzo. Yael fremeva, le dita allargate sul legno prezioso. Riuscirono quasi ad accostarlo alla porta.

«Ancora», grugnì David, preparandosi allo sforzo.

Proprio in quel momento, la porta si aprì verso di loro, urtando il piano con un tonfo. All'improvviso, delle dita pelose afferrarono l'estremità della porta e una spalla s'infilò sotto il legno.

«Adesso!» urlò Yael.

David spinse, sforzando i muscoli. Il piano si spostò traballando, premendo la porta contro lo stipite e intrappolando le dita tozze del portoricano. Dall'altro lato dell'uscio si udì un grido che niente aveva di umano, seguito da spallate disperate contro la barriera.

«Andiamo!». Afferrando la mano di Yael, David zigzagò tra i mobili da banchetto e una cassa di porcellane per raggiungere la stanza adiacente: un'enorme cucina d'acciaio inossidabile, dove un fattorino d'albergo in livrea rossa che sgranocchiava un sandwich rimase a bocca aperta nel vederli.

«Mi scusi, signore», balzò verso di loro, a palmi levati, mentre diversi cuochi sbigottiti sbirciavano dalle loro postazioni.

«Mi dispiace signore, ma quest'area è vietata agli ospiti...».

«Dov'è la porta di servizio?» gridò David.

Il fattorino era troppo meravigliato per replicare, ma il cuoco asiatico che stava tritando cipolle allungò il coltello di lato.

Seguirono la direzione indicata dalla lama, mentre il fattorino partiva a razzo diretto verso le urla dell'ispanico. «Che diavolo... diavolo...».

«Non apra quella porta... ha una pistola!» urlò Yael da sopra la spalla. «Chiami la security!».

«Che cosa sta succedendo?» chiese il sottocuoco ghignando. «Siamo in un reality? Oh caspita, ci stanno riprendendo!?».

All'esterno, David e Yael si ritrovarono davanti a un'entrata di servizio vivacemente illuminata. Fecero di corsa il giro dell'edificio fino alla facciata che dava sulla strada, correndo finché non individuarono un taxi libero.

Il cellulare di Yael squillò nel momento esatto in cui il mezzo si arrestò.

«JFK», ansimò David insinuandosi nella vettura e lasciando lo sportello aperto. «Ma aspetti la signora».

Trattenne il respiro mentre Yael, con il telefono incollato all'orecchio, saliva a bordo.

«Uscire dall'hotel è stata la parte più semplice», farfugliò alla fine, mentre il taxi si immetteva a scatti nel traffico. Poi si chinò verso David per sussurrargli all'orecchio: «Questa telefonata è stata il primo passo per farle superare i controlli previsti nel suo paese».

Capitolo 31

Il Serpente, ipnotizzato dallo schermo, aveva lavorato alacremente tutta la notte.

All'alba, gli ultimi due nomi ancora gli sfuggivano.

Affrontò di nuovo le formule. Non lavava i capelli biondo cenere ormai da due giorni; le ascelle gli puzzavano di sudore rancido mentre le dita guizzavano sulla tastiera. La mente volava più veloce dell'unità centrale di elaborazione sotto il suo controllo.

Per giorni si era dimenticato di lavarsi, di mangiare, persino di usare il bastone. A un certo punto, aveva tirato indietro la sedia e si era alzato, ma era rovinato sul pavimento.

Imprecando mentre si dimenava per rialzarsi in piedi, aveva afferrato quel dannato bastone e l'aveva scaraventato a viva forza contro una delle sue preziose sculture.

Cominciava a odiare sempre più i numeri, i grafici, le scritte sovrapposte. Più che esprimere il suo genio sembravano farsi beffe di lui, celando i loro segreti, rifiutandosi di aprire il sipario del mistero. Non si erano registrati ulteriori progressi, né erano stati scoperti altri frammenti di papiro: niente fin dall'estate del 2001.

Tutto ciò di cui ho bisogno è qui. Deve essere qui. Sono così vicino.

Siamo così vicini.

Tutto dipende da me. La caduta di Dio. La fine del mondo. Il trionfo degli Gnoseos.

Si erano impegnati così duramente, per tante e tante volte. La storia della sua gente non mancava mai di stimolarlo.

Pensò alla prima volta che erano andati vicini ad annientare i Giusti Nascosti. Lo squilibrio che ne era scaturito in tutto il mondo aveva scatenato l'eruzione del Vesuvio distruggendo Pompei. Per non parlare di Attila l'Unno che aveva brutalmente massacrato moltitudini nel V secolo ed era stato battezzato a giusto titolo «il flagello di Dio».

Gli Gnoseos avevano gioito della peste, della Morte Nera, che aveva sterminato quasi la metà della popolazione dell'Europa occidentale nel XIV secolo. Avevano pregato affinché si propagasse in tutto il mondo.

L'Inquisizione spagnola sotto Torquemada e il massacro degli armeni avevano ucciso molti Giusti Nascosti, ma mai abbastanza, mai tutti e trentasei nel corso di una sola generazione.

Vi erano stati innumerevoli momenti di speranza: nel 1887, il Fiume Giallo aveva rotto gli argini uccidendo quasi un milione di cinesi. L'affondamento del Titanic. Il movimento comunista dei khmer rossi aveva massacrato milioni di persone in Cambogia.

In molte terre e in diverse occasioni, il loro strumento era stata la schiavitù, che soffocava ogni speranza, annichiliva lo spirito, distruggeva tutti gli uomini di animo puro quasi fossero dei parassiti.

I nazisti avevano fatto la loro parte, e per un certo periodo il suo bisnonno aveva guidato la Cerchia della sua generazione in una coraggiosa campagna per distruggere il mondo: erano arrivati così vicino.

Ma noi adesso lo siamo anche di più, disse a se stesso, *più vicini che in qualunque altro periodo della storia*. Pensò all'Arca, alle provviste accumulate in quella fortezza sotterranea e ai duemila fedeli in attesa del segnale... il segnale per entrare nel loro nuovo mondo, il segnale che sarebbe potuto arrivare solo una volta che avesse portato a termine il suo compito.

Ancora due nomi. Perché non riusciva a trovarli? Qual era il suo errore?

Sperimentò un diverso algoritmo, modificò un'altra sequenza, elaborò l'ennesima serie di lettere equidistanti.

Fesserie. Lo schermo gli mostrava solo fesserie.

Si morse la lingua fino a sanguinare. Stupido sangue, che importava? Contava solo la pazienza.

La sua giovinezza, chiusa nelle tenebre, gli aveva insegnato la pazienza. Sapeva da sempre che la luce sarebbe tornata. *E ritornerà adesso,* pensò. *La luce e le risposte. Pazienza.*

Ma era difficile praticare la pazienza nel momento in cui la Cerchia lo teneva sotto pressione. Persino il padre gli sembrava distante, deluso via via che i giorni si susseguivano. *Quanto ancora mi disprezzerebbe se conoscesse la verità... tutta la verità.*

Non posso fallire. Non *voglio.*

Aveva bisogno di schiarirsi le idee. Di tornare alla quiete di quel luogo oscuro e tranquillo, di udire il rumore del nulla.

La risposta era dentro di lui. Possedeva il potere di ascendere, di ricongiungersi con la Fonte. Questione d'intuito, gli avevano insegnato il giorno in cui aveva ricevuto l'amuleto.

Con la mano cercò il medaglione che portava appeso al collo. Nel momento in cui le sue dita sfiorarono il doppio uroboro inciso al centro, si figurò il mondo che si spaccava in due. A testa china, intonò l'antica meditazione, ripetutamente, finché non cadde in trance, scivolando sul pavimento.

Terra impura, globo effimero,
maledico le tue catene,
sdegnando la carne maligna, prigione della mente.
Come fiamma di candela che s'innalza, anelo la Fonte
e aspiro a librarmi nei cieli
per fondermi con il Divino.

Era mattino inoltrato quando riaprì gli occhi, la mente tranquilla; distese le spalle per la prima volta dopo settimane.

All'improvviso si rese conto di che cosa avesse trascurato. Un'impercettibile variazione nello scarto della sequenza ELS, che avrebbe potuto cambiare tutto.

Il che avvenne.

Quella volta, dopo una sola ora di elaborazione della

miriade di dati contenuti nel server, finalmente apparve qualcosa di nuovo sullo schermo.

Annotò le lettere e fece scorrere di nuovo le varianti. Ogni volta i risultati erano identici.

Era un nome. Un nome che non aveva mai ottenuto prima.

Jack Cherle.

Tre minuti dopo scaricò il nome sulla rete. Non ci sarebbe voluto molto tempo per dare agli Angeli Oscuri ciò di cui avevano bisogno.

Se Jack Cherle era ancora vivo, non lo sarebbe stato per molto. Senza fermarsi per una doccia o per mangiare, il Serpente si rituffò nel suo lavoro.

Capitolo 32

Queen Mary 2

Jack Cherle aprì le porte del terrazzino e osservò le onde dell'Atlantico sotto la luce lunare. Ancora due giorni pieni prima che la nave raggiungesse Southampton: era deciso a goderseli entrambi.

Era il viaggio per mare che aveva desiderato per tutta una vita. Sua moglie spesso aveva sognato ad occhi aperti una crociera sulla Queen Elizabeth 2, ma la nave che l'aveva rilevata, la Queen Mary 2, era al di là della loro immaginazione.

Jack amava osservare Yasmin mentre sospirava beata davanti al pasto leggero del tardo pomeriggio, servito con tanto di accompagnamento musicale. Adorava l'entusiasmo che trapelava dalla voce della moglie nell'annunciare che era quasi giunta l'ora del corso d'inglese oxfordiano a bordo. Amava stringerla a sé ogni sera sul terrazzino, dopo che si erano rimpinzati a tavola.

Aveva deciso di non badare a spese per quel viaggio che segnava il loro trentesimo anniversario. L'avevano offerto anche ai loro tre figli, alle loro mogli e ai nipoti: sei notti di navigazione, seguite da una settimana a Londra. Yasmin riusciva a stento a contenere la gioia. Era la prima vacanza di famiglia che si concedevano da quando il loro figlio maggiore si era trasferito alla Cornell.

La vita a St. Louis era piacevole, ma il tempo libero dall'intensa attività pediatrica lo dedicavano ai bambini piuttosto che a se stessi. Ogni anno, Jack e Yasmin impacchettavo i loro occhiali da sole, i pantaloncini e i sandali, si vaccinavano, davano un bacio d'addio ai nipoti e poi, come membri dell'organizzazione Medici Senza Frontiere, volavano, verso una regione devastata dalla guerra o da calamità naturali.

Jack ripensò ai bambini denutriti che avevano curato l'estate precedente nel Darfur, e ai cinque colleghi assassinati in Afghanistan l'anno prima, a meno di due chilometri da loro. Guardando fuori del terrazzino, verso l'immensa distesa davanti a lui, dove mare e cielo, scurissimi, si confondevano, riusciva quasi a dimenticare il caos che imperversava nel mondo. Quasi.

Ancora era combattuto. Avevano quasi disdetto la crociera dopo lo tsunami in Giappone. Non fosse stato per non deludere i figli e i nipoti, oltre che per il fatto che avevano prenotato il viaggio un anno prima, avrebbero preso un volo per l'Asia. Invece, Yasmin e lui erano scesi a un compromesso, cambiando i loro biglietti di ritorno in modo che potessero raggiungere Tokyo direttamente da Londra, prima del volo della British Airways che li avrebbe ricondotti in patria.

A volte Jack fantasticava di rinunciare alla consuetudine di viaggiare per mesi e mesi intorno al globo con la moglie, per curare i bambini più disagiati sparsi per il mondo.

Forse un giorno...

Un colpetto alla porta della cabina lo riportò dentro. Yasmin si stava spazzolando i denti, così fu lui ad aprire ad Emily, la loro nipote undicenne, che lo salutò con una smorfia, guardandolo dal basso in alto; un motivo balneare ornava il pigiamino della piccola.

«Voglio un altro bacio della buonanotte, nonno. Timmy sta facendo impazzire la mamma, vuole il servizio in camera perché dice che sta *morendo di fame*».

«Grazie a Dio, tuo fratello non saprà mai che cosa significa morire di fame», la ammonì Jack scostandole la lunga frangetta bruna. «Così va meglio. Riesco a vedere i tuoi begli occhi, adesso». Si chinò e baciò la nipotina sulla guancia che si era appena lavata.

«Ci rimangono due giorni di viaggio sulla nave», sospirò Emily mentre indugiava alla porta. «Non vorresti rimanere qui per sempre?».

Jack soffocò un risolino. «Non penserai davvero una cosa del genere, Em? Ti attendono un sacco di avventure per il resto della tua vita».

«Immagino di sì», replicò la bambina con un'alzata di spalle, poi s'illuminò. «Anche a te, nonno».

«Naturalmente», iniziò Jack. Ma un improvviso brivido gli corse lungo la schiena, poi svanì. *Che cos'era?*

Rabbrividendo fissò la porta spalancata del terrazzino, oltre la quale il mare s'increspava in onde spumeggianti. Ma l'improvviso brivido era scomparso.

Yasmin uscì dal bagno ed Emily corse ad abbracciarla. Quando Jack la riaccompagnò alla sua cabina in fondo al corridoio, si era ormai dimenticato di quella strana sensazione. Si era dimenticato di tutto tranne che del dolce dondolio del mare e dei giorni preziosi che gli restavano da trascorrere con la sua famiglia.

Pyongyang, Corea del Nord

A distanza di mezzo mondo, un computer occultato in un edificio di proprietà della Banca Centrale della Repubblica Popolare di Corea localizzò la posizione di Jack Cherle. Nel giro di pochi istanti, una squadra di tre Angeli Oscuri di stanza nel Galles si preparò a salutare l'ormeggio della Queen Mary 2 nel porto di Southampton.

Capitolo 33

Il JFK era ingolfato dai passeggeri rimasti intrappolati in seguito ai ritardi. I gestori delle biglietterie, tra il vociare di migliaia di viaggiatori disagiati, erano febbrilmente all'opera per riservare posti su voli alternativi e, come per un gioco di prestigio, dirottarvi i clienti. David era bloccato in una lunga coda che serpeggiava in una specie di labirinto limitato da strisce di nylon; era in attesa di acquistare un biglietto di andata e ritorno per Israele. Con i nervi a fior di pelle, si chiedeva se avessero già segnalato il suo nominativo alla biglietteria.

In un'altra fila, Yael sembrava calma e imperturbabile mentre aspettava tra una madre con due ragazzini turbolenti e un gruppo di adolescenti che indossavano la divisa di una squadra di calcio. Avevano scelto code diverse nel caso David fosse stato arrestato.

Quest'ultimo fissò ancora una volta il passaporto che aveva in mano, meravigliandosi della verosimiglianza del documento contraffatto che Avi gli aveva procurato a brevissimo preavviso. Ma mentre avanzava in coda, pregava che gli impiegati dell'aeroporto, oberati di lavoro, non avessero una sua foto incollata accanto al computer.

«Il prossimo».

L'addetta alla biglietteria, una biondina che assomigliava incredibilmente a Kate Wallace, tanto da indurlo a lanciarle un'occhiata stupita, si sistemò una ciocca dietro l'orecchio e lo fissò con occhi iniettati di sangue. «Che cosa posso fare per lei?».

Fino a quel punto, tutto liscio. David avanzò la sua richiesta per un biglietto di andata e ritorno a Tel Aviv via Londra. Sapeva che il volo successivo in partenza l'indomani mattina era lo stesso che avrebbe prenotato Yael.

«Vediamo, il prossimo volo parte domattina alle nove. L'arrivo a Tel Aviv è previsto alle 5.35 del mattino seguente, con una sosta di sole due ore a Heathrow. E», aggiunse, controllando allo schermo del computer, «lei è fortunato. Cinque posti liberi. I più non hanno la possibilità di opzionare un volo di prima scelta, oggi. Nome, prego?».

Per un attimo, David accusò un vuoto mentale. Sentì tutto il suo corpo, stretto in una morsa di terrore, raggelarsi. Per essere un uomo ossessionato dai nomi, aveva fin troppe difficoltà a declinare le proprie generalità.

«Alan Shiffman», scandì lentamente con il fiato in gola, augurandosi che l'impiegata, mentre digitava il nome sulla tastiera, non si accorgesse che il cuore gli batteva prepotentemente nel petto.

«Può mostrarmi un documento d'identità, signor Shiffman?».

David, sgomento, osservò la sua mano tremante che deponeva il passaporto sul banco. La sosia di Kate Wallace lo studiò da vicino poi glielo tese.

«Devo accreditarle il biglietto sulla sua carta di credito?».

«Pagherò in contanti».

Quel fanfarone di Avi mi ha procurato un passaporto come «Alan Shiffman», ma si è dimenticato di fabbricarmi anche una carta di credito.

Mentre viaggiavano in taxi, David era rimasto sorpreso nell'apprendere che all'aeroporto avrebbero incontrato un «gancio» che gli avrebbe consegnato un altro passaporto. Yael gli aveva raccomandato di comportarsi con naturalezza, come se fossero tre collaboratori riunitisi per un cocktail prima della partenza.

Ciò nonostante, David era parso in imbarazzo quando la loro «conoscente», una donna di mezz'età con i capelli lunghi fino al mento, con un sorriso a trentasei denti, aveva esclamato: «Oh, Alan, ti è caduto il passaporto!».

David stava per negare, ma Yael gli rifilò un calcio da sotto il tavolo. Solo quando la donna scese dallo sgabello e raccolse un passaporto dal pavimento, David capì l'antifona.

«Di certo, non vorrà perdere questo», lo avvertì, reprimendo un ghigno, la signora dai capelli rossi che gli tendeva un passaporto aperto.

David notò che sembrava identico in tutto e per tutto a quello che aveva ricevuto prima, tranne che per il nome sotto alla sua foto.

Alan Shiffman.

La sua nuova identità. Alan Shiffman, il cui passaporto era stato emesso sette anni prima a Chicago.

Abbozzò un sorriso forzato prima di ingurgitare il resto del drink. «Grazie mille. Non sarei andato molto lontano senza».

Non riusciva a capire come Avi fosse riuscito a rimediarlo a così breve preavviso, ma ne era lieto. Comunque viaggiare sotto falsa identità e per giunta all'estero, specie se si è ricercati, doveva essere un reato di una certa gravità.

David non voleva pensare alle possibili conseguenze. Proprio ora che doveva imprimersi nella mente quel nome: Alan Shiffman; come se non ne avesse già a sufficienza che gli ronzavano nella testa.

Allontanandosi dalla biglietteria, meravigliato d'essere riuscito a cavarsela, vide Yael seduta lì vicino, che fingeva di riordinare la borsa. Si alzò dalla sedia e i loro sguardi si incontrarono mentre si avviavano verso la linea di sicurezza. La seguì a breve distanza.

Alan Shiffman, ricordò a se stesso dirigendosi verso la prima postazione di controllo con il passaporto stretto tra le dita. Mentre si trovava all'altezza della toilette riservata agli uomini, un fracassone tutto abbronzato in T-shirt, berretto da baseball, infradito di cuoio e cellulare incollato all'orecchio si precipitò verso di lui uscendo dalla ritirata. Per poco non travolse un ragazzo dai capelli biondicci chino su una fontanella.

«Be', mettiglielo in quel posto, caro mio. Trovati un avvocato prima che sia lei a inchiappettarti. Te l'ho già detto che voleva solo...».

«Ehi», gridò David risentito, mentre Mister Tintarella, avanzando come un rullo compressore, schivava di un pelo un vecchietto tutto trafelato, andando a urtare un'assistente di volo che trascinava un trolley. L'hostess perse il piede d'appoggio e sarebbe caduta se David, lanciatosi verso di lei, non l'avesse afferrata per il gomito, lasciandosi sfuggire il passaporto.

«Guarda dove metti i piedi, amico», gridò rivolto alla schiena dello zotico che si stava accodando alle sue spalle.

«Le è caduto questo», lo avvertì l'assistente di volo, chinandosi per recuperare il passaporto. «Ottima presa», lo ringraziò sorridendogli.

Le dita di David ghermirono il documento. Dannazione, aveva perso ogni traccia di Yael. Ma mentre affrettava il passo la vide in attesa a meno d'una decina di metri più avanti. La fissò negli occhi per un attimo nel superarla a grandi passi. *Vuole che vada avanti io,* intuì. *Mi verrà dietro passando dalle postazioni di controllo.*

Scrutò attentamente la folla dei passeggeri in coda e avanzò di un posto.

Due controlli prima di partire. Due occasioni da cogliere.

Jeff Fortelli trangugiò l'ultima tazza di caffè nella sala d'aspetto della Transportation Security Administration, prima di appendersi il cartellino di identificazione. Il suo turno di dodici ore sarebbe partito di lì a novanta secondi. E anche se il suo supervisore era un idiota che cambiava idea sulle procedure da un giorno all'altro, Jeff sapeva bene che la puntualità è un fattore decisivo. Esattamente come lo sguardo acuto e la mente sveglia. Che unitamente al senso della disciplina erano i tratti caratteristici di un qualsiasi agente della security.

Specialmente per un agente della TSA di servizio in un importante aeroporto internazionale, pensò tirandosi su i pantaloni scuri sui fianchi. Il JFK è uno dei principali crocevia del mondo, benché il suo supervisore e i suoi colleghi addetti ai controlli spesso ne avessero scarsa consapevolezza. Per metà del tempo, sembravano più interessati a sveltire le procedure d'imbarco che a controllare i passeggeri.

All'inferno, i suoi colleghi addetti ai bagagli continuavano a riferirgli che le compagnie aeree deploravano che un numero esorbitante di valigie non riuscisse a raggiungere per tempo gli aerei. Si lamentavano dei costi dello smistamento e ordinavano agli incaricati di accelerare le procedure di controllo, di trasferire le valigie a bordo in tempo utile anche a costo di saltare qualche controllo.

Che modo di gestire la sicurezza con i tempi che corrono!

Jeff gettò la tazza di polistirolo nel sacchetto della spazzatura e si diresse verso il tabellone delle informazioni, come faceva puntualmente ogni sera prima di entrare in servizio. Si teneva aggiornato metodicamente sugli avvisi di sicurezza che vi erano affissi, memorizzava i comunicati e vagliava i nominativi appena inseriti nell'apposito registro dei ricercati cui era interdetto l'imbarco.

Niente di nuovo stasera.

Poi notò l'avviso diramato dal dipartimento di polizia del D.C. Le sue spalle possenti s'irrigidirono mentre si chinava in avanti per tracciare con il pollice una linea immaginaria sotto il nome del soggetto.

David Shepherd. Ricercato in relazione a un omicidio avvenuto presso la sua abitazione.

Peccato che non ci sia una foto segnaletica da abbinare al nome... non ancora.

Rilesse l'avviso registrando le caratteristiche anatomiche del soggetto. Un nome facile da ricordare: David Shepherd.

Se riuscissi a beccare quel tipo, sarebbe una bella spintarella per ottenere una promozione a supervisore. Certo, dovrei incappare in qualcuno o qualcosa di significativo per farmi notare. E un giorno di questi lo farò. E allora badabim-badabam ecco che il New York Times *verrà a intervistarmi, proprio me, il fottuto controllore più indispensabile e vigile di tutto il* JFK.

Nel pregustare quel momento, gli ribolliva il sangue nelle vene. Caspita, con quale soddisfazione avrebbe sventolato la prima pagina del giornale sotto il naso del suo vecchio, dimostrandogli che il secondo figlio non era una schiappa, anche a paragone del figlio *numero uno,* che si era spappolato un insulso piede in Afghanistan guadagnandosi una medaglia al valore.

Be', paparino, anch'io sono al fronte. In prima linea per difendere la patria, qui al mio posto, prima ancora che qual-

cuno raggiunga lo schermo ai raggi X o si tolga le sue scarpe puzzolenti.

Fortelli timbrò il cartellino in entrata e si diresse a grandi passi verso la barriera di sicurezza, pronto ad occuparsi del flusso interminabile dei passeggeri anonimi in attesa di imbarco.

Okay, David Shepherd. Fatti avanti e fa' di questo giorno una data memorabile.

Mentre avanzava sulla linea di sicurezza, David colse una visione fugace del primo controllore della TSA. Una giovane donna dai capelli biondi, corti e raccolti in un accenno di coda di cavallo; le sue ciocche irte spuntavano dai fermacapelli viola che le trattenevano alle tempie. David immaginò che avesse anche un piercing di metallo alla lingua e che probabilmente lo togliesse quand'era di servizio.

Tutt'altro che minacciosa, pensò osservando il sorriso di lei mentre, di volta in volta, rendeva i documenti. *Non per un tipaccio come Alan Shiffman.*

Mentre i passeggeri davanti a lui avanzavano ancora di qualche centimetro riposizionando i bagagli a mano, si voltò per vedere dove fosse piazzata Yael nella coda. Era a soli sette posti dietro di lui, davanti a Mister Tintarella, che ancora blaterava al suo dannato telefonino.

David avanzò ancora di qualche passo, osservando i viaggiatori davanti a lui mentre deponevano i portatili, le scarpe e le chiavi in contenitori di plastica sul nastro trasportatore. Con lo stomaco in subbuglio, come se danzasse una specie di curioso balletto, cercò di dominarsi ostentando un'aria indifferente.

Forse avrei dovuto passare il mio tempo a giocare a poker piuttosto che a squash, come ho fatto per tutti questi anni.

Proprio in quel momento notò un giovanotto dal collo taurino, sui vent'anni, con la divisa della TSA che risaliva la coda a grandi passi. La biondina con i fermacapelli si sciolse in un'espressione sollevata, il che gli diede un'unica sensazione. Stava per essere rilevata.

Magnifico.

C'era qualcosa in quel tipo, nel suo portamento, che gli

ricordava i suoi studenti più zelanti. Nel rimpiazzare la collega, piantò i piedi per terra in atteggiamento aggressivo. Dopo aver esaminato i primi documenti, li restituì con un brusco cenno del capo. Non era certo il tipo che gli avrebbe augurato una buona giornata.

Poi accadde qualcosa che diede a David una fitta allo stomaco. Un tale avanti a lui di cinque posti tese il suo documento, il controllore lo esaminò più a lungo del solito. Ma non fu questo ad allarmare Alan. Il nuovo controllore, piuttosto che restituire il passaporto e la carta d'imbarco al malcapitato, gli chiese un secondo documento d'identità.

Alan Shiffman ne aveva solo uno.

Sentì i palmi inumidirsi di sudore e si sforzò di respirare a pieni polmoni mentre il passeggero cercava qualcosa nel portafoglio.

Dopo una manciata di secondi apparentemente interminabile, il controllore gli restituì tutti i documenti facendogli cenno di proseguire.

David s'innervosì mentre il viaggiatore si affrettava. *Abbiamo più o meno la stessa altezza e lo stesso peso,* pensò David a disagio. *Stesso colore dei capelli.*

Mi sta cercando.

David represse la tentazione di uscire dalla coda. Avrebbe attirato solo l'attenzione su di sé. Niente ritirata. C'era solo una via: andare avanti. Doveva passare a tutti i costi.

Quando il controllore afferrò il suo passaporto, gli ronzavano le orecchie. Gli occhi dell'agente si incollarono ai suoi, uno sguardo freddo e sospettoso.

Sembrava ci mettesse un'eternità ad esaminare il passaporto e la carta d'imbarco. E non accennava a restituirli. Invece, passò da parte a parte il viso di David con un'occhiata indagatrice e accennò ad aprire la bocca, ma David lo interruppe.

«Avrei qualcosa da segnalare», spiegò a bassa voce. «C'è un tale, più o meno a otto posti dietro di me. Indossa una T-shirt... e un berretto da baseball. Eravamo davanti alla toilette nello stesso momento. Magari non significa nulla, ma si stava comportando in maniera strana».

«Come sarebbe a dire strana?».

«Non potrei giurarlo... potrei sbagliarmi», si affrettò a spiegare David. «Ma credo d'avergli visto ficcare qualcosa di luccicante sotto il berretto. Potrebbe essere irrilevante», aggiunse spedito, «ma immagino che avrei dovuto riferirlo a qualcuno. Non si sa mai, in giorni come questi».

Per un millesimo di secondo vide lo sguardo del controllore spostarsi verso la coda. David notò una lievissima contrazione al centro della mascella dell'agente quando puntò Mister Tintarella.

«Lei ha fatto la cosa giusta, signore».

Senza riservargli un'altra occhiata, gli restituì i documenti, dedicandosi al passeggero successivo, con lo sguardo che oscillava avanti e indietro tra la donna che stava esaminando e il tipo con il berretto da baseball.

David si sforzò di proseguire a passo regolare verso lo schermo a raggi X e il nastro trasportatore, la cintura madida di sudore. Solo dopo che si riallacciò le scarpe per dirigersi verso il cancello, fu investito da un'ondata di sollievo, bruciante come un sorso di sakè.

Qualche minuto dopo, Yael, che bighellonava nell'atrio, finì per sedersi accanto a lui nella fila delle panche. Le spuntò in viso un sorrisetto prima che si abbandonasse a una sonora risata.

«Tanto per curiosità, posso chiederle che cosa ha detto al controllore per suscitare il suo acceso interesse riguardo a quel povero zoticone alle mie spalle?».

Capitolo 34

Marylebone, Londra

Non aveva senso. Non aveva un briciolo di senso. Mollare tutto e precipitarsi ad Heathrow per prelevare il padre? Avrebbe potuto noleggiare un accidente di macchina, no? Avrebbe anche potuto chiedere a Gilbert di venirlo a prendere. Ma no, niente di tutto questo. L'e-mail era esplicita.

> *Devo parlarti a quattr'occhi, Crispin. Ho ricevuto un'informazione, e tu solo puoi illuminarmi. Arrivo ad Heathrow alle 21.47. Ti aspetto, una volta espletate le pratiche doganali. Non deludermi.*

Si rivolge a me come se avessi dieci anni. È chiaro che è risentito per l'influenza che ho esercitato sulla Cerchia. Quello che sono riuscito a raggiungere negli ultimi dieci anni è assai più importante di quello che ha realizzato lui in tutta la sua illustre carriera. Ed eccomi qui, alle soglie della grandezza, e mio padre mi convoca come un preside farebbe con uno scolaretto.

Il Serpente chiuse l'e-mail disgustato e cercò a tentoni il suo bastone. *Come vuoi, papà.*

Peccato. Avrebbe dovuto fare una doccia per togliersi di dosso la fragranza muschiata che Chloe gli aveva lasciato sulla pelle. La sera precedente era stata lunga e movimentata, un balsamo efficace per la tensione che l'attanagliava nella ricerca dei nomi. Mentre s'insaponava nella doccia, gli bruciavano ancora i graffi che Chloe gli aveva praticato sul petto. Ne assaporò il leggero dolore ricordando come lei torcesse le labbra nell'urlare il suo nome.

Cara Chloe, una delle donne più sfrenate che si fosse mai portato a letto e una delle più appetibili. Un'onta non doverla più rivedere. Era l'ultima sosta che si era concesso, l'estremo indulgere ai piaceri della carne prima di riunirsi agli altri nell'Arca e lasciarsi alle spalle Chloe e il mondo malefico. Una volta scaricato il padre al suo club, non avrebbe avuto un attimo di respiro fino alla fine. L'ultimo nome, l'ultimo ostacolo. Poi la discesa nell'Arca.

Nel momento in cui premeva a tavoletta il pedale dell'acceleratore della sua Ferrari in direzione di Heathrow, il fastidio che provava per il padre cresceva di pari passo con la folle velocità.

Tu solo puoi illuminarmi. Per la prima volta, una sfumatura di disagio gli diede il formicolio alla gamba storpia. Sovrappensiero, sfregò i muscoli raggrinziti con il taglio della mano.

Arrivò con dieci minuti di ritardo nel parcheggio a tempo.

Il che non mi dispiace affatto, maledizione!

Capitolo 35

David aveva la sensazione che gli si fossero pietrificate le gambe quando l'aereo prese a rollare verso il cancello di Heathrow. Lui e Yael si trascinarono zoppicando nel Terminal 4 con i loro compagni di viaggio della traversata atlantica. Ansiosi di distendere i muscoli, salutarono con gioia la passeggiata verso il Terminal 1, dove avrebbero preso il volo di collegamento della El Al.

Era sorprendentemente stanco, nonostante, dopo cena, si fosse appisolato sull'aereo. Riusciva solo a pensare a quanto si era allontanato da Stacy.

«Perché non prendiamo una Coca tanto per svegliarci?» suggerì Yael.

«Devo procurarmi degli euro, prima, non posso rischiare usando la mia carta Visa».

«C'è uno sportello del cambio in fondo alle scale, al livello degli arrivi dei voli internazionali».

Dopo aver atteso in coda dietro a una decina di altri viaggiatori che avevano avuto la stessa idea, David ficcò gli euro nella borsa; le sue dita sfiorarono accidentalmente le pietre. In quell'attimo una strana sensazione lo investì, come se un serpente, alle sue spalle, gli fosse scivolato su per la camicia strisciandogli sulle scapole. *Qualcuno mi sta osservando.* Il pensiero sorse dal nulla. David si stiracchiò guardandosi attorno.

L'uomo, perfettamente immobile, era in mezzo alla folla in movimento. Anche a una decina di metri di distanza, i suoi occhi erano fissi su David come se non ci fosse nessun altro nel terminal.

Non può essere. È impossibile.

Il sangue gli affluì alla testa. Gli sembrò di perdere l'equilibrio, ma lo riacquistò appena in tempo. Era tornato ragazzo, giovane, insicuro. Fissava qualcuno più anziano, più forte e assai più sicuro di sé. Qualcuno che lo sfidava a rischiare la vita...

Impossibile. Quell'individuo distinto dalla lunga criniera leonina biondo cenere non poteva essere...

Sopraffatto da una confusione surreale, David si avviò verso di lui, finché la voce di Yael non lacerò la nebbia.

«No, David, ha preso la direzione sbagliata. Quello è il punto di ritrovo degli arrivi internazionali... il ristorante self-service è dall'altra parte».

«È lui, Yael». La voce di David era un gracidio. «Dio mio, è lui!».

Capitolo 36

Yael seguì il suo sguardo. «Quell'uomo con il bastone? Chi è?».

Prima che potesse risponderle, la folla s'ingrossò frapponendosi tra di loro e David lo perse di vista. Quando la calca si riaprì, l'uomo che aveva notato non era più solo. Un tale più anziano gli batté una mano sulla spalla e il più giovane si girò sui tacchi per guardare in faccia il padre. David riconobbe Erik Mueller all'istante. Sembrava furioso... persino mentre il figlio si sbracciava ostentatamente, il vecchio non aveva l'aria di ascoltare.

«O è il suo sosia, oppure è Crispin Mueller con il padre». David scosse la testa stordito. «Ma è impossibile. Era entrato in un coma irreversibile».

Yael spalancò gli occhi. «Il ragazzo che smarrì la pietra?».

«Sarei pronto a giurarlo. Che bizzarra combinazione! Nessuno si aspettava che si riprendesse. Mio padre cercò sue notizie per due anni dopo l'incidente, e poi per quattro; Crispin non lasciò mai la clinica privata di Stoccolma dove l'avevano fatto ricoverare i genitori, non appena le sue condizioni avevano consentito di trasferirlo».

«Ho imparato a non credere alle coincidenze», sentenziò Yael allarmata, trascinandolo via dallo sportello del cambio tra la folla in movimento verso il Terminal 1. «Specialmente ora».

«Dobbiamo dedurne che è collegato alla pietra. E agli Gnoseos», mugugnò David voltandosi, senza riuscire più a scorgere Crispin nel mare fluttuante dei viaggiatori.

«Sono d'accordo. Ma dobbiamo uscire di qui», concluse Yael, «prima che trovi il modo di presentarsi a rinnovare le conoscenze».

Erik Mueller stava già armeggiando con i tasti del telefonino, mentre uscivano in tutta fretta dal parcheggio.

«Sei sicuro che fosse David Shepherd?».

«Oh, ma certo che era lui. Se solo mi avessi dato retta all'aeroporto, avresti potuto constatarlo di persona. La stessa faccia che ho visto accanto a Tony Blair sul *Daily Mail*, qualche mese fa. Quello stupido che mi fece cadere dal tetto, rubandomi quattro anni di vita per salvare la sua ragazza».

«Edoardo», Erik Mueller parlava svelto al telefono, «David Shepherd e la donna, li abbiamo appena individuati a Heathrow».

Crispin girò rabbiosamente la testa verso il padre. «Perché ne hai parlato con Di Stefano?...».

«Calma!» ringhiò Erik alzando la mano con autorità.

Crispin digrignò i denti. Perché Di Stefano era interessato agli spostamenti di Shepherd?

La voce del padre gli dava l'impressione di una scaglia di metallo che graffiasse il vetro. Bruciava dal desiderio di tornare indietro e snidare Shepherd.

Rabbia, disprezzo e l'orribile sensazione di non aver portato a termine un lavoro lo afferrarono alla gola. Se non fosse stato per quella dannata gamba...

Ma la sua mente divagò altrove.

«Chi era la donna stupenda tra le braccia di Shepherd? La sua ragazza ormai diventata adulta?».

«Crispin, è venuto il momento che tu raggiunga il mio stesso livello». Erik chiuse di scatto il cellulare mentre Crispin premeva sull'acceleratore. «In questo momento è in gioco tutto ciò per cui abbiamo lavorato e ho bisogno di sapere la verità. L'agata che sparì da casa nostra diciannove anni fa... l'hai presa tu?».

Crispin teneva gli occhi incollati alla strada. «Le mie facoltà mentali mi suggeriscono che è la stessa domanda che mi hai rivolto due settimane dopo che ero uscito dal coma».

«Mi stai dicendo che la risposta è ancora la stessa?».

«Ovviamente. Ma sto ancora aspettando che risponda *tu* alla mia domanda. Che tipo di interesse nutre Di Stefano per David Shepherd?».

Erik Mueller girò la testa per studiare il figlio. «Pare che la pietra sia ricomparsa».

Per un attimo, Crispin rinforzò la stretta al volante. Sperava solo che il padre non se ne fosse accorto.

«Davvero? Quindi, ora sai che io non avevo nulla a che fare con quella storia».

«So che il figlio dello scomparso senatore Shepherd ne è in possesso».

Crispin era confuso. *David Shepherd ha la pietra?* «Torniamo indietro», propose mentre cercava un punto per invertire la marcia. «Voglio trovarlo, quel figlio di puttana».

«No che non lo faremo», lo contraddisse Erik. «È roba per gli Angeli Oscuri. Ma non divaghiamo. È curioso, non trovi, che Shepherd abbia la pietra. Specialmente dal momento che sparì in coincidenza con la nostra visita a casa sua... e con il tuo incidente».

Quindi, Shepherd non solo ha rubato quattro anni della mia vita, ma anche la gemma custodita dalla mia famiglia fin dal XII secolo. E il ladro è qui. Ora.

In quel momento Crispin comprese con chiarezza cristallina che era stato il destino a fargli incontrare Shepherd sul suo cammino.

Non è una brutta cosa, disse a se stesso, mentre cercava di ricomporsi. *O meglio, è un caso fortuito. Shepherd era con me quando ho perso la pietra e adesso, nella fase culminante del mio lavoro, me la restituirà. Solo che lui non lo sa ancora.*

Crispin finse sorpresa. «Curioso? E perché?».

«Perché Shepherd lavora per i nostri nemici», replicò rabbioso Erik. «Questo è il motivo per cui ho insistito che ti incontrassi con me, oggi. David aveva portato l'agata al nostro avversario più temibile, rabbi Ben Moshe, il giorno stesso in cui fu assassinato dagli Angeli Oscuri. In un modo o nell'altro, Shepherd è riuscito a darsi alla macchia con la pietra e il contenuto della cassaforte del rabbino... ma non per molto. Gli Angeli Oscuri lo troveranno. Specialmente ora».

«E che cos'altro aveva da dire Di Stefano?».

«Ha condiviso con me alcuni particolari sulle registrazioni della videocamera nascosta nell'ufficio di Ben Moshe. Notizie inquietanti. Una nuova minaccia al completamento del nostro lavoro. Shepherd sta collaborando con un'archeologa israeliana, una certa Yael HarPaz. E in qualche modo è riuscito a compilare un taccuino di nomi... i nomi dei Giusti Nascosti...».

Crispin era impegnato in un cambio di corsia mentre il padre gli deponeva in grembo quella specie di piccola bomba a mano. Le implicazioni della rivelazione lo riempirono di rabbia repressa, tanto che non si avvide che la vettura davanti a lui si stava arrestando finché non gli piombò quasi sul sedile posteriore. Premendo il freno a tavoletta, Crispin impresse alla vettura una brusca svolta a sinistra verso il margine della strada, mentre il padre si reggeva al cruscotto imprecando.

Ho lavorato per più di dieci anni, anni di calcoli opprimenti per scoprire i Giusti Nascosti e lui conosce quegli stessi nomi per i quali ho sudato sette camicie?

«*Come?* Dove li ottiene? Quanti ne ha?».

«Calmati o ci ammazzerai tutti e due. Non abbiamo ancora il suo taccuino... ma ben presto ci metteremo le mani sopra. Di Stefano sospetta che potrebbe averli *tutti*».

Crispin sferrò un pugno al volante. «E quando vi sareste decisi a dirmelo?».

«Del taccuino sono appena venuto a conoscenza. La pietra è tutta un'altra storia. Non hai ancora niente da dirmi a questo proposito?».

Direi che David non riuscirà a svignarsela rovinandomi di nuovo la vita.

Ma Crispin tenne quel pensiero per sé rifiutandosi di rispondere a dispetto del silenzio carico di attesa del padre.

«Capisco». Con la mascella contratta, Erik tornò ad appoggiarsi allo schienale. «Be', c'è dell'altro. Di Stefano mi ha anche informato che l'esistenza del taccuino ci obbliga a rivedere i nostri piani. Gli Angeli Oscuri non hanno più l'ordine di recuperare il taccuino e di uccidere Shepherd».

«E perché?» chiese furibondo Crispin.

«La Cerchia vuole che sia condotto nell'Arca vivo. Per

via della ragazza. Quella Stacy Lachman. Di sicuro conosci questo nome».

«Certo che lo conosco. L'ho fornito io alla Cerchia, meno di una settimana fa».

«E anche Shepherd lo conosce. Sono molto legati: Stacy Lachman è la sua figliastra. In questo momento Raoul la sta scortando qui a Londra».

«E Shepherd cercherà di salvarla». Crispin ripensò ad Abby Lewis, la ragazzina dalle guance rosse come mele di cui il giovane David Shepherd aveva cercato di evitare la caduta rischiando la vita.

«La Cerchia ne ha la certezza. E quando lo farà, cadrà nelle nostre mani con il suo libro dei nomi. E una volta che avremo alleggerito David della pietra del rabbino e recuperato la nostra ambra», Erik indirizzò al figlio un'occhiata di rimprovero, «e ci saremo trasferiti nell'Arca, con lo smeraldo e l'ametista, i rapporti di forza volgeranno anche più decisamente a nostro favore».

Crispin si sentiva come se stesse lottando contro una forza immane. Eccolo lì, vicino al successo, e all'improvviso David Shepherd – quello stesso dannato David Shepherd che l'aveva fatto cadere dal tetto – stava oscurando il suo talento, l'unico potere che detenesse all'interno della Cerchia.

Per anni ho sgobbato per mettere in atto la suprema distruzione. Sono diventato un punto di riferimento vittorioso per la Cerchia. Ed ecco che si presenta Shepherd per farmi le scarpe. Ancora una volta.

Era in preda all'odio. Una nebbia rossastra gli ottenebrava il cervello.

«Devo tornare al mio computer», annunciò con voce velata. «Devo finire il mio lavoro *oggi*».

«Non lo finirai a Marylebone. Di Stefano vuole che tu raccolga la tua roba e sposti la tua base operativa nell'Arca. Il momento si avvicina. La Cerchia sta iniziando a trasferirsi nel sotterraneo».

Finalmente Crispin udì qualcosa che gli dava piacere. Anche Shepherd sarebbe stato condotto nel sotterraneo.

«Forse avrò la possibilità di rinnovare la conoscenza del mio vecchio compagno di scalata».

«Quasi certamente. Se gli Angeli Oscuri non riusciranno a portarcelo, ci riusciranno le suppliche della figliastra».

Il cerchio si chiude, pensò Crispin, all'improvviso tornato euforico. *Dopo tutti questi anni, una riunione.*

Capitolo 37

Allo spuntare dell'alba, raggi di luce iridescenti filtrarono nel cielo plumbeo di Londra, ma Stacy Lachman non li vide mai.

Chilometri sotto la città brulicante di vita, Stacy, segregata in una camera malamente illuminata, dormiva raggomitolata su una branda.

Lo spazio era ristretto, non molto più grande di un ripostiglio e privo non solo di finestre, ma anche di arredi, fatta eccezione per una sedia, un piccolo cassettone di legno e ovviamente la branda sulla quale giaceva la giovane, immersa nel sonno indotto dai sedativi.

La stanza in cui l'aveva depositata Raoul LaDouceur, dopo una serie di voli su un jet privato, era fredda e umida, nonostante l'impianto di riscaldamento sotterraneo scavato nella viva roccia.

Stacy rabbrividiva sotto la coperta di lana che il suo rapitore le aveva gettato sulle spalle prima di uscire dalla stanza e chiudere a chiave la porta. Ci sarebbero volute delle ore prima che svanisse l'effetto dei sonniferi. Ore prima che ricordasse che cosa le era accaduto, prima che si svegliasse in preda alla paura e al panico.

Il suo petto era agitato da un respiro affannoso, mentre immagini inquietanti fremevano alla periferia del suo cervello. Ogni ricordo era accompagnato da una scarica di adrenalina, che sembrava urlare alle sue membra intorpidite di fuggire.

Ma era talmente inebetita che non sarebbe riuscita a muovere un dito.

Una voce dal profondo la esortò a rimanere immobile. E lei obbedì; aveva la sensazione di non essere in grado nemmeno di battere le ciglia, anche se avesse voluto.

Capitolo 38

Scozia, a nord di Glasgow

Con le ruote della valigia che cigolavano alle sue spalle, Dillon salì di corsa gli alti gradini dell'abbazia di pietra. Cornelius McDougall gli aprì la porta lignea dandogli il benvenuto. Quest'ultimo era ancora alto e diritto come un fuso, eppure dall'ultima volta che Dillon l'aveva visto, qualche anno prima, i suoi capelli rossi si erano ingrigiti fino ad assumere una tinta simile al camoscio; inoltre si era lasciato crescere la barba, che portava corta e curata.

«C'è una pinta di Belhaven con su scritto il tuo nome», esordì Cornelius salutando Dillon nel prendergli la valigia. «Placheremo la tua sete, poi potrai rinfrescarti prima di cena. Abbiamo davanti una lunga serata».

Dillon inalò il profumo dell'abbazia, un misto di cera di candele, incenso e muschio umido che cresceva tra le antiche mura. Gli ricordava la prima estate che aveva trascorso in seminario, dopo la decisione di rinunciare al mondo e di cercare Dio.

Voleva chiedere notizie del vescovo, ma avrebbe atteso finché non avessero ingollato la prima pinta di birra. Era un argomento spinoso, persino fra loro due. Inoltre, doveva salutare gli altri monaci e l'abate che l'avrebbe invitato alla sua tavola.

Cercò di controllare l'impazienza, di allontanare i pensieri sulla pietra, benché avesse pensato solo alla gemma durante la traversata in volo dell'oceano. E persino quando lui e Cornelius levarono i calici velati in un brindisi, pensava ancora alla pietra, la gemma per la quale era venuto.

CAPITOLO 39

Gerusalemme, Israele

DAVID RIMASE ATTONITO NELL'ATTIMO in cui colse una prima fugace visione di Gerusalemme. Il pallido bagliore dell'alba levatosi dalle antiche pietre era etereo, soprannaturale.

«Ora capisce perché la chiamiamo la Gerusalemme Dorata». Al suo fianco, Yael sembrava avvolta dal fulgore dell'antica città. Il volto acceso, a dispetto dello sguardo stanco. «Si dice che Dio abbia inviato dieci misure di bellezza sulla Terra, riservandone nove per Gerusalemme».

Fissando la città sacra immersa nella luce dal ciglio della strada, David non faticava a crederlo.

A pochi metri dai confini della città, Yael aveva richiesto una sosta all'autista del taxi che aveva noleggiato a Tel Aviv.

«Venga con me, ci vorrà solo un minuto». Aprì la portiera e fece cenno a David di scendere.

«Le spiace se le domando che cosa stiamo facendo?».

«Stiamo seguendo la tradizione. I nuovi visitatori dovrebbero entrare a Gerusalemme a piedi». Prendendolo per mano, lo guidò sul marciapiede oltre il cartello che segnava il limite urbano.

Stanco com'era, David captò una sferzata di energia mentre saliva sulla banchina di cemento per poi mettere piede per la prima volta nella città millenaria sparsa sulle colline.

«Ora dobbiamo passare a prendere mio padre», disse Yael al tassista mentre riprendevano posto sulla vettura portatasi timidamente al loro fianco.

Erano atterrati a Tel Aviv appena prima dell'alba, ma David aveva a malapena dato un'occhiata alla moderna città marittima, prima che il tassista li portasse via. Tutto quello che aveva notato era che, anche sul far del giorno, l'aria era calda e asciutta, per cui fu lieto quando l'autista li accolse con delle bottigliette di acqua fresca.

Il viaggio sull'Autostrada 1 li condusse attraverso un paesaggio di declivi rocciosi disseminati di guglie di cattedrali, massi, cipressi e rottami arsi di camion e di automobili, ricordo – come gli spiegò Yael – della guerra d'indipendenza del 1948. David ignorava che cosa lo aspettasse in Israele ma, nonostante le sofferenze dei giorni che si era appena lasciato alle spalle e l'ansia straziante per Stacy, era ammaliato dalla vista stupefacente che aveva davanti a sé.

Quel piccolo paese, come per magia, si presentava come un misto seducente di antico e di moderno, un'incoerente mescolanza di pietre vecchie migliaia di anni e di grattacieli, di siti biblici affiancati da ristoranti Burger King in versione kasher, caffè arieggiati e negozi chic.

Cercò di osservare quanto più possibile, fissando l'antica torre di re David mentre superavano la Porta di Giaffa per poi entrare nella Città Vecchia, dove il padre di Yael, Yosef Olinsky, aveva passato la notte in casa del cugino. Il professore di antichità era salito sull'autobus per Gerusalemme due giorni prima per poi rintanarsi nel Sacrario del Libro, il candido edificio a cupola attiguo alla Knesset, che custodiva i Rotoli del Mar Morto, accanto ad altri antichi manoscritti e reperti archeologici, oltre ai frammenti del Libro di Adamo scoperti più di recente, che Yosef aveva voluto esaminare di persona.

«Suo padre le ha detto se ha scoperto qualcosa di significativo negli ultimi frammenti?» chiese David afferrando il sedile davanti a sé mentre il tassista schivava i pedoni lungo David Street.

«Sfortunatamente, no. Ma mi è parso rassicurato per come abbiamo gestito le cose fino a questo momento. È come se fossimo alle prese con un gigantesco puzzle», spiegò mentre l'autista si immetteva nell'arteria principale, la Strada della Catena. «Nel nostro lavoro, ben poche tessere appaiono nello stesso momento e spesso non sono neppure adiacenti. Gli esperti dell'Autorità israeliana per le Antichità stabiliscono la datazione del manoscritto, poi noi cerchiamo analogie nell'inchiostro o nella grafia per abbinare i frammenti di uno stesso testo».

Yael sussultò quando il tassista premette bruscamente sui freni per evitare un gatto che attraversava a razzo l'acciottolato.

Dopo aver tratto un profondo respiro, Yael continuò. «In questo caso, mio padre voleva esaminare l'inchiostro originario su quei papiri appena scoperti. A volte, certe sottili differenze non emergono dalle diapositive che analizziamo a Safed».

Mentre si insinuavano nelle vie della città, David assaporò l'aroma delle spezie e della carne cotta, rendendosi conto di essere affamato.

«A questo punto, mio padre si è persuaso che abbiamo incorporato gli ultimi frammenti al rotolo più completo finora assemblato in maniera corretta».

«Spiacente, ma non credo d'aver capito che cosa significhi».

«Significa che siamo in grado di individuare in quei frammenti i nomi in codice di cui abbiamo bisogno». Yael stappò la sua bottiglietta d'acqua e ne bevve un sorso. «Nel caso che lei non abbia annotato sul suo taccuino tutti i nomi dei Lamed Vovnik».

Yael si piegò in avanti. «Autista, svolti all'angolo. Ecco... là. La porta rossa». Si girò verso David con un rapido sorriso contrito. «Si tenga forte, sta per incontrare mio padre».

Mentre David seguiva Yael nell'angusta abitazione e poi su una rampa di scale di legno immersa nella penombra, ripensò al suo taccuino con le pagine zeppe di nomi. Improvvisamente era ansioso di incontrare Yosef Olinsky e i colleghi di quest'ultimo affinché lo vedessero con i loro occhi. Se fossero riusciti ad abbinare i suoi nomi a quelli che avevano estrapolato dai papiri, chissà...

Forse i nomi dei Lamed Vovnik gli erano stati davvero trasmessi per uno scopo preciso. E gli Gnoseos stavano davvero per distruggere il mondo.

Un'adolescente sbucò da una stanza e scese rumorosamente lungo le scale, sfiorandoli con un sorriso. Per un attimo il suo cuore ebbe un sobbalzo. Per un attimo l'aveva scambiata per Stacy.

È ancora viva? Il suo cuore, ancora afflitto, tornò ad acquietarglisi nel petto. Ripensò al giorno in cui Stacy aveva festeggiato il suo *bat mitzvah*; durante la cerimonia, il rabbino, chiamandola con il suo nome ebraico, *Shoshana*, l'aveva accolta nella comunità, secondo i dettami della Torah, in quanto donna ormai adulta.

Tutti i nomi della tradizione del giudaismo, meditò. *Tutti i nomi che mi ronzano nella testa. Peccato non poter conoscere quelli che mi occorrono in questo momento.*

Davanti a lui, Yael stava entrando in un piccolo soggiorno, le cui pareti erano letteralmente coperte di vivaci dipinti, grandi e piccoli, sbilenchi e diritti. Su un tavolinetto era deposto un vassoio di ottone battuto con delle tazze di tè. I suoi occhi si illuminarono alla vista dei piattini di focaccine, olive e melone affettato. Poi la sua attenzione si spostò a Yael che gettava la braccia intorno al collo di un omone cotto dal sole dai tratti marcati, con grandi orecchie contornate da riccioli sale e pepe.

Aveva lo sguardo acuto e la postura eretta di un generale; David riusciva a immaginarlo sia su un campo di battaglia sia intento a dirigere uno scavo archeologico.

«*Baruch ha ba*, David Shepherd. Benvenuto». Yosef Olinsky attraversò la stanza tendendo il palmo indurito, ma ostentando uno sguardo corrucciato.

«Prego», lo invitò indicando a gesti un divano dal basso schienale ricoperto di cuscini coloratissimi. «Faccia pure colazione prima di iniziare. Sarà una giornata lunga e faticosa».

Mentre David riempiva il suo piattino, Yael e il padre presero a conversare in ebraico in tono concitato. Benché non riuscisse a comprenderli, avvertì la tensione tra di loro.

Qualche minuto dopo si presentò un tale che sembrava la versione giovanile di Yosef; indossava un'uniforme kaki, un camicione di lino e dei sandali.

«David, questi è Eli, il cugino di mio padre». Yael si

chinò sul giovane dandogli un bacio, poi prese posto accanto a David.

«Niente olive?» gli chiese Eli alzando i sopraccigli.

«Sono più abituato a pescarle in un bicchiere di martini».

Yael e gli altri due uomini scoppiarono a ridere. «Se ha una vaga intenzione di sopravvivere al calore del deserto, farebbe bene ad abituarsi a mangiarle a colazione», gli raccomandò Eli.

«In Israele, la mattina mangiamo cibi salati per stimolare la sete», proseguì Eli. «Così non facciamo fatica a ricordare di bere in continuazione durante il giorno. Beviamo e basta». Si fece scivolare in bocca due olive verdi.

«È facile disidratarsi anche in maniera critica da queste parti, e senza nemmeno accorgersene», aggiunse Yael.

«Quindi mangi un sacco di olive», tagliò corto Yosef. «C'è bisogno di lei a Safed... non all'ospedale».

Non mi meraviglio che Yael sia così determinata; deve esserlo per forza. David depose una manciata di olive nel suo piatto.

Mangiarono in fretta e si prepararono a partire. Mentre David ringraziava Eli per la sua ospitalità, il padre di Yael frugò nel suo zaino e gli tese una scatoletta di plastica.

«La apra e lo indossi», gli ordinò.

Yael si avvicinò per esaminare il dono.

David estrasse una catenina d'oro dall'astuccio e immediatamente identificò il ciondolo che vi era appeso. Ne aveva ricevuto uno simile per il suo bar mitzvah, anni prima, ma non aveva idea di dove fosse andato a finire.

«Un *chai*». Alzando lo sguardo dalle due lettere dorate unite nel monogramma, fissò perplesso Yosef, – *chet* e *yud* –, cioè *chai,* «vita» in inglese.

«La vita è la cosa più importante nel giudaismo», spiegò il padre di Yael. «*Tutto* riguarda la vita. il qui e adesso. I sapienti ci hanno insegnato che se anche si salva una sola vita è come se si salvasse il mondo intero. Per contro, annientarne una equivale a distruggerlo».

Yosef incollò gli occhi infossati a quelli di David. Erano verdi come quelli di Yael ma assai più scuri, e sembravano come velati nella luce del mattino. «Ora più che mai, questa credenza è un fatto reale. Se gli Gnoseos riuscissero a spegnere le vite dei Lamed Vovnik superstiti provocherebbero la fine del mondo. Stando a quanto ci hanno riferito rabbi Ben Moshe e mia figlia, lei può salvarli, David. Ma faccia presto». Detto questo, si voltò di colpo avviandosi verso le scale.

Solo una lieve pressione. David avvertì una stretta allo stomaco, mentre il sapore amarognolo delle olive gli bruciava ancora in gola.

Yael sospirò davanti al brusco distacco del padre. Prese la catenina dalle dita di David, scusandosi: «È fatto così, non la prenda sul piano personale».

Con destrezza, attaccò la catenina intorno al collo di David, che in quel momento avvertì una pressione diversa: le dita di lei, leggere come una piuma, che gli sfioravano la pelle. Cercò di concentrarsi sul significato del *chai* di metallo che gli pendeva sul petto.

In quell'attimo, un ricordo gli si affacciò alla mente. Dai recessi della sua infanzia. Allora non poteva avere più di sette od otto anni. Rammentò chiaramente il nonno materno che gli tendeva il suo *chai* perché lo osservasse.

Vita. E morte. David sentiva il peso di entrambe, mentre con Yael si affrettava silenziosamente sulle scale di legno sulla scia di Yosef.

Il viaggio in macchina verso nord durò quasi tre ore. Il trucchetto delle olive funzionò a meraviglia. David provava una sete continua, accresciuta dalla pila di bottigliette d'acqua sul sedile posteriore.

Ma cresceva anche la tensione mentre cercava ripetutamente di contattare Stacy, Meredith e Hutch, invano.

Lo stomaco già contratto iniziò a bruciargli quando si ritrovarono in coda a un torpedone che serpeggiava per le vie di Safed. L'autobus imboccò pigramente Jerusalem Street che si snodava sulla maggiore delle tre colline che circondavano la città. David sapeva ben poco di Safed, a parte quello che gli avevano riferito Yael e Yosef durante il tragitto; tuttavia, era rimasto stupito nell'apprendere che con Gerusalemme, Tiberiade ed Hebron, era una delle quattro città sante d'Israele.

Ammirando lo splendido panorama delle ondulazioni collinari che discendevano a sud verso il Kinneret, il Mare di Galilea, David si meravigliò di quanto fosse antica Safed. *È stata fondata nel 70 d.C., un anno prima che i romani iniziassero a edificare il Colosseo,* rifletté. *Nove anni prima che il Vesuvio distruggesse Pompei. E più di cent'anni prima che i maya innalzassero i primi templi.*

Il che ne colloca l'origine a cinque secoli prima della caduta dell'impero romano, dedusse.

Eppure, secondo quanto Yael gli aveva detto, i mistici ebraici vi si erano stabiliti solo a partire dal XVI secolo. Molti di loro erano profughi scacciati dalla Spagna durante l'Inquisizione.

Quindi, mentre Shakespeare scriveva il Macbeth, *Michelangelo affrescava la Capella Sistina ed Enrico VIII faceva decapitare Anna Bolena, i mistici elessero Safed, la città più elevata d'Israele, a centro mondiale degli studi cabalistici.*

«Vedila un po' come la Sedona israeliana», gli suggerì Yael. «È il frutto di un'arcana giustapposizione: una vitale colonia di artisti investita da ondate di studiosi di religione attratti da potenze mistiche invisibili».

Per cui, basandosi sulla visita alle rocce rosse di Sedona, effettuata anni prima con Hutch, David credeva di sapere che cosa lo aspettava. Le formazioni rocciose dell'Arizona erano note per la loro bellezza oltre che per i vortici di energia mistica. Ma mentre la vettura, risalendo la strada, girava intorno alla città edificata sulla candida roccia che s'innalzava come i piani d'una torta nuziale, David sperimentò una sensazione del tutto inedita.

A differenza di Sedona, i cui flussi energetici sgorgavano dalle profondità del suolo, tanto appariva in sintonia con la terra, Safed sembrava derivare la sua aura dai cieli. Persino l'aria pareva risplendere di una luce purissima, luminosa come il nocciolo di un diamante. Una volta che ebbero raggiunta la sommità, David si appoggiò al finestrino aperto; Yael gli indicò il Parco della Cittadella.

«È il sito della prima fortezza dei crociati. Quando presero Safed, scacciarono gli ebrei dalla città. In seguito, altri, fra cui i cavalieri templari, conquistarono la città fino al 1517, quando l'impero ottomano si estese su tutta Israele».

Nel centro della città, gli ebrei cassidici scorrazzavano per le vie, abbigliati nei loro cappottoni e con i tipici cappelli a larghe tese simili a quelli indossati dai loro antenati nella Polonia del XIX secolo. I turisti in short, T-shirt e berretti da baseball sciamavano da una galleria d'arte all'altra, ignorando per lo più le sinagoghe medievali che si alternavano ai negozietti trendy e ai caffè lungo vicoli e stradine.

«Il Gabrieli Kabbalah Center è laggiù... là davanti a sinistra». Yael indicò un vialetto tortuoso, al culmine del quale si ergeva un edificio di pietra con finestre ad arco, circondato da una cinta ornamentale. Cactus in boccio e altri fiori facevano capolino dalle picche metalliche della recinzione, che sotto la luce del sole mandava un bagliore bronzeo; con il suo tetto color terra d'ombra, l'edificio avrebbe potuto benissimo essere scambiato per un ristorante toscano piuttosto che per un centro di studi mistici.

Mentre superava il cancello in coda a Yael e Yosef, David trasalì nell'udire lo squillo del suo cellulare.

Sobbalzò leggendo sul display l'identità dell'autrice della chiamata.

«Grazie a Dio è Stacy!».

Yael gli girava tutt'attorno mentre rispondeva.

«Stace! Tutto bene? È...».

Gli si arrestò il cuore.

Capitolo 40

Nel suo appartamento di Bloomsbury, Elizabeth Wakefield si alzò dal letto fastosamente addobbato e si guardò attorno con un sorriso compiaciuto.

Il lettone a slitta di legno di ciliegio che aveva sognato di possedere sin da quando era bambina le sembrava sontuoso come una torta di cioccolato al rum guarnita di fragole nella vetrina di un pasticcere. Niente a che vedere con il banale, anche se impeccabile, giaciglio matrimoniale della camera da letto di casa sua.

Il suo amante aveva apprezzato ogni cuscino ornamentale da lei scelto personalmente, ogni assortimento di lenzuola egiziane, persino il copriletto di piumino d'oca color crema e dorato, assicurandole che l'alcova nella quale erano giaciuti era bella quasi come lei.

Elizabeth sapeva di non essere bella. Aveva il mento troppo appuntito e i capelli castani erano privi d'ogni attrattiva. I suoi unici tratti distintivi erano le dita lunghe e affusolate, oltre agli occhi d'un intenso color nocciola. Ma *lui* pensava che fosse bella ed Elizabeth, tra le pareti di quella stanza, voleva credergli.

Era sposato, ovviamente. E ricco. E potente. Come lo era lei. Si erano incontrati per caso all'Old Vic; entrambi aspettavano i rispettivi coniugi al Pit Bar sotto il teatro.

Fra loro era subito scoccata la scintilla. Fino a quel momento non si erano neanche sognati di avere una relazione. Era una donna affidabile lei, socio anziano dello studio legale fondato dal nonno. Il suo matrimonio era solido e tranquillo, il marito chirurgo un compagno accomodante.

Per cui si era stupita di se stessa quando aveva accettato la premurosa offerta di un drink da parte di un estraneo e, dopo il drink, l'invito a cena per la settimana seguente.

Che cosa c'era di male a cenare con un uomo così affascinante? Tanto più che il marito avrebbe dovuto tenere una conferenza all'università, quella sera.

Era inteso che si trattasse solo di una cena, sennonché la «cena» sfociò in quattro anni di serate rubate, di frizzanti conversazioni e di incontri in quel rifugio privato, dove condividevano quella sorta di elettrizzante abbandono sensuale che solo gli amanti segreti sanno accendere.

In un momento imprecisato, tra il weekend clandestino trascorso a Lione e le lunghe passeggiate notturne sulla spiaggia di Saint Tropez, si era innamorata di lui. Ufficialmente era impegnata in una conferenza sulla proprietà intellettuale.

E come avrebbe potuto essere altrimenti? Lui era generoso, gentile e brillante, pensò mentre accendeva le candeline dorate sul comodino e spruzzava di essenza di lavanda la biancheria del letto.

Qualche minuto più tardi, il suo cuore prese a battere quando udì il suono del campanello. Si avvicinò allo specchio per darsi una rapida scorsa: si aggiustò il ciondolo color rubino alla gola e lisciò l'orlo del tubino nero aderente. Sorrise nell'aprire la porta, ma le bastò uno sguardo al viso dell'amante per accorgersi che c'era qualcosa che non andava.

«Che hai? Hai un'aria così triste».

Lui scosse la testa. «Nulla. È che mi hanno convocato urgentemente a Ginevra. Mi spiace ma non posso trattenermi».

La delusione che ne seguì fu come una stilettata.

«Dai, raccontami tutto». Lo prese per mano e lo trascinò nell'appartamento, chiudendosi la porta dietro le spalle per poi appoggiarvisi contro.

«Ti prego, Elizabeth. C'è una macchina che mi aspetta sotto. Sono passato strada facendo verso l'aeroporto solo per dirtelo di persona». Consultò l'orologio, il rammarico gli aggrottava le sopracciglia. «Starò via per parecchie settimane».

«Parecchie settimane!?». Per la prima volta, una sensazione di disagio la inquietò. «Così a lungo?».

«Mi spiace, ma non dipende da me».

«Lo vedo». E lo vedeva sul serio: lui le stava nascondendo qualcosa. Lo conosceva abbastanza bene da accorgersene. «Bene, allora», disse con una lieve alzata di spalle, «a questo punto avrò un sacco di tempo per preparare l'arringa per il processo Penobscot».

Lui la strinse tra le braccia premendole le labbra sul viso. «Mi mancherai, Elizabeth. Ogni momento».

«Anche tu». Lo baciò ancora una volta, poi studiò il suo sguardo. «Buon viaggio, tesoro».

Lui esitò. «Ti telefonerò».

Capì in quell'istante che non l'avrebbe più chiamata.

«Non far aspettare l'autista», disse allontanandosi di un passo dalla porta come per farsi coraggio, benché il dolore le lacerasse il petto.

Rimase in silenzio per un momento dopo il lieve scatto della serratura, poi drizzò le spalle e andò a casa.

Capitolo 41

Nelle viscere della città di Londra, ben al di sotto della rete della metropolitana inaugurata nell'Ottocento, un intricato dedalo di gallerie si snoda nel substrato roccioso originario. Dimenticati dai più, benché un tempo fossero una parte pulsante di vita della rete stessa, alcuni di quei condotti dormono il sonno del silenzio e dell'abbandono fin dagli anni Trenta. Altri sono sigillati, altri ancora oggigiorno sono impiegati come giganteschi silos. Molti dei tunnel furono sfruttati come rifugi antiaerei durante la Seconda guerra mondiale, poi ancora una volta caddero nell'oblio.

Pochi londinesi ricordavano le coordinate della ripida scala a chiocciola che scendeva a spirale nel sottosuolo fino alle gallerie. E un numero ancor più ristretto sapeva che sotto la Torre di Londra e il Tamigi, le colossali eliche dei pozzi d'aerazione avevano ripreso a girare.

Edoardo Di Stefano scortò la moglie sostenendola per il gomito mentre scendevano una di quelle scale tortuose. Sapeva che era suo dovere alloggiarla convenientemente, eppure non vedeva l'ora di separarsene. Doveva trovare il Serpente. E alla svelta.

A prezzo di grandi fatiche, la Cerchia gli aveva approntato la camera sotterranea da dove avrebbe condotto la fase finale delle ricerche, ma lui era sparito. Quel dannato computer che avrebbe dovuto marciare al ritmo di una sinfonia mentre era alla ricerca degli ultimi nomi non era stato nemmeno acceso. Nessuno, all'interno dell'Arca, aveva visto il Serpente ed Erik non era ancora arrivato.

«Ti abituerai a vivere sottoterra, *bella*. Dobbiamo muoverci... devo trovarti una sistemazione. La Cerchia si riunirà tra un'ora».

«Mostrami la porta, *caro*. Non ho bisogno del tuo aiuto per disfare i bagagli o per ambientarmi».

I tacchi di Flora risuonavano baldanzosi sul metallo, mentre si guardava attorno affascinata dal maestoso benché primitivo ambiente circostante. Nonostante Edoardo avesse visitato il posto diverse volte e gliene avesse parlato, era la prima volta che aveva occasione di cogliere una visione diretta, sia pure di sfuggita, dell'Arca.

I figli e i nipoti l'avrebbero raggiunta da Milano in serata, appena calato il buio. Ah, con quale chiarezza ricordava d'aver insegnato ai piccoli i canti per prepararli a riunirsi alla Fonte. Quale avventura li attendeva!

Fermandosi per prendere fiato, sorrise nel raggiungere il primo piano. Nell'Arca avrebbe intonato gli inni ogni sera, fino alla morte dell'ultimo dei Giusti Nascosti, così che le anime degli Gnoseos potessero librarsi, libere dai loro corpi fisici, per ascendere verso la Fonte.

Non vedeva l'ora di udire le loro voci unirsi al coro per intonare gli inni, le cui parole segrete sarebbero state protette dal denso strato di roccia e di pietrisco.

Edoardo sospettava fosse inquieta all'idea di abbandonare la villa in collina; ma no, non vi era nulla da temere. Era un momento memorabile. Tutti i membri della Cerchia si sarebbero ricongiunti nell'Arca con i rispettivi familiari.

«Pensaci, Edoardo», gli disse ansante. «Questo è tutto ciò a cui aspiriamo da secoli». Il tripudio nella sua voce riecheggiava dalla pietra. «Finalmente... i Giusti Nascosti sono alle soglie dell'estinzione. La nostra liberazione è vicina».

Il calore della mano di lui le carezzò la spalla con altrettanta cautela di quella impiegata nel discendere di traverso i gradini. «Non sarei arrivato a tanto senza di te, bella. Il tuo fervore ha quasi superato il mio. Sei stata la mia gioia».

«E altra ancora ne verrà». Gli sorrise, fremendo ad ogni gradino che l'avvicinava alla giornata trionfale che attendeva da una vita.

Non provava pena per tutti coloro che si stava per

lasciare alle spalle. All'ultimo momento, aveva contattato il fratello, quel povero sciocco, telefonandogli in mattinata dalla villa. Alfonso non aveva idea che era l'ultima volta che si sentivano. Non faceva parte degli Gnoseos e non era di alcuna utilità; non aveva mai accarezzato l'idea di iniziarlo all'Ordine, né lui né la moglie, una devota protestante. Nessuno dei suoi numerosi familiari milanesi era al corrente della sua conversione o delle pratiche segrete che aveva accolto subito dopo il matrimonio con Edoardo.

Ritenevano tutti che fosse diventata atea. Niente di più lontano dalla verità. Sapeva che Dio esisteva, solo che non lo amava né lo adorava. Ora conosceva la verità: Dio aveva creato un mondo malefico e illusorio. Il mondo reale aveva natura spirituale ed era precisamente quello dischiusole dal marito e dalla Cerchia.

Le antiche pratiche a cui Edoardo l'aveva iniziata per gradi l'avevano stimolata nell'intimo, liberandola e permettendole di evolversi.

Ogni settimana, quando lei ed Edoardo sorbivano il liquore mescolato alla droga che esaltava la loro spiritualità nel corso della meditazione, si sentiva connessa più profondamente alla Fonte della sua anima.

E più ansiosa di sfidare il crudele dio minore, il demiurgo, creatore della carne e della materia che imprigionava le anime desiderose di affrancarsi. Edoardo l'aveva sciolta dall'ossequio alla religione convenzionale. Ora, unitamente all'élite della setta cui apparteneva, era solo a poche ore dalla liberazione del suo spirito interiore dagli inganni, dall'oppressione e dalla malvagità del mondo.

Per ironia della sorte, meditò nel raggiungere il fondo scala, l'Ascesa avrebbe avuto luogo dalle viscere del sottosuolo.

Passò in rassegna la mastodontica area di accoglienza, consapevole che né la pietra, né il fondo roccioso, né l'acciaio avrebbero potuto seppellire le loro anime una volta che il mondo si fosse spaccato in due.

Dio, per la prima volta, aveva distrutto il suo mondo con il Diluvio. Ora era la volta degli Gnoseos.

CAPITOLO 42

Safed

«SPIACENTE», LA VOCE MASCHILE risuonò beffarda nelle orecchie di David. «La tua ragazzina non può venire al telefono in questo momento».

Sentì il sangue defluirgli dal volto. «Chi parla? Dov'è mia figlia?».

«Sai benissimo chi parla, David», lo irrise l'uomo. «Tu hai qualcosa che mi appartiene. E io ho qualcosa che appartiene a te».

David allora capì. Suo malgrado, così come i nomi gli affioravano alla consapevolezza anche *quel* nome gli balenò nella mente.

Crispin Mueller.

«Che vuoi, Mueller?».

Udì una risata crudele. Poi cadde la linea con un bip.

«Che succede?». Yael lo afferrò per un braccio, mentre David fissava a bocca aperta il cellulare.

«Mueller ha preso Stacy», gracidò. «Non so dove sia. Il bastardo ha riattaccato».

Furioso, selezionò il numero di Stacy. Il suo corpo divenne un blocco di ghiaccio quando il segnale di occupato gli risuonò lamentoso nell'orecchio.

Non c'erano dubbi. Crispin apparteneva alla setta degli Gnoseos.

E Stacy... Stacy è una Lamed Vovnik. Come tutti gli altri sul mio taccuino.

Era intontito. Intontito dallo shock e dalla consapevolezza che Yael e il padre avevano ragione. Gli Gnoseos stavano per distruggere il mondo.

E se avessero già ucciso Stacy? Il panico gli opprimeva il petto.

No. Crispin la lascerà vivere... finché non avrà la gemma. Finché non gliela porterò.

Yael sembrò leggergli nella mente.

«Sta giocando con lei», gli disse subito. «Non le farà del male, David, finché non avrà quello che vuole. Ma lei non può...».

«... ridargli la pietra? Perché non posso?». La rabbia montò dentro di lui... afferrò il *chai* dorato stringendolo in pugno così forte che il metallo gli trafisse il palmo.

«Non è forse la vita la cosa più importante? Non è questo quello che mi ha detto suo padre? Be', la vita di una ragazzina è più importante di tutto».

«E il resto del mondo, David?» gli domandò Yosef allargando le mani in un gesto come per racchiudere il tutto. Il suo volto era cinereo, ma il tono era deciso. «Una sola bambina è più importante?».

«È una Lamed Vovnik». David si girò verso di lui. «Se riesco a salvare la sua vita... anche solo la *sua* vita, salverò il mondo. Non è quello che ha detto lei?».

Gli tremavano le mani quando riaprì il telefonino. «Vedremo Mueller a Londra. Sarò là stasera con il primo volo. Potete tenere il mio taccuino», disse a Yael. Lo estrasse dalla borsa da viaggio e glielo tese, ignorando il dolore che le straziava il volto. «Andate avanti... studiatelo, strappatelo in due. Fatene quello che volete. Non avete bisogno di me per questo».

Sventolò il cellulare. «Come faccio a contattare la El Al? Datemi il numero».

«David, venga dentro». Yosef gli parlava in tono misurato. «Faremo noi la prenotazione, ma lei deve rifletterci sopra. I nodi stanno venendo al pettine. E in fretta».

Facendo oscillare lo sguardo dal padre alla figlia, David non riusciva a capacitarsi che i due non comprendessero il sentimento che lo ispirava ad agire.

Un milione di orribili visioni si affollarono nella sua testa cozzando tra di loro.

Che cosa ne è stato di Hutch? E di Meredith? Sono morti entrambi?

Una ventata di gelo lo investì mentre metteva piede sul

pavimento di linoleum variegato color mandorla della sala d'attesa illuminata dal sole.

La montagna sembra *insormontabile.*

David si bloccò.

La voce di Hutch, calma e confortante, alle pendici della Granite Mountain. *La si scala nello stesso modo in cui si mangia una bistecca con l'osso, amico… la si fa a pezzetti per masticarla un boccone alla volta.*

Una calma, strana, innaturale, iniziò a fluire dentro di lui, lo stesso tipo di calma che simulava nelle prime scalate che aveva condotto con Hutch. Che simulava finché alla paura che gli lacerava le viscere non subentrava la fiducia in se stesso. Traendo un profondo respiro, così come gli aveva insegnato Hutch, cercò di far sì che la lucidità avesse il sopravvento sulla rabbia.

Il suo udito periferico colse la voce di Yael che chiamava la compagnia aerea.

È Crispin che tiene il bandolo della matassa.

David estrasse le due gemme dalla tasca e le studiò, ignorando Yosef che gli passava accanto per parlare agli uomini che si erano radunati nell'androne uscendo dalle stanze vicine.

L'agata e l'ambra gli sembravano più pesanti sul palmo della mano e la luce che emanava dalle pietre lo feriva agli occhi. Chiuse il palmo oscurandone la lucentezza e le rimise in tasca.

Ho seguito la guida di Crispin una volta. Ho agito d'impulso. Non devo fare a modo suo ancora una volta.

Stavolta, meditò David, *avrò fiducia nei miei passi. Badando bene a dove metto i piedi.*

«Che cosa significa che tutti i voli sono annullati?». David represse l'impulso di strappare il telefono dalla mano di Yael.

«Non mi crede? Le sarò grata se riuscirà a convincere la El Al a volare nel bel mezzo di un allarme di sicurezza. Francamente, dubito che ci riuscirà».

David inspirò profondamente. *Tieniti a freno,* raccomandò a se stesso.

«Che tipo di allarme di sicurezza?» chiese.

«L'Iran potrebbe prepararsi a lanciare un attacco nucleare». La voce di lei era pervasa di paura. «Andiamo a vedere la televisione». Corsero tutti alla sala di ritrovo del personale del centro, un locale nel quale erano allineati lunghi tavoli coperti da tovaglie di carta e affiancati da sedie rosse. Sembrava una qualunque mensa scolastica, non fosse stato per lo schermo televisivo montato sulla parete in fondo alla sala. Si unirono a Yosef che fissava lo schermo con una decina di israeliani, silenziosi e accigliati.

«Stanno accusando gli Stati Uniti e Israele per l'esplosione della petroliera nel porto di Deyyer, la settimana scorsa», riferì a Yael una donna dall'ossatura minuta, i cui occhiali pendevano da una catenina.

David s'irrigidì. L'annunciatrice stava spiegando che le vittime fino a quel momento assommavano a trecento. Ma non aveva visto quelle stesse sequenze qualche giorno prima all'aeroporto in attesa di imbarcarsi per New York? Aveva l'impressione che fosse passata un'eternità da quando aveva lasciato il D.C.

«E per quell'incidente», mugugnò un israeliano dalla faccia dura e tonda, «dovrebbero morire milioni di innocenti? Ci vorrebbe un miracolo», aggiunse con fervore a denti stretti.

«Rabbino, quest'uomo potrebbe operare quel miracolo». Dieci teste si voltarono dallo schermo verso Yosef Olinsky. Dieci paia di occhi lo squadrarono mentre poggiava la mano sulla spalla di David. «Questi è David Shepherd, rabbi Cardoza. È venuto qui a Safed con il suo taccuino e con due pietre preziose del pettorale del nostro *Cohen Gadol*».

Mentre si levava nella stanza un brusio collettivo, Yael vide la mascella di David contrarsi per la tensione. Sapeva che si sentiva in trappola, incapace di salvare la figlia.

«Lavori con noi, David», lo implorò quieta Yael, mentre il rabbino si portava verso di loro tendendo la mano. «In questo momento, è l'unico modo in cui può aiutare Stacy. Non appena riaprirà l'aeroporto, le prometto che sarà libero di partire. In questo momento, però, non abbiamo bisogno solo del suo taccuino ma anche di *lei*. Il suo cervello potrebbe nascondere altre informazioni. Questa è la città, l'unica città, dove lei dovrebbe restare. Per amore di Stacy... dei Lamed Vovnik superstiti. Del mondo».

Quale altra scelta mi rimane? meditò David. La disperazione acuì la sua sensazione di impotenza, ma sapeva che Yael aveva ragione.

Stringendo la mano tesa del rabbino, non molto più anziano di lui, fissò intento il volto coriaceo di quest'ultimo. «Da dove cominciamo?» tagliò corto.

Mentre si spostavano nell'immenso laboratorio informatico al livello superiore, rabbi Cardoza si produsse in una breve introduzione sul Gabrieli Kabbalah Center.

«È qui che studiamo i frammenti dei papiri autenticati dall'Autorità israeliana per le Antichità», disse ancora ansimante per aver salito le scale. «Dopo la scoperta effettuata dagli archeologi, i reperti vengono autenticati e datati dall'Autorità israeliana per le Antichità di Gerusalemme, poi li sottoponiamo a scanner computerizzato alla ricerca di messaggi segreti di *HaShem*».

«David è un ebreo laico, rabbino», lo interruppe Yael. «Forse ignora i molti nomi di Dio, come *HaShem*, o il loro potere».

Altri nomi? Perché non ne sono sorpreso? pensò David. «E quanti sarebbero?» chiese ad alta voce.

«Settantadue», rispose lei senza preamboli. «*HaShem*, *Adonai*, *Elohim* sono solo alcuni tra i più comuni. La *Shekhinah* designa l'aspetto femminile di Dio nel mondo. I mistici meditano su ogni Nome Sacro, uno per volta, rappresentandolo nella sua forma ebraica».

Rabbi Cardoza riservò a Yael un sorriso di approvazione. «Vedo che ha imparato molto da quando passa il suo tempo qui».

Poi si volse verso David. «In quanto mistici, crediamo anche che nel testo della Torah, se si cancellano gli spazi tra le parole, siano sillabati altri nomi di Dio».

«Impronunciabili, devo arguire?» mugugnò David.

Il rabbino alzò un sopracciglio, ma si astenne dal

rispondergli. Oltrepassarono la grande porta di vetro che dava sulla biblioteca. Accanto ad una serie di finestre ad arco, un gruppo di individui con la kippah studiava attentamente le fotocopie delle sezioni dei manoscritti, sparsi come continenti galleggianti sui lunghi tavoli di quercia. Altri analizzavano pile di stampate su tavoli ingombri di libri.

È qui che abbineranno i nomi del mio taccuino a quelli che hanno già scoperto nei papiri, ragionò David.

«Le presenterò Binyomin e Rafi più tardi», disse rabbi Cardoza indicandogli un angolino adibito a studio. «Ma cominceremo prima da qui. Ha notato i libri sugli scaffali. Ma ce n'è uno solo che vorrei esaminare adesso».

Cardoza prelevò una sedia da un tavolo, sul quale erano impilate delle stampate e una decina di matite appuntite. «Posso vedere il suo taccuino, David?».

David guardò verso Yael, che tese il libriccino.

Estraendo un paio di occhiali dalla tasca interna della giacca, rabbi Cardoza prese posto su una sedia lasciandosi cadere pesantemente. «Seduti. Mettetevi a vostro agio. Abbiamo molto di cui discutere e pochissimo tempo».

Sfogliò il taccuino con il pollice, pagina dopo pagina, raffrontandole velocemente con una stampata presa in cima alla pila. *Che cosa sta cercando?* si chiese David, friggendo per l'impazienza.

Passavano i minuti ma il rabbino era ancora chino sul taccuino, immerso nella lettura dei nomi. Poi alla fine chiuse il libriccino di botto nel momento stesso in cui tolse gli occhiali; David era già pronto a scattare. Ma le parole di Cardoza che seguirono lo tennero incollato alla sedia.

«Questo taccuino può essere anche più importante di quanto pensava rabbi Ben Moshe».

Stupito, Yosef si protese in avanti corrugando le sopracciglia. Yael rimase immobile trattenendo il respiro per la sorpresa.

«Come?» s'informò David. «Ha scoperto i nomi mancanti?».

«No, dovremo riversare il contenuto del suo taccuino nel computer per individuarli. Tuttavia, di primo acchito, vedo qualcosa di curioso riguardo al modo in cui le sono stati trasmessi i nomi, professor...».

«David, la prego».

«David, allora. Sui duplicati dei frammenti che abbiamo scoperto i nomi sono sempre ripetuti nello stesso ordine. I suoi no. Perché allora quelli nel suo taccuino sono elencati in un ordine *diverso* rispetto a quelli celati nel Libro dei Nomi di Adamo? Forse», sollevò il libriccino, «il suo taccuino contiene la chiave di cui abbiamo un bisogno disperato».

«Lei crede che vi sia un messaggio in codice nel libro di David», sussurrò Yael entusiasta. Cardoza abbandonò le mani all'altezza dello stomaco e annuì.

«Credo che i nomi siano stati trasmessi a David in *questo* ordine per una precisa ragione. Gli furono rivelati alla rinfusa durante la sua visione mistica per uno scopo specifico... affinché potessimo salvare i Lamed Vovnik. Ma io credo che la successione in cui ha ricevuto i nomi contenga un altro messaggio. Un messaggio cui David non ha ancora accesso».

Tutti gli sguardi si volsero verso David, che sentì montare la pressione da sopra le spalle.

«Come posso accedervi, rabbino? Dal momento che il tempo è poco, forse lei può darmi un suggerimento, mandarmi in trance o qualcosa del genere».

«Se solo fosse così facile», sospirò Cardoza. «Lei non è un matematico, e nemmeno io lo sono. Ma la matematica è esattamente quello che ci ha condotto a decodificare la nostra sacra Torah, cioè i Cinque Libri di Mosè: Genesi, Esodo, Levitico, Numeri e Deuteronomio. Qui al Gabrieli Kabbalah Center applichiamo gli stessi programmi informatici che gli scienziati israeliani usano per analizzare la Torah. In questo caso, tuttavia, li stiamo usando per estrapolare i nomi dei Lamed Vovnik criptati nel Libro dei Nomi di Adamo».

David annuì al ricordo della descrizione di rabbi Ben Moshe, secondo cui il libro era stato trasmesso da Adamo ai suoi figli e così via, per generazioni e generazioni, finché non era andato perduto...

Rabbi Cardoza continuò. «Benché Adamo avesse scritto i nomi di tutte le creature, i nomi dei Lamed Vovnik furono celati nel testo in modo che la loro identità rimanesse segreta...».

«Ma io ho annotato solo i nominativi dei Lamed Vovnik. Mi sta suggerendo che potrebbe esserci qualcos'altro nascosto tra i loro nomi?». Le nocche della mano di David stretta ai braccioli della sedia sbiancarono.

«Questo è quello che scopriremo». Il rabbino raccolse il taccuino e si avviò verso la soglia. «Binyomin», chiamò con voce sommessa rivolto a uno degli uomini con la kippah; quest'ultimo si affrettò ad alzarsi per corrergli incontro, la fronte lucida e glabra spiccava in contrasto con la sua kippah scura.

«Binyomin, fa' una copia del taccuino del professor Shepherd e inizia ad analizzarlo. Noterai che i suoi nomi sono scritti in un ordine diverso rispetto a quello che abbiamo scoperto nei papiri... cerca di chiarirne la ragione. Non occorre che ti ricordi che è urgente».

L'uomo prese il libro con le sue dita piccole e tozze e si allontanò a tutta velocità senza commenti.

«Come farà a cercare un messaggio nascosto?». David era confuso, non riusciva a immaginare come potesse funzionare un programma di decodifica.

«È un procedimento complicato, ma cercherò di spiegarglielo nel modo più semplice e veloce possibile». Cardoza tornò al tavolo, si aggiustò la kippah sulla testa spostandola in avanti. Si schiarì la gola e fissò intento gli occhi di David.

«In primo luogo, deve rendersi conto che non vi è nulla di ordinario nell'*alef-bet* ebraico. Al contrario, ogni lettera è impregnata di poteri mistici».

«Come le gemme». David si chinò in avanti; all'improvviso aveva un bisogno disperato di credere che tutti quei supposti poteri si sarebbero coalizzati per soccorrerli, che il suo taccuino contenesse un altro aspetto che i mistici di Safed l'avrebbero aiutato a scoprire.

«Esattamente come le gemme», gli occhi di rabbi Cardoza lo trapassarono da parte a parte. «A proposito, le prenderò io in consegna da questo momento».

CAPITOLO 43

Campagna scozzese

«ANCORA UN SORSO DI TÈ, figliolo?».

La mano del vescovo Ellsworth screziata di venuzze tremava nel versare il tè cingalese nella tazza di porcellana di Dillon McGrath, che non poté fare a meno di notare la fragilità del vecchio porporato ormai a riposo.

«Mi spiace molto di non poterla invitare a cena, specialmente dopo il lungo viaggio che ha fatto per venirmi a trovare, ma sfortunatamente il mio aereo partirà fra meno di tre ore...».

Il vescovo alzò le spalle contrito, osservando Dillon con i suoi miti occhi grigi. «Detesto metterla alla porta, dal momento che abbiamo molto di cui discutere».

«Non occorrono scuse, eminenza. Mi rincresce di essermi presentato senza farmi annunciare a un'ora tanto inopportuna». Dillon, tutt'altro che rammaricato, sorbì un sorso di tè al latte e allungò la mano su un dolcetto al limone sul vassoio che la governante, augurando buone vacanze al vescovo prima di rincasare, aveva deposto sul tavolinetto che li separava.

Erano rimasti soli in quel pittoresco cottage, piccolo e umile all'apparenza, sul quale calavano le lunghe ombre di un castello in rovina, un tempo casino di caccia della Corona.

Nondimeno Dillon non poté fare a meno di notare la porcellana di gran pregio e la tovaglia di lino irlandese, la più fine e costosa sul mercato; inoltre il vescovo sembrava agghindato più per una serata all'opera che per una vacanza autunnale nel sud della Francia. Persino le tendine erano di merletto tessuto a mano, e l'orologio ottagonale che ticchettava alla parete era d'oro massiccio oltre che guarnito di lancette e numeri di ossidiana.

Eppure, con tutti quei tesori che ornavano il sobrio cottage, fu l'anello all'indice destro del vescovo Ellsworth ad attirare l'attenzione di Dillon, benché non osasse scoprirsi dinanzi all'anziano ospite.

Il rubino, nella sua montatura in oro battuto, luccicava come una goccia di sangue. Era esattamente come ricordava d'averlo visto anni prima all'epoca del convegno romano, quando non aveva neppure una vaga idea del significato dell'iscrizione incisa sulla superficie liscia del gioiello. Un cabochon, proprio come la gemma di cui gli aveva parlato David. Come le altre undici descritte nel testo che aveva consultato.

Dillon deglutì le ultime briciole del dolcetto e si umettò le labbra. Era tutto quello che poté fare per evitare di fissare l'anello del vescovo mentre quest'ultimo rigovernava.

«Ecco, lasci che le dia una mano». Dillon si alzò sollevando il pesante vassoio d'argento, per poi seguire il suo ospite al lavandino e deporre sul bancone il servizio da tè, mentre il vescovo mormorava parole di ringraziamento da sopra la spalla. Ma piuttosto che voltarsi a recuperare i dolcetti avanzati, Dillon afferrò la grossa teiera e colpì il vescovo alla nuca. L'impatto produsse una botta ripugnante.

L'anziano religioso si piegò in avanti fracassandosi il naso sul rubinetto prima di accasciarsi sul pavimento.

Dillon provò solo disprezzo nell'inginocchiarsi accanto al vescovo e afferrare la sua mano destra. Stringendo le labbra, cercò di estrarre con uno strappo l'anello infilato nel dito ossuto del prelato. Ma sembrava bloccato, non voleva saperne di scivolare oltre la nocca nodosa. Il sacerdote allora balzò in piedi per prelevare il flacone del detersivo per i piatti e spruzzarne il liquido sul dito del vescovo. L'anello si sfilò con un unico strattone, schioccando come il tappo espulso da una bottiglia di champagne.

Dillon dedicò un solo secondo prezioso del suo tempo a contemplare la gemma favolosa prima di infilare al dito il rubino cabochon. *Reuven.* Finalmente riusciva a leggere chiaramente l'iscrizione ebraica.

«Sembra proprio che perderà il suo aereo, eminenza». Scavalcò il corpo esanime steso sul pavimento lucido e raccolse la busta che il vescovo aveva deposto in cima alla valigia. A un angolo dell'involucro campeggiava il logo della Lufthansa. Dillon ci diede una sbirciata e sorrise; poi lo fece scivolare nella tasca interna della giacca

«Spero che il biglietto sia rimborsabile, eminenza».

Un attimo dopo, salì a cavalcioni sul motorino che aveva preso a nolo e iniziò a sfrecciare sulla stradina alberata di campagna che l'avrebbe ricondotto all'abbazia. I suoi bagagli erano già pronti e aspettavano solo lui.

Anche il suo volo sarebbe partito di lì a tre ore.

Capitolo 44

Rabbi Cardoza era in ansiosa attesa mentre David estraeva con calma le pietre dalla tasca dei pantaloni.

Ora che era arrivato il momento di separarsene, David era riluttante, anche se sapeva che dovevano tornare al loro posto. Eppure, l'agata era rimasta in suo possesso per quasi vent'anni. Trovava strano distaccarsene.

Inspirò nel deporre le pietre nel palmo robusto di Cardoza.

Il rabbino abbassò lo sguardo alle gemme come se avesse ricevuto il dono più prezioso del mondo.

«Dove le custodirete?» s'informò David.

Il rabbino alzò gli occhi che brillavano di speranza e di gratitudine. «In un luogo molto sicuro. Si ricongiungeranno alle altre in nostro possesso, che un tempo erano cucite sul pettorale del sommo sacerdote. Dobbiamo solo pregare che, una volta riunite, i loro poteri congiunti possano esserci d'aiuto in questa battaglia».

Cardoza fece scivolare le pietre in una sacchetta che aveva estratto dal taschino della camicia bianca a maniche lunghe. Dopo essersela rimessa in tasca, si raddrizzò la kippah per l'ennesima volta, accigliandosi nel momento in cui squillò il cellulare di David.

Nell'afferrare il telefonino, David provò un tuffo al cuore.

«David... oh David».

Era Meredith. La voce dell'ex moglie era così tremante che dovette sforzarsi per sentirla. Mentre David era in ascolto, la tensione che gli gravava sul petto gli dava le vertigini.

«In quale ospedale ti trovi?» farfugliò quando lei si azzittì.

«Okay, cerca di calmarti adesso. Ti chiamerò non appena avrò notizie. Te la riporterò, Meredith. Te lo prometto. Te la riporterò».

Chiuse il telefonino ancora stordito. *Hutch è morto. Meredith è seriamente ferita. E Stacy...*

Lentamente divenne consapevole che tutti i presenti nella stanza lo stavano fissando.

«David?». Yael era impallidita.

«Aveva un occhio blu e uno marrone». La voce del professor Shepherd si era arrochita.

«Chi, David?». Yael si alzò per spostarsi verso di lui. «Di chi stai parlando?».

David chiuse gli occhi e vide qualcosa che nessun altro avrebbe potuto vedere: la sua Stacy nelle mani di un mostro.

«L'assassino che ha rapito Stacy».

Un'ora dopo, rabbi Cardoza era ancora lì a fissarlo con un misto di compassione e di ansia. «So che i suoi pensieri sono altrove, ma abbiamo bisogno di agire finché ne abbiamo la possibilità. È disponibile ad apprendere il potere delle lettere e dei numeri?».

Sembra proprio che non ci sia nient'altro che io possa fare al momento, pensò David. *I voli in tutto il Medio Oriente sono ancora bloccati, quindi non posso andare a Londra e rintracciare Crispin Mueller per poi spezzarlo in due a mani nude.*

«La ascolto».

«Bene». Il rabbino si sporse in avanti dalla sua sedia invitando a gesti David a prendere posto accanto a lui. «Ogni giorno, usiamo le lettere e i numeri per risolvere enigmi. Ricorda il suo *alef-bet* ebraico? Ventidue lettere, cinque delle quali sono scritte in maniera diversa quando cadono alla fine di una parola», aggiunse.

David annuì. «Tanto mi è rimasto impresso dall'epoca in cui ho frequentato il corso per il bar mitzvah. Ma non molto di più, temo».

«Quello che probabilmente non ha appreso è che ogni lettera ha il proprio potere mistico, un'energia unica, una vibrazione particolare. Ad ogni lettera corrisponde anche un valore numerico».

Tendendo a David una tabella dell'alfabeto ebraico, iniziò a scrivere su un foglio bianco di carta le lettere iniziali: *alef, bet, gimmel, daled, hey,* numerandole in sequenza.

«La numerologia ebraica è detta *gematria*. Ecco le prime dieci lettere accanto ai numeri da uno a dieci. Quindi, *alef* equivale a uno, *bet* a due e così via».

«E dopo il dieci?». David sbirciò la tabella.

Fu Yael a rispondergli. «Si conta per decine e poi per centinaia. Giulio Cesare impiegò un sistema analogo mentre conquistava le Gallie. Usava codici di sostituzione per inviare messaggi segreti».

David si passò la mano tra i capelli. «Spero proprio che non mi sottoporrete a un test».

«Niente test. Ho solo il tempo di trasmetterle gli esempi più elementari», lo rassicurò Cardoza.

All'improvviso, David afferrò la tabella dell'*alef-bet* per studiarla più da vicino.

«La lettera *lamed* equivale al numero trenta», scandì lentamente. «E *vov* è il sei». Alzò lo sguardo nel momento in cui gli si accese la scintilla dell'intuizione. «*Lamed Vov*. Trentasei. I Giusti, ecco perché sono chiamati Lamed Vovnik».

«Esattamente». Yael si avvicinò al tavolo per sbirciare da sopra le spalle di lui. «Ecco come i mistici applicano la gematria. Gli studiosi della Cabala ritengono che esista una connessione mistica tra le parole della Torah che hanno lo stesso valore numerico. L'analisi di queste stesse parole può rivelare significati nascosti che non appaiono in superficie».

«Significati nascosti?».

«Concetti più profondi», chiarì sistemandosi una ciocca di capelli dietro l'orecchio. «Esistono piani diversi di conoscenza nella Torah, alcuni affiorano in superficie, altri sono celati così profondamente che i mistici non sono ancora riusciti a scoprirli da secoli e secoli a questa parte».

«Gli ebrei non sono i soli ad usare la gematria», aggiunse Yosef. «Lo fanno anche gli arabi. E i sufi, che la utilizzano per analizzare le sfumature di significato del Corano».

«Taluni sostengono che la usarono persino i vostri Padri Fondatori nel coniare il vostro slogan nazionale: *E pluribus unum,* cioè "L'uno dai molti"», proseguì il rabbino. «*Echad,* il termine ebraico per "unico", ha il valore numerico di tredici. Gli Stati Uniti sono *un'unica* nazione che riunì le *tredici* colonie originarie».

«Ma è straordinario», annuì David scuotendo la testa. «Mio padre era senatore degli Stati Uniti. Gli sarebbe piaciuto saperlo».

Un lieve bussare alla porta li interruppe.

«Sì, Rafi, entra pure», il rabbino invitò l'uomo, alto e sparuto, che esitava sull'uscio.

«È appena arrivata un'e-mail da Avi Raz. L'unico Percy Gaspard che abbiamo trovato è morto in un incendio sospetto sei mesi fa».

David e Yael si scambiarono un'occhiata. Un altro Lamed Vovnik assassinato. Rabbi Cardoza si schiarì la gola con un'aria preoccupata.

«Grazie, Rafi».

Mentre l'uomo tornava al suo lavoro, Cardoza controllò l'orologio. «Dobbiamo sbrigarci», disse serio. «Torniamo ai codici della Torah».

Mentre David riacquistava la concentrazione, il rabbino riprese inarrestabile.

«I codici della Torah non sono una novità. Teorie riguardo a questi messaggi cifrati circolano da migliaia di anni. Fin dal 1291 Rabbeinu Bechaye ne parlò nel suo commentario sul Libro della Genesi. E nel XVI secolo il mistico Moshe Cordovero enunciò la teoria secondo cui ogni singola lettera della Torah contiene significati divini».

«Persino sir Isaac Newton credeva che la Bibbia racchiudesse messaggi segreti», lo interruppe Yael per informare David. «Ma nonostante la sua intelligenza, non riuscì mai a dimostrarlo».

«Perché era nato troppo presto», spiegò asciutto Yosef soffocando un risolino. «Avrebbe avuto bisogno dei computer per provarlo».

Cardoza svitò il tappo di una bottiglia d'acqua e ne bevve un gran sorso. «È vero, David. Ed ecco perché nessuno scoprì i messaggi segreti fino al XX secolo: i codici sono troppo sofisticati perché li si possa decifrare manualmente».

«Basta inserire delle ELS», suggerì Yosef.

David si rabbuiò. *ELS?* «E che cosa sono?...».

«Sequenze di lettere equidistanti... o scarti». Il rabbino tornò ad appoggiarsi allo schienale. «Ecco come il computer scopre le parole o le locuzioni segrete nascoste nella Torah e in altri testi. Emergono dai manoscritti perché le lettere che formano le parole segrete ricorrono a intervalli regolari l'una rispetto all'altra».

David aggrottò le sopracciglia. «Me lo ripeta un po' più lentamente».

«Ammettiamo che lei scelga un punto di partenza qualunque nella Torah». Rabbi Cardoza era un insegnante paziente, David era disposto a riconoscerglielo.

«Che, iniziando da una data lettera, programmi il computer in maniera tale che salti in avanti o a ritroso un "x" numero di lettere... diciamo dieci, così tanto per fare un esempio. Quindi il computer salterà alla decima lettera, alla ventesima, alla trentesima e via discorrendo, per poi produrre una stampata di ogni decima lettera».

David, con sollievo, si rese conto di iniziare ad afferrare lo schema. «Per cui una volta che disponete della stampata, analizzate i risultati alla ricerca di parole o di frasi di senso compiuto tra quelle incomprensibili?».

«Esatto», gli occhi infossati di Yosef riverberarono uno scintillio di approvazione. «Con l'aiuto di un computer, si può far scorrere uno scarto ELS in ogni direzione possibile: in avanti, a ritroso, in diagonale, in senso orizzontale o verticale. Si può cambiare sia l'estensione dello scarto, sia la direzione della ricerca da un punto di partenza a piacere. Sono sicuro che si renderà conto che effettuare una ricerca del genere è quasi impossibile usando una penna e della carta, anche ipotizzando di lavorarci per anni».

«Il computer può farlo in un lampo», confermò David annuendo. «Quindi, quando avete esaminato i frammenti di papiro del Libro dei Nomi di Adamo, quale scarto avete usato per trovare i Lamed Vovnik?».

Lo sguardo del rabbino si illuminò. Yosef sorrise, ma fu Yael a rispondergli; nel silenzio della biblioteca, la sua voce era profonda e grave.

«Trentasei. Lo scarto ELS che ha rivelato i nomi dei Lamed Vovnik era di trentasei lettere».

Per un attimo David rimase senza parole. Lasciò che l'evidenza nuda e cruda di quanto aveva appreso sedimentasse dentro di lui. Poi all'improvviso si sentì piccolo piccolo, nel momento in cui il concetto di conoscenza infinita – la vastità dell'intelligenza e del progetto di Dio rispecchiato in tutte le cose e in ogni tempo – lo colpì come un fulmine a ciel sereno. Benché Adamo avesse dato un nome a tutte le creature di Dio registrandole in un libro scritto di suo pugno, Dio celò un segreto all'interno del testo. I nomi delle anime veramente giuste.

David aveva il mal di testa a forza di spremersi le meningi.

«Dio sa tutto», annunciò il rabbino con dolcezza. «Quindi ha sempre saputo – persino dal principio, quando Adamo stava ancora scrivendo il suo libro – l'identità dei Lamed Vovnik in ogni generazione».

David si costrinse ad abbandonare la sedia e prese a misurare la stanza a grandi passi; gli altri, rimasti in silenzio, lo fissavano.

«Siamo dotati di libero arbitrio... proprio come Adamo», aggiunse Cardoza. «Dio non forzò la sua mano mentre scriveva, eppure è tutto registrato nel libro».

«I nomi di tutti i Lamed Vovnik dal principio dei tempi...» si lasciò sfuggire David, «celati nell'elenco di Adamo di tutte le creature viventi». Fino a quel momento aveva rivolto lo sguardo verso la porta ignorando gli uomini al lavoro sui tavoli, ma all'improvviso si girò sui tacchi.

«Se Dio conosce i nomi dei Lamed Vovnik, allora conosce anche quelli degli Gnoseos e degli altri suoi nemici».

«*Amalec*». Yael spalancò gli occhi. «In ogni generazione, si sollevano contro il popolo ebraico e contro Dio».

«Amalec?». David scosse la testa. Non aveva mai udito quel termine.

«Gli amaleciti, la tribù che seguì gli israeliti mentre vagavano nel deserto dopo la fuga dall'Egitto», spiegò rabbi Cardoza. «Attaccarono gli israeliti alle spalle, mietendo vittime a migliaia. Il Libro dell'Esodo racconta la battaglia, riferendo che quando Mosè alzava le braccia verso Dio gli israeliti respingevano gli amaleciti; viceversa, quando le abbassava per la stanchezza, gli amaleciti guadagnavano terreno. Poi Aronne e Hur corsero in aiuto di Mosè, portandosi ai suoi fianchi per sostenergli le braccia. Così gli israeliti sconfissero gli amaleciti».

Yosef, annoiato, emise un sospiro. «Benché alla fine Israele abbia sconfitto gli amaleciti, il nostro rabbino ci esorta a non dimenticarlo mai. Vede, David, gli amaleciti risorgono ad ogni generazione per distruggere gli ebrei. L'hanno già fatto diverse volte. Aman, Erode, Hitler e anche adesso...».

In ogni generazione. Quelle parole bloccarono di colpo David.

«Qual è la gematria di Amalec?» si lasciò sfuggire di bocca.

«Duecentoquaranta», rispose rabbi Cardoza. «Perché?».

David corse alla porta e scrutò attentamente la biblioteca. «Dov'è Binyomin? Ho bisogno del mio taccuino».

Il rabbino lo guardò sorpreso, poi senza dire una parola e passandogli accanto andò strepitando alla ricerca dello studioso della Cabala. Yael si voltò verso David. «Perché lo vuole indietro? A che cosa sta pensando?».

«Avete verificato il papiro del Libro di Adamo con uno scarto di 240 lettere alla ricerca dei nomi degli Gnoseos?».

«Non che io sappia...». Yael s'interruppe. «Non ci resta che provare, lei potrebbe avere ragione».

Quando rabbi Cardoza e Binyomin tornarono con il taccuino, David espose in sintesi la sua teoria.

«Penso che dovremmo fare delle ricerche sia sui papiri sia sul mio taccuino con uno scarto ELS di 240. Forse potremo scoprire l'identità degli Gnoseos e attaccarli alle spalle prima ancora che possano attuare il loro piano».

Gli occhi di rabbi Cardoza s'illuminarono di speranza.

«Binyomin, presto. Distribuisci le copie del taccuino di David a tutta l'équipe. Di' a tutti di analizzare sia i papiri sia il taccuino in base allo scarto ELS di 240».

Si lasciò cadere di nuovo sulla sedia e si sfregò gli occhi con la mano. «Mentre aspettiamo, vorrei che entrambi condivideste quanto avete appreso da rabbi Ben Moshe *alav ha'shalon*, buonanima».

David estrasse la sacca di cuoio del rabbino dall'interno della sua borsa di viaggio e la depose sul tavolo.

«Il mio taccuino è solo una parte del mistero, rabbino. Yael ed io abbiamo cercato di scoprire il legame tra Ben Moshe, questa carta», posò la carta della Torre sul tavolo, «e uno stampatore ebreo di Cracovia recentemente assassinato per i cliché».

David frugò ancora nella sua borsa. «E questa carta che abbiamo sottratto a un Angelo Oscuro che ha tentato di ucciderci a New York», annunciò tetro. «È identica a quella del rabbino, eccetto per il fatto che hanno un diverso numero di serie sul dorso».

David sparse tutti gli oggetti sul tavolo cercando di non pensare a dove si trovasse Stacy in quel momento e a che cosa potesse farle Crispin Mueller.

CAPITOLO 45

Southampton, Inghilterra

NON FU UN PROBLEMA PER GEOFFREY BALES e per gli altri due Angeli Oscuri ottenere il permesso per varcare i cordoni di sicurezza. Le loro credenziali erano impeccabili. Lord Hallister aveva garantito per loro procurando i documenti necessari, e perché mai non avrebbe dovuto farlo? Aiutare gli Angeli Oscuri ad eliminare uno degli ultimi Giusti Nascosti era un onore che gli sarebbe tornato utile una volta che gli Gnoseos fossero ascesi dall'Arca. Sarebbe stato uno degli eroi, assieme a noi, pensò Bales mentre indossava la livrea verde scuro da facchino nell'intimità del suo appartamento in affitto.

I pantaloni erano un po' più lunghi del dovuto, ma sarebbero serviti comunque allo scopo. Non c'era tempo per lavori di sartoria. Quella sera Lionel avrebbe nascosto l'ultima delle armi giù al molo, all'interno della parete della toilette per gli uomini. Nessuno avrebbe mai sospettato che in una cavità ben nascosta dietro il grande distributore metallico di tovaglioli fosse stato immagazzinato un vero e proprio arsenale. Nessuno avrebbe mai sospettato che, mentre la Queen Mary 2 entrava in porto, tre dei facchini in servizio si disputassero il privilegio di neutralizzare un certo passeggero al momento dello sbarco.

Bales aveva un buon presentimento riguardo a quell'ultimo incarico. Bighellonò davanti allo specchio, sul cui vetro impolverato aveva incollato una lucida foto a colori di Cherle. Se la prendeva con calma, sforzandosi di memorizzare ogni singola piega e ogni ruga sul volto sorridente della futura vittima.

Ricambiò quel sorriso con un ghigno, sicuro che, in un

modo o nell'altro, sarebbe stato lui a piantare un proiettile in gola a Cherle, prima ancora che il vecchio fosse sceso a terra.

L'Arca

Crispin, in attesa accanto alla branda di una Stacy ormai quasi sveglia, arricciò il naso. L'angusta camera sotterranea sapeva di aria viziata con un vago sentore di farmaci. Non gli piaceva quell'odore, gli ricordava troppo da vicino gli anni passati nell'oscurità, tumulato, per così dire, in quell'ospedale dove aveva sprecato parte della sua giovinezza. In un certo senso, era giusto che la ragazzina tanto cara a David Shepherd fosse proprio quella che era stesa semicosciente sulla branda.

Chi la fa l'aspetti. Ed ora era venuto il turno di Shepherd.

Per ironia della sorte, meditò Crispin, la preziosa «figlia» di quest'ultimo sembrava avere più o meno la stessa età che all'epoca dimostrava quella piccola creatura di Abby. Sennonché l'incarnato di Stacy era differente, anche se entrambe avevano l'aria di fanciulle in fiore che si apprestavano timidamente a diventare donne. Gli stessi capelli ondulati lunghi fino alle spalle, la stessa bocca piena d'innocenza e una sorta di promessa appena accennata.

Un'idea gli si affacciò nella mente facendogli accelerare il polso. *Forse la massima punizione che potrei assegnare a David non sarebbe tanto la morte di questa ragazza quanto la consapevolezza che la sto portando con me nel nuovo mondo... un altro «vaso» a nostra disposizione, assieme alle altre prescelte...*

Crispin sobbalzò. Ma che cosa gli veniva in mente? Stacy non era Abby. Era una dei Giusti Nascosti. *Doveva* morire, per far sì che gli Gnoseos potessero vivere e ascendere per raggiungere la Fonte suprema.

Se così fosse stato, Shepherd il Nobile sarebbe stato torturato a sufficienza dalla sua incapacità di salvarla... lei e il mondo intero.

Sommessi lamenti filtravano tra le pareti. Ancora quelle donne, i «vasi» recalcitranti. Crispin era divertito dall'idea che pensassero che a qualcuno potesse importare alcunché di loro. Ben presto sarebbero state prelevate dalla loro prigione. E lui, essendo il Serpente, avrebbe avuto la prima scelta riguardo al «vaso» che avrebbe dovuto fungere da suo canale per ripopolare il mondo. Si abbandonò a una sonora risata, un suono gutturale che sgorgava dal profondo del suo petto.

La ragazza spalancò gli occhi.

Stacy sussultò al dolore che le torturava la testa. Sembrava quasi che il suo cervello fosse investito da scosse elettriche, in sincronia con il battito del suo cuore. Tutto le sembrò grigio per un attimo, finché non batté le palpebre per diverse volte e alla fine non si concentrò sul soffitto, basso e ruvido, sopra la sua testa.

Muoviti. Provaci. Su con la schiena.

Cercò di sollevare la testa dal cuscino, ma ricadde sulla branda, assalita da ondate di nausea.

Una risata. Una risata le giunse all'orecchio. La stessa risata che aveva udito in sogno. Con sofferenza e a dispetto della stanza che sembrava vorticarle intorno, si girò verso la fonte di quel suono.

L'uomo che la fissava le ricordava un leone che aveva visto al Parco degli animali selvatici di San Diego. Lunghi riccioli biondi gli ricadevano sugli occhi; il suo sorriso era feroce. Si avviticchiò su se stessa addossandosi alla parete, come se volesse allontanarsi il più possibile da quell'individuo; ma udì solo un'altra risata.

Crispin si alzò dalla sedia e avanzò verso di lei.

«Che hai di tanto speciale? Ho letto che i Giusti Nascosti non sono afflitti dall'involucro umano che racchiude le loro anime. Che nulla li separa dal divino».

Stacy si riaccostò alla parete, ritraendosi da quello sguardo che la passava da parte a parte. «Ma di che cosa... sta parlando?».

Serrò la bocca. «Giusto. Non sai nulla, vero? Nessuno di voi lo sa. Perché perdo il mio tempo?».

Le diede le spalle e si avviò verso la porta. Presto non avrebbe avuto alcuna importanza.

«Il tuo patrigno sta venendo qui per te, Stacy», disse giunto sulla soglia. «Una buona notizia, vero? Ma per me, non per te. Perché lo ucciderò una volta che mi sarò ripreso quello che mi ha rubato».

Crispin alzò le mani tendendo i palmi come per rassicurarla. «Non preoccuparti, non lo ucciderò subito. Prima ucciderò te, e gli mostrerò come».

Capitolo 46

David si svegliò allo squillo del suo cellulare, rizzandosi di scatto sulla poltrona. *Quando mi sono appisolato?* Mentre i suoi occhi mettevano a fuoco l'ambiente circostante, capì che si era destato per via del ronzio di una stampante che stava riproducendo l'ultima elaborazione di uno scarto ELS estrapolato dal suo taccuino. Il cellulare, in carica sopra il tavolo davanti a lui, era silenzioso come una pietra.

Perché Crispin non mi ha richiamato?

L'attesa era insopportabile. Esasperante. David si sentiva inutile. Non aveva più nulla da dare, a dispetto dei segreti che qualcuno credeva fossero ancora custoditi dentro di lui. Nessun altro nome gli era pervenuto, si sentiva esausto. Cardoza e gli altri si erano affannati per tutta la notte nel tentativo di decodificare il suo taccuino. Ma lui era del tutto incompetente in materia di stampate, meditazione o preghiere sacre. Non gli restava più nulla da fare. E Stacy aveva bisogno di lui.

Londra, dove aveva visto Crispin Mueller per l'ultima volta, era l'unico posto da cui gli sembrava logico partire.

Gli iraniani finalmente avevano fatto marcia indietro e l'allarme di sicurezza era rientrato; l'aeroporto aveva riaperto intorno alle quattro del mattino. Il suo aereo sarebbe partito alle due del pomeriggio.

Rilassando i muscoli tesi, David si portò zigzagando verso la porta della stanza accanto per sbirciare gli israeliani dediti all'opera indefessamente. Vide Yael, con i capelli raccolti sommariamente sul capo da un fermaglio, che l'osservava da sopra le spalle del padre. Il travaglio di una lunga notte era impresso nei lineamenti contratti del suo viso, eppure gli trasmetteva ancora quella tenacia, quella grazia che aveva notato per la prima volta nel momento in cui era si era presentata nello studio di rabbi Ben Moshe.

Yael, come se avesse avvertito il suo sguardo, aveva alzato la testa in quello stesso istante, porgendogli un lieve sorriso.

«Ha l'aria di uno che ha bisogno di una boccata d'aria fresca», gli disse.

«Porta David a vedere quella che potrebbe essere la sua unica alba qui a Safed», la pregò torvo Yosef. «È davvero spettacolare e potrebbe essere anche l'ultima per tutti noi».

David si affiancò a lei silenzioso mentre scendevano le scale. Un piccolo rinfresco a base di frutta, formaggio e olive li attendeva nella sala di ritrovo del personale. Mentre David versava del caffè nelle tazze termiche, Yael raccolse un coltello per sbucciare un'arancia. Consumarono la loro magra colazione all'aperto, contemplando il manto della notte che ormai andava diradandosi; le parole di Yosef ancora risuonavano sinistre nelle loro orecchie.

«Le dispiacerebbe reggere entrambe le tazze strada facendo?» gli chiese Yael. «Vorrei condurla in un luogo speciale».

Percorsero in silenzio le stradine acciottolate mentre il grigiore lentamente cedeva il posto a una pallida luce opalescente e la città di Safed fremeva all'accenno di un nuovo giorno.

«Chissà quanto tempo ci resta», mormorò Yael girato l'angolo, mentre imboccavano un angusto vicoletto. «Giorni, ore. Eppure...».

«Lo so. Non possiamo mollare proprio adesso, vero?».

«Mio marito non l'ha fatto». Yael porse a David degli spicchi d'arancia. «Yoni aveva un sogno prima di essere inviato nel Libano. Sognava la pace. Una pace che sarebbe arrivata molto tempo dopo la sua morte».

Si arrestò all'entrata di un cimitero nel quale erano allineate diverse tombe, alcune ricoperte d'erba, altre soprelevate e disposte accuratamente in file tra sentieri orlati da alberi di fico. David notò che i tumuli soprelevati erano incorniciati da una bordatura di mattoni e di cemento, oltre che abbelliti da una rigogliosa vegetazione.

«È sepolto qui nel cimitero militare. Aveva solo trentott'anni quando è morto». Si voltò verso David, lo sguardo stanco e smarrito.

«Mi dispiace», disse pacato David.

Yael fece scivolare il coltello nella tasca dell'uniforme kaki e si chinò a raccogliere dei sassolini che lasciò cadere nella tazza vuota.

Senza pensare, David la prese per mano. Le dita di Yael erano calde e forti, come lei piene di vita. «Mi dispiace per suo marito... e di aver perso le staffe ieri. Non lo meritavate».

«*Lo davar*... lo dimentichi. Sono una sabra, non ricorda? Noi nativi israeliani siamo come i cactus a cui dobbiamo il nostro nome... duri e spinosi all'esterno, teneri e dolci all'interno. Ma non vada in giro a raccontarlo».

«Teneri e dolci, eh?» ribadì David con un sorriso ironico, sorpreso che Yael sapesse perdonare con tanta disinvoltura. In un altro tempo, in un altro luogo, l'avrebbe baciata. Invece le lasciò la mano e la seguì lungo gli stretti sentieri tra le tombe.

Continuarono per un breve tratto finché Yael non si fermò davanti a una lapide con l'iscrizione *Yonaton HarPaz*. «La sua anima è ancora qui, sa», disse, con lo sguardo fisso sul bordo erboso della tomba. «I cabalisti credono che il *nefesh*, la più bassa delle tre dimensioni dell'anima, aleggi sulla tomba del defunto. Rabbi Cardoza mi ha detto che il *nefesh* rimane per proteggere i vivi nei momenti difficili, mentre le altre due dimensioni più elevate – il *ruach* e il *neshamah* – si spingono verso i regni superiori».

«E questo, senza dubbio, è un momento difficile», riconobbe David. «E in che modo ci aiuterebbero?».

«Il rabbino mi ha confermato che quando i vivi vanno al cimitero e chiedono l'aiuto del defunto, il *nefesh* si invola nel regno del *ruach* per informarlo del problema. Il *ruach*, a sua volta, si affretta a salire nel regno del *neshamah*, e quest'ultimo intercede presso Dio, essendogli più vicino, e gli chiede misericordia per il mondo».

«Siamo qui per questo, vero? Per chiedere al *nefesh* di Yoni di ricordare a Dio che siamo nei guai. Per chiedere aiuto». David abbassò lo sguardo sulle magnifiche felci che ornavano la tomba di Yoni, cercando di assimilare i concetti di unità e divisione gerarchica delle anime. Gli era stato sempre insegnato che ciascuno di noi ha un rapporto diretto con Dio, senza il bisogno di alcun intermediario. Chiunque avrebbe potuto partecipare alle funzioni della sinagoga e recitare le preghiere rituali, oppure comporre le preghiere personali che gli sgorgavano dal cuore in un qualsiasi altro posto. Tutto sarebbe stato accettabile per Dio.

Ma questa era la lezione del giudaismo tradizionale. Le credenze mistiche dei cabalisti non gli erano ancora familiari. Eppure, ricordando la sua esperienza di premorte e quanto aveva appreso in quei pochi giorni pieni di tensione, l'idea che Yael potesse chiedere all'anima del marito di intercedere presso i reami celesti era altrettanto plausibile di quella che gli spiriti dei Lamed Vovnik lo implorassero di intervenire a loro nome nel mondo materiale.

La osservò mentre si chinava per deporre i sassolini sulla tomba di Yoni, aggiungendoli agli altri già deposti in precedenza. David ne conosceva la ragione; l'aveva fatto lui stesso mentre era in visita alla tomba dei suoi genitori. Yael stava lasciando dietro di sé un segno tangibile della sua visita.

Le toccò la spalla e si allontanò, decidendo di rispettare la sua intimità. Vagò senza meta finché non si ritrovò davanti a una scalinata di cemento che scendeva lungo il pendio. La seguì e giunse ad un altro cimitero annidato nell'area sottostante. Era più antico, meno ordinato, ma ugualmente tranquillo, con dei visitatori che pregavano accanto alle tombe dipinte di azzurro come il cielo e ingombre di pile di sassolini.

Solo quando cominciò a leggere alcuni dei nomi incisi sulle lapidi si rese conto che era l'antico luogo di sepoltura di famosi cabalisti.

Ebbe come la vivida percezione del trascorrere della storia, un'intensa sensazione che di nuovo lo investì mentre vagava per il cimitero sotto la luce del sole. Vagabondò per i vialetti attigui, per poi riavviarsi sulla scala. Prima ancora che se ne accorgesse, si ritrovò in uno stretto passaggio, dove un'insegna azzurra con lettere bianche indicava la sinagoga Abuhav.

David attraversò il cortiletto esterno lastricato di pietre scure all'ombra delle fronde e s'immerse nell'antico *shul*.

L'interno era vasto e deserto. Allungò il collo per sbirciare, quattro piani sopra di lui; il soffitto a volta della cupola era bordato da finestre quadrate, che lasciavano filtrare la luce del giorno sul pavimento di pietra impreziosito dai mosaici. Sussultò alla luce del sole che gli ferì gli occhi, accorgendosi che iniziava a pulsargli la testa.

Spostò lo sguardo alle pareti, dipinte d'un morbido azzurro celestiale. Al di sopra dei muri pendeva una miriade di candelabri; splendidi camminamenti ad arco ornati di felci dipinte simili a trine si allungavano verso gli affreschi della cupola.

«Incantevole, vero?».

Non sobbalzò alla voce di Yael che gli giunse da dietro le spalle.

«Molto... e di grande effetto», replicò senza voltarsi.

«E dire che la conosce così poco». Avanzò per poi portarsi accanto a lui, per studiare la serena bellezza del luogo.

«La sinagoga pullula di simboli cabalistici. La cupola, straordinaria dal punto di vista architettonico, simboleggia la credenza del giudaismo in un unico Dio. E quei quattro pilastri», si voltò per segnare a dito le quattro colonne d'appoggio, «rappresentano i quattro elementi della creazione: l'aria, l'acqua, il fuoco e la terra... come pure i quattro mondi della Cabala: il fisico, l'emotivo, l'intellettuale e lo spirituale».

David girò in cerchio, toccando con la mano una delle colonne e l'inferriata dipinta di azzurro che circondava la *bimah*, il palco soprelevato dal quale si procede alla lettura dei rotoli della Torah, una volta estratti dall'arca.

«Ha notato i sei gradini della *bimah*?» domandò Yael osservandolo mentre si avviava verso il palco cintato d'azzurro. «Simboleggiano i sei giorni della settimana, mentre la *bimah,* più elevata rispetto agli altri gradini, rappresenta lo *shabbat,* il settimo giorno e il più sacro».

Il mal di testa di David si stava acuendo. Silenzioso, proseguì per esaminare l'affresco del Muro del Pianto di Gerusalemme. Era seminascosto fra tre arche, che contenevano i rotoli della Torah. Con sua sorpresa, ovunque si arrestasse davanti all'affresco, sembrava che le strade dipinte sullo sfondo puntassero verso di lui, come se si aprissero direttamente sul suo cammino.

«E c'è di più». Yael sorrise indicando le arche, una alla volta. «Sono tre, e per uno scopo preciso: una per ciascuno dei patriarchi Abramo, Isacco e Giacobbe. E gli archi...». Spostò il braccio in un ampio gesto aggraziato sopra la testa. «Nove in tutto, simboleggiano i nove mesi della gravidanza».

David si sentiva circondato dalle allegorie, da un antico simbolismo che lo riempiva di stupore. Ogni aspetto di quel luogo di culto era impregnato di concezioni mistiche. Si era sempre considerato una persona colta, sia pure nell'ambito delle strutture dei governi, delle istituzioni, dell'evoluzione e dei meccanismi della politica. Certo, avrebbe saputo disquisire con competenza degli aspetti teorici della politica, dei diversi sistemi di governo e di relazioni internazionali. Ma rabbi Ben Moshe, Yael e i cabalisti di Safed gli avevano aperto un nuovo mondo ancora inesplorato.

Il suo bisnonno, stando a quanto gli aveva raccontato la madre, era in perfetta sintonia con quel mondo, che per David era terra vergine. *Ma forse,* pensò, lasciandosi pervadere dalla simbologia spirituale, *somiglio al mio bisnonno più di quanto pensassi.*

Indugiando nella sinagoga a riflettere su Stacy, gli Angeli Oscuri, Crispin Mueller e sulla presenza nel mondo dei Lamed Vovnik, ormai ridotta ai minimi termini, pregò sperando di non aver preso un abbaglio.

Il dolore iniziò a martellargli la testa. Chiuse gli occhi come per arrestarlo, e cercò di chiamare a raccolta i nomi scritti sul suo taccuino. *I cabalisti hanno individuato trentaquattro Lamed Vovnik di questa generazione tra le miglia-*

ia di nomi elencati nel taccuino. Ma ne mancano due. Li ho già scritti? Oppure sono ancora nascosti dentro di me?

Gli Gnoseos conoscono quei nomi? Perché non cercare di...

Il dolore lancinante all'improvviso lo accecò. Rantolando, cadde sulle ginocchia per poi premersi i palmi sugli occhi.

«David? Si sente bene?».

La voce gli giungeva da lontano, come se Yael si trovasse nel vialetto fuori dalla sinagoga. Era solo sotto il soffitto a cupola con gli affreschi raffiguranti arpe, palme e scene bibliche. Solo in quel sacro tempio, mentre il dolore gli spaccava il cranio.

Cercò di rialzarsi, doveva tornare al Gabrieli Kaballah Center, trovare degli antidolorifici. Di lì a poco sarebbe dovuto salire su un aereo. Ma un'altra fitta di dolore gli tagliò le gambe.

Si abbandonò scompostamente sui lastroni di pietra del pavimento della sinagoga, in preda alle convulsioni. Niente esisteva, tranne il dolore.

E i volti... le voci... sono tornati... urlano, implorano, intimano.

David cercava di ascoltarli, ma il dolore sembrava fracassargli il cranio in un crescendo inarrestabile. Stavano cercando di comunicare con lui, doveva ascoltarli...

«David! Riesce a sentirmi?».

Yael era china su di lui, ma David non la vedeva. Fissava il soffitto, gli occhi sbarrati, il viso stravolto dall'angoscia.

Le tempie e il collo erano madidi di sudore, che gli infradiciava anche l'orlo del colletto della camicia.

Yael, terrorizzata, gli portò una mano gelida alla fronte, mentre il cuore le batteva con un tonfo sordo. Era combattuta tra il desiderio di correre a cercare aiuto e quello di rimanergli accanto. La pelle di David era tutta appiccicaticcia. All'improvviso, notò un cambiamento nel suo sguardo vacuo. Un'espressione di pace si sostituì al tormento e David rilasciò i muscoli del viso. Poi, si accasciò mentre Yael gli sbottonava il colletto della camicia.

David chiuse gli occhi sfinito. «Jack Cherle», mormorò, con voce impastata. «Guillermo Torres». Yael trattenne il respiro.

La voce di David si affievolì nel pronunciare il nome che più lo ossessionava. «Stacy Lachman...».

Si dibatté per rizzarsi sulla schiena; si sentiva svuotato, stordito. La mente all'improvviso gli si era schiarita.

Non ci sono più nomi nella mia testa.

«Dobbiamo... rientrare. Devo parlare con loro... i nomi».

Yael lo aiutò a rialzarsi. David barcollando si appoggiò pesantemente a Yael, che gli fece passare un braccio attorno alla vita.

«È sicuro di non voler aspettare un attimo? È ancora pallido, terribilmente».

«Devo... sbrigarmi», disse David con voce stridula, arrancando verso la porta.

Aveva i nomi. Gli ultimi. Anche se non riusciva a liberarsi dalla sensazione che ci fosse sotto qualcosa di più. Qualcosa che ancora non riusciva ad afferrare.

Forse, quando sarò tornato e avrò parlato con i mistici, meditò, battendo le palpebre mentre cercava di indurre le sue gambe a muoversi verso la porta, *loro forse sapranno come procedere...*

Yael, una volta usciti all'aperto, alla luce del cortile, girò la testa di lato. Udì un tramestio di passi sul selciato mentre David si accasciava contro di lei. Doveva stenderlo su una panca.

«Abbiamo bisogno di aiuto...» iniziò a gridare.

E poi li vide imboccare il vialetto.

Erano in due. Un uomo e una donna. *Turisti,* pensò con sollievo, guardando di sfuggita le loro polo e i pantaloncini. «Per favore, potreste aiutarmi a stenderlo su quella panchina...».

La coppia si precipitò verso di lei, ma il sollievo di Yael svanì allorché si rese conto che l'uomo, alto e muscoloso, brandiva un tubo metallico e la donna, della stazza di un discobolo bulgaro, stringeva tra i pugni, grossi come mattoni, una corda tesa tutta annodata.

Yael lanciò uno sguardo disperato verso la sinagoga

deserta. *Troppo lontana, non riusciremo mai a chiuderci dentro in tempo.*

«David, ci hanno trovato!».

David vacillò nel momento in cui Yael allentò la presa e si girò verso gli Angeli Oscuri. Poi oscillò in avanti, ancora debole, puntellandosi contro il muro di pietra cotto dal sole. Impaziente ma determinato, costrinse il suo corpo a ricomporsi, a obbedire agli ordini impartitigli dal cervello.

Una scarica di adrenalina nel sangue gli urlava di combattere, ma i suoi muscoli erano come di cera. Vide Yael balzare contro un donnone che la superava di oltre una ventina di chili. Prima ancora che riuscisse a muovere un passo, l'uomo gli fu addosso e lo colpì alle ginocchia con il tubo.

David si abbatté al suolo con un grido, mentre il dolore si propagava lungo le tibie. Annebbiato dalla sofferenza, vide Yael alla sua destra che assestava un calcio allo stomaco alla donna, facendole perdere l'equilibrio.

L'Angelo Oscuro dalla faccia affilata alzò di nuovo il braccio muscoloso e cercò di colpirlo con il tubo alla gabbia toracica, ma David riuscì a girarsi di lato sul selciato mentre il colpo lo raggiungeva. Una vampa di fuoco gli squarciò il fianco.

Udì un grido di donna. *Yael!*

Il panico gli diede la forza, mentre l'Angelo Oscuro lo afferrava per il bavero della camicia per rialzarlo; David scagliò un pugno contro l'incavo dello sterno dell'avversario. Faccia affilata espirò tutta l'aria fetida che aveva nei polmoni, inondando David di un tanfo di fegato bollito. Prima ancora che il suo nemico potesse aspirare aria fresca, David gli rifilò un colpo, indirizzando il pugno appena sotto la gabbia toracica, più in alto che poté.

David vide Yael a terra, il braccio piegato dietro la schiena. Il donnone le era salita sopra a cavalcioni e le premeva la corda tesa alla gola. Yael aveva il viso cianotico; David, spinto dalla paura, si catapultò verso di loro.

Ma prima che potesse raggiungerle avvertì una mazzata alla schiena come se gli avessero scagliato addosso il peso di un quintale. Andò giù come un sacco di sabbia,

Faccia affilata gli saltò addosso e presero a dibattersi e a scazzottarsi come due giocatori di hockey accecati dalla rabbia. I pugni battevano contro le ossa, i gomiti vibravano fendenti alle terminazioni nervose, il sangue e gli sputi si riversavano sul selciato.

David, dilaniato da una sofferenza che sembrava avviluparlo in tutto il corpo, all'improvviso si rese conto che l'energumeno lo colpiva senza pietà solo al tronco, risparmiandogli il volto e la testa.

Nessuno dei due ha estratto una pistola, pensò di colpo David, deviando una botta diretta al suo petto. Poi capì il perché.

Mi vogliono vivo, hanno bisogno dei nomi...

Non si accorse del pugno finché non gli piombò sullo stomaco. Prima che potesse barcollare o riprendere fiato, il tubo lo colpì al gomito. Il dolore indicibile mandò scintille rossastre ad offuscargli la vista. Digrignando i denti e dibattendosi per respirare, resistette agli spasmi lancinanti e scartò di lato per assumere una posizione più favorevole, mentre l'avversario si schiantava al suolo.

Faccia affilata tornò alla carica, brandendo il tubo e pronto a colpirlo, sennonché David, con un gesto disperato, oppose di scatto le ginocchia contro il petto dell'aggressore per poi scalciarlo con tutta la forza che aveva in corpo.

Impattò il plesso solare dell'Angelo Oscuro, che si piegò in due portando di riflesso le mani alle costole e lasciando cadere il tubo a terra.

Immediatamente, David balzò gettandosi sull'arma, mentre osservava il volto cianotico di Yael, che strabuzzando gli occhi e muovendo le ginocchia cercava disperatamente di sottrarsi alla morsa dell'erculea virago intenta a strangolarla.

Ma prima che riuscisse a muoversi, vide Yael che con uno strattone liberò il braccio piegato sulla schiena. I raggi del sole mandarono riflessi argentei dal suo braccialetto mentre portava il pugno chiuso verso l'avversaria. Solo all'ultimo istante David si rese conto che non era il braccialetto a luccicare, bensì il coltello che Yael lottando aveva estratto dalla tasca. Mentre David la osservava immobile, Yael lo conficcò con tutta la forza che le restava nel collo della donna.

Il sangue sgorgò come liquame da un condotto di fogna. Mentre il donnone gorgogliava un grido, Yael immerse di nuovo la lama, lacerandole l'incavo sotto la gola.

David afferrò il tubo. Lottò per ignorare il dolore che lo consumava e si alzò traballante. Il sudore gli colava sugli occhi, quando si voltò per affrontare il nerboruto Angelo Oscuro che ansimava come una bestia, pronto ad attaccarlo per l'ennesima volta.

«Yael, scappa! Va' via di qui», gridò. Ma lei rimase e, brandendo il coltello, guizzò di lato, il volto irrigidito. Con il sangue cosparso sulle guance e sui vestiti, aveva un aspetto belluino.

Lo sguardo dell'Angelo Oscuro oscillò rapido dall'uno all'altra, dalla donna flessuosa con il coltello insanguinato all'uomo in attesa di rivolgergli contro la sua stessa arma.

Con un ruggito si lanciò verso Yael, e David sentì un vuoto allo stomaco. *Vuole usarla come scudo.*

Mentre l'Angelo Oscuro si lanciava contro di lei, David si buttò in avanti a capofitto; Yael parve restare immobile.

Non arriverò in tempo, comprese David disperato, ma poi si avvide della ferrea determinazione nello sguardo di Yael, che attese fino all'ultimo istante, poi si acquattò e vibrò una coltellata direttamente al cavallo dei pantaloni dell'Angelo Oscuro.

Le grida dell'uomo riecheggiarono nel cortile, finché David non le fece cessare piantandogli il tubo sul cranio.

Capitolo 47

L'atmosfera al Gabrieli Kabbalah Center era decisamente mutata. Pervasa com'era d'eccitazione, una sorta di tensione incontenibile che pulsava in tutto il secondo piano, mentre rabbi Cardoza e il suo staff perlustravano il mondo intero attraverso la loro banca dati alla ricerca di Jack Cherle e Guillermo Torres.

Nessuno sapeva dove si trovasse Stacy, ma nel giro di poche ore David avrebbe fatto l'impossibile per scoprirlo.

Anche il Mossad stava dando una caccia frenetica agli ultimi tre Lamed Vovnik, grazie a una telefonata di Avi Raz. Cardoza l'aveva aggiornato un'ora prima e gli era bastato. Nel giro di una quindicina di minuti, Avi aveva messo da parte drasticamente settimane di lungaggini burocratiche e di scartoffie per lanciare la più grande caccia all'uomo nella storia dei servizi segreti israeliani.

David fremette chinandosi sull'ennesima stampata di uno scarto ELS di 240 lettere estratto dal suo taccuino. Fino a quel momento, nulla che riguardasse gli Gnoseos risultava occultato nel testo. Solo parole incomprensibili.

Contuso e insanguinato, David aveva rifiutato le più elementari cure di pronto soccorso. Non c'era tempo per occuparsi dei suoi graffi e di quelli di Yael, e quindi si era trascinato al centro per avvisare la polizia. Si era limitato a bendare sommariamente i tagli più profondi per poi concentrarsi sul da farsi.

David fece una smorfia nello scorgere Yael che sbirciava nel monitor oltre il tavolo. Un lungo livido le avvampava sul collo; la pressione della corda le aveva leso la laringe così malamente che le risultava doloroso parlare.

Era scampata alla morte per un pelo. Entrambi, in realtà.

E Jack Cherle, Guillermo Torres e Stacy sarebbero morti anche loro, a meno che...

A meno che non li avessero trovati il Mossad, l'Interpol o la CIA, o una qualunque agenzia internazionale contattata dal Mossad.

Questa storia della ELS non ci sta portando da nessuna parte, pensò David frustrato. Consultò l'orologio mentre l'impazienza gli fremeva nel petto, dolorosa quanto la gabbia toracica martoriata e le dita gonfie. In meno di un'ora sarebbe arrivata l'auto che doveva condurlo a Tel Aviv, prima che si mettesse alla ricerca di Stacy.

Aveva chiuso con Safed. Aveva fatto esattamente quello che doveva fare. Yael e Yosef avevano ragione... la città mistica aveva portato alla luce gli ultimi nomi intrappolati nella sua testa. Ma, a quel punto, non gli rimaneva più nulla da fare. Se fosse rimasto, avrebbe attirato altri pericoli, altri Angeli Oscuri davanti alla porta dei cabalisti.

Eppure qualcosa ancora lo tormentava, non riusciva a liberarsi della sensazione che gli mancasse ancora qualcosa, o che l'avesse dimenticato. Ma che cosa? Qualcosa che rabbi Cardoza forse aveva intuito. I nomi sul suo taccuino. Perché li aveva ricevuti in quell'ordine preciso? Era casuale o c'era sotto uno schema che non riusciva ancora ad afferrare?

Se si trattava di un messaggio nascosto, la gematria della parola «Amalec» non era riuscita a rivelarlo. *E se occorresse applicare una diversa ELS al taccuino... un'altra parola... come «Gnoseos»?*

Si alzò di scatto e si mise alla ricerca di Binyomin per chiedergli la gematria del termine «Gnoseos». «Provi una sequenza basata su questa parola», lo incalzò.

Una volta uscita la stampata del computer, lo scoramento si acuì. Nulla di nuovo si stava materializzando tra le pagine del testo, solo parole incomprensibili, come quelle prodotte da «Amalec».

David mugugnò nel sollevare la sua borsa da viaggio, fattasi più leggera dal momento che dentro non vi era più la sacca del rabbino con il suo contenuto. Aveva lasciato tutto, comprese le gemme.

Esitò al pensiero dell'agata che aveva portato da rabbi Ben Moshe.

Il sarcasmo di Crispin gli risuonò nella testa.

Tu hai qualcosa di mio e io ho qualcosa di tuo.

Crispin voleva lasciargli credere che avrebbe barattato la pietra con Stacy. David sapeva che era un trucco, ma senza la gemma come avrebbe potuto costringere Crispin a mettere le carte in tavola?

«È già giunta l'ora di partire?». La voce di Yael, solitamente calda, suonava dolorosamente strana e stridula.

«La macchina dovrebbe arrivare a momenti. Non servo più a nulla qui».

L'occhiata indagatrice che lei gli lanciò lo costrinse a interrompersi.

«Non ne sia troppo sicuro. Vorrei sfruttare una sua idea... riguardo ai tarocchi. Ricorda l'agenda che ci consegnò rabbi Ben Moshe?». Si toccò la gola mentre parlava, come per lenire il dolore. «Aveva scritto della predilezione degli Gnoseos per quanto riguarda parole d'ordine segrete e talismani. Si sono premurati di assassinare lo stampatore per recuperare i cliché. Le carte devono essere estremamente segrete, estremamente importanti».

David piazzò la borsa da viaggio sulla sedia accanto a lui. «Tutti gli Gnoseos con i quali ci siamo imbattuti le avevano», concordò David. «Aspetti... forse è un documento d'identità per gli Gnoseos. Una specie di autorizzazione...».

«Oppure...». Yael si morse il labbro inferiore. «Un passaporto», scandì lentamente.

Un passaporto.

«Un passaporto per dove? Per che cosa? Vogliono distruggere il mondo», obiettò David, «non viaggiare».

«Vero». Yael, tutta concentrata, socchiuse gli occhi verdi. «Ma che dire se si riunissero da qualche parte per celebrare la fine del mondo... tutti gli Gnoseos assieme?...».

Il polso di David accelerò. «E quale prova migliore potrebbero produrre per dimostrare che sono stati invitati ai festeggiamenti della vittoria se non un passaporto segreto?».

«Esattamente». Gli occhi di Yael brillarono. «Passaporto,

invito. O chissà che altro. Avrebbero bisogno di una prova tangibile. Un biglietto di entrata».

«Fortuna che ho sottomano la carta di Gillis».

Yael sollevò il mento e sostenne lo sguardo di David. «Anch'io ho bisogno di una carta. Voglio venire con lei».

«Yael, *no*».

«Il mio volo è già prenotato. Il mio posto è giusto dietro al suo. Non lascerò che lei cerchi Stacy da solo». Abbassò la voce, il che ne accentuò la tensione. Riusciva a malapena a cogliere le parole. «Mi aspetti qui. Vado a prendere la carta dei tarocchi di rabbi Ben Moshe. Ho visto dove l'ha messa rabbi Cardoza».

Mentre si voltava verso la porta, David le toccò un braccio.

«Mi occorre anche la pietra, Yael. Ho bisogno dell'agata».

Yael lo fissò per un lungo istante; David riuscì a leggere sul volto di lei l'incertezza, il conflitto. Senza profferire verbo, Yael si precipitò fuori della libreria.

Yael viene con me a Londra. Con sua sorpresa, si sentì rincuorato. E se avevano ragione sullo scopo delle carte dei tarocchi, disponevano di ben due passaporti per «Gnoseosville», ovunque si trovasse. Forse le carte li avrebbero portati da Stacy. O da qualcuno che sapeva dove Crispin la teneva segregata.

Estrasse la misteriosa carta dal portafoglio per poi studiarla di nuovo, cercando di decifrarne i simboli. Persone che precipitavano dai merli in cima a una torre distrutta.

Suicidio? No. Distruzione, morte, caos, gli aveva detto la lettrice di tarocchi. *E rinascita.* abbassò lo sguardo sul fulmine che squarciava il cielo sopra la torre... ultimamente, Madre Natura era stata prodiga di furore elettrico.

E il ponte levatoio, che gli ricordava il London Bridge...

Londra. La città dove aveva incrociato il sentiero di Crispin... dove era diretto per trovare Stacy...

Yael attraversò la stanza per raggiungerlo, il borsone di cuoio le pendeva a un fianco. «Le ho prese tutte e due», mormorò senza battere ciglio. «Erano proprio dove ricordavo».

All'improvviso David avvertì un pizzicore alla spina

dorsale, come la puntura di uno spillo. Gli fischiarono le orecchie come se la conversazione in biblioteca fosse a tutto volume.

Era proprio dove ricordavo. Ricordavo…

«Zakhor». Afferrò il polso di Yael. «Ricorda».

Yael scosse la testa fissandolo perplessa. «Che cos'altro dovrei ricordare?» gli domandò lei chiaramente sconcertata.

«Non tu. Io. Mi hanno detto di ricordare… zakhor. Forse è proprio quello che dovrei ricordare ora. La parola "zakhor"».

Yael spalancò gli occhi. Corse al tavolo più vicino e scrisse dei numeri su una striscia di carta. «Ecco la gematria di zakhor… 233».

David ripescò con uno strattone il suo taccuino e lo aprì alla prima pagina, al primo nome.

«D», dettò a Yael. Con il dito contò un intervallo di 233 lettere. La lettera successiva era una «I».

Contando come un forsennato proseguì per dettare a Yael altre lettere, mentre le sue dita e la sua mente procedevano a rotta di collo. Poteva essere quella? La chiave per decrittare l'enigma del suo taccuino?

Yael scriveva le lettere mentre David gliele dettava: «S», «T», «E», «F», «A», «N», «O», «E», «D», «O», «A», «R», «D», «O»…

«Oh, mio Dio, David… forma Di Stefano Edoardo… Edoardo Di Stefano. Il primo ministro italiano!» ansimò Yael.

«Rabbi Cardoza!» David urlò da un capo all'altro della biblioteca. Il rabbino si voltò verso di lui, allarmato dall'eccitazione nella voce di David. Si affrettò a raggiungerlo, il viso coriaceo stravolto dalla preoccupazione.

«Rabbino, faccia scorrere uno scarto ELS di "zakhor" su tutto il testo del mio taccuino. Credo che scopriremo i nomi degli Gnoseos. Yael ed io abbiamo appena decodificato il primo. Ce ne devono essere degli altri».

«Che nome, David?».

La sua voce tremò. «Edoardo Di Stefano, il primo ministro italiano».

Cardoza era a bocca aperta. Rimase attonito, ma solo per un attimo. «Svelto, Binyomin!».

Mentre era in viaggio con Yael verso l'aeroporto Ben Gurion di Tel Aviv, David telefonò al centro dalla macchina; rabbi Cardoza gli lesse la lista che il computer stava emettendo.

Quando David lo sentì pronunciare «Mueller Crispin», fu come se qualcuno avesse premuto un interruttore mentre il suo dito era infilato in una presa elettrica. Ci siamo! Gli Gnoseos. *Una lista dei loro nomi inserita come sottotesto nel mio taccuino.*

Non solo aveva ricevuto i nomi dei Lamed Vovnik, ma anche quelli dei loro nemici. Attraverso il telefono udì rabbi Cardoza pronunciare un altro nome. «Wanamaker...».

Un ronzio gli riempì le orecchie. *Judd? Ecco come gli Angeli Oscuri sono riusciti a trovarci dalla lettrice di tarocchi... Judd deve averli chiamati nel minuto stesso in cui siamo usciti dal ristorante...*

«David, mi ha sentito? Ho appena chiamato Avi». La voce di rabbi Cardoza si intromise nel bailamme che riecheggiava nella testa di David. «Ha allertato tutte le agenzie. L'Interpol dice che è arrivato a Londra ieri».

«Contattate l'M16», gli disse David. «Ho la sensazione che scopriranno che gli Gnoseos stanno convergendo su Londra».

Il cellulare di David squillò di nuovo mentre si trovavano all'aeroporto Ben Gurion in attesa di una navetta che li trasferisse all'aereo attraverso la pista d'atterraggio.

«La ragazzina ha il sonno agitato. Mi spiace. Continua a implorare che tu arrivi a salvarla».

«Brutto figlio di puttana». Era come se gli agitasse un drappo rosso sotto gli occhi, provocandolo. David non si curò nemmeno delle diverse teste che si voltarono verso di lui. «Dov'è?».

«È qui con me, ovviamente. Non lontano da dove ci siamo scambiati un'occhiata ultimamente».

«Londra». David incrociò lo sguardo di Yael.

«"Ottimo", professore». La voce di Crispin si beffava di lui.

«Tu invece hai rimediato un bello "scarso", nonostante l'impegno. I tuoi scagnozzi sono stesi sul tavolo dell'obitorio».

Crispin sghignazzò. «Mi lusinghi, amico mio. Pensi che sia stato io a mandarli? No, sono stati altri a dare l'ordine agli Angeli Oscuri. Questa è una faccenda tra te e...».

«Fammi parlare con lei, Mueller. Dimostrami che è ancora viva».

«Non ti fidi di me?» lo irrise Crispin, la sua gioia era così evidente che David accarezzò il desiderio di strozzarlo.

«Voglio sentire la sua voce».

«E la sentirai. Dopo che avrai seguito un'ultima istruzione. Poi, potrai udire la dolce inflessione della tua preziosa Stacy. E se ti atterrai alla lettera alle mie indicazioni, riconsegnandomi ciò che mi appartiene... Chissà? Forse potrei risparmiarla».

«Dove posso trovarti?» ringhiò David.

«Non mettiamo il carro davanti ai buoi», lo rimproverò Mueller. «C'è un'altra questione che mi interessa. Ho sentito dire che hai scritto un libro».

«Ne ho scritti parecchi».

«Sai quello che intendo. Spero che per amore di tua figlia tu l'abbia con te. Mi piacerebbe leggerlo».

«Dove... posso... trovarti?». David provò fitte di dolore nel pronunciare quelle parole, gelide come il ghiaccio.

«Va' ai Memorial Gardens di Trinity Square. Poi fa' uno squillo alla ragazzina».

Clic.

David bruciava talmente di rabbia da non riuscire a respirare.

Aspettò che si trasferissero sulla navetta prima di aggiornare Yael, con calma.

«Dovrei chiamarlo dai Memorial Gardens di Trinity Square. Ci sei mai stata?».

Lei ricambiò il suo sguardo mentre si dirigevano verso l'aereo. «Molto tempo fa, vicino alla Torre di Londra. È un monumento commemorativo ai combattenti delle due guerre mondiali, sia della marina mercantile britannica sia della marina militare; ricorda tutti i caduti la cui unica tomba è il mare».

Prima di continuare, aspettò che l'assistente di volo li superasse facendosi largo per aiutare un anziano passeggero. «Ci ho fatto una passeggiata nel corso del mio primo viaggio a Londra. C'è un giardino artificiale e...». Si interruppe.

«Che cosa, Yael? Che cos'altro?».

«Crispin Mueller ha il senso dell'ironia. C'è un muro, David. Un muro pieno di nomi».

Capitolo 48

L'Arca

I muscoli di Crispin erano contratti dalla rabbia mentre Di Stefano lo criticava a tutto spiano. Suo padre era ritto sulla soglia della stanza sotterranea del computer; sembrava che non fosse disposto a muovere un dito, anche se Di Stefano avesse attaccato il suo unico figlio a colpi di machete.

«Il tuo compito, mio caro Serpente, è di fare un'unica cosa, solo una cosa». Le parole di Di Stefano stillavano acido. «Devi trovare l'ultimo dei Giusti Nascosti, senza perdere minuti preziosi a gingillarti con quella che è qui. Avremmo potuto benissimo fare a meno di lei se tu ti fossi concentrato nella ricerca dell'ultimo nome. Jack Cherle morirà questo pomeriggio, una volta che la sua nave da crociera avrà attraccato a Southampton. Siamo così maledettamente vicini alla meta», sbottò, «eppure tu continui a baloccarti».

Crispin aprì la bocca per replicare, ma Di Stefano lo bloccò prima ancora che potesse pronunciare una sola sillaba.

«Torna a sedere davanti al computer e trova l'ultimo dannato nome».

Crispin arrossì, assumendo il colorito d'un vino novello. Rafforzando la stretta della mano sul bastone, immaginò come si sarebbe sentito nel percuotere il viso di Di Stefano. Più di una volta.

«Hai sentito il Capo della Cerchia». La voce del padre era ferma ma inespressiva. Erik Mueller aprì la porta con uno strattone, lo sguardo scostante nel fissare il figlio. «Mettiti a sedere e porta a termine il compito che ti è stato affidato».

La porta sbatté alle sue spalle.

«I Lamed Vovnik *sono* il mio maledetto compito», ringhiò Crispin zoppicando furioso verso Di Stefano. «Dopo tutto quello che ho fatto, ho più diritto di chiunque altro di constatare che cos'hanno di speciale questi sedicenti Giusti».

«Occuparsi dei Giusti Nascosti è dovere esclusivo degli Angeli Oscuri». I capelli ingrigiti alle tempie di Di Stefano erano scuriti dal sudore. «Se non riesci a trovare l'ultimo nome, dovremo estrapolarlo dal taccuino di David Shepherd. È così che vuoi essere ricordato? Come il Serpente che si bloccò all'ultimo momento? Che fallì alla vigilia della vittoria? Oppure come l'uomo che da solo smascherò i trentasei Giusti Nascosti, uno per uno?».

Crispin batté il bastone sul pavimento. «Esci, devo tornare al lavoro».

Di Stefano sostenne il suo sguardo per un momento interminabile.

«E non pensare di uscire da questa stanza prima d'aver trovato l'ultimo nome».

Una vena sul collo di Crispin pulsò quando Di Stefano lo lasciò solo.

Ma chi diavolo crede di essere per confinarmi qui come un bambino? È stato il mio lavoro a portarci fino a questo punto, e nell'arco di una sola generazione. Quando mai qualcuno è riuscito a identificare altrettanti Giusti Nascosti, o anche solo la metà? Il mondo si sta disintegrando grazie ai risultati che ho raggiunto. E, grazie al mio contributo, la fine è inevitabile.

Appoggiando il bastone contro i cassetti dell'archivio, Crispin richiamò alla mente il file in cui aveva registrato i suoi calcoli. Non gli importava nulla di risalire in superficie. Non ne aveva bisogno. Il suo piano era già in atto. Avrebbe potuto portare a termine tutto ciò che agognava dall'Arca.

Quando Shepherd, giunto ai Memorial Gardens di Trinity Square, avrebbe chiamato la sua preziosa ragazzina, sarebbe stato Raoul a verificarne l'identità. Raoul in attesa con Enrique al monumento commemorativo ai marinai… a qualche passo di distanza dietro il muro serpeggiante del giardino.

Ignoravano di aver ricevuto gli ordini da lui e non da Di Stefano. Gli era bastato premere qualche tasto per introdursi abusivamente nel server di Di Stefano e mandare agli Angeli Oscuri le istruzioni via e-mail. Tra breve, Raoul ed Enrique avrebbero portato Shepherd, il suo taccuino e la gemma all'interno dell'Arca.

Ben presto sarebbe arrivata l'ora di una riunione, quanto mai attesa e molto ristretta.

Una volta che Shepherd sarà qui, il gioco è fatto. Sarà in trappola. Incapace di salvare la figlia. Incapace di salvare il mondo. O se stesso. Poi rivelerò pubblicamente l'ultimo nome e la Cerchia, tutti quanti all'interno dell'Arca, si congratuleranno con me per aver determinato il nostro trionfo.

Osservò il file dove l'ultimo nome era evidenziato in rosso.

Se suo padre e Di Stefano l'avessero trattato con il rispetto che meritava avrebbe dato loro il nome su due piedi. Ora, invece, avrebbero dovuto vergognarsi e preoccuparsi; una volta che gli Angeli Oscuri avessero consegnato David Shepherd, gli avrebbero dato il benvenuto, pensando di averne ancora bisogno.

Ma era Crispin a volere Shepherd, a esigere la soddisfazione di mettere la parola fine a tutta la vicenda, una volta per tutte. Prima di ascendere, voleva vedere la sofferenza di Shepherd. Così come aveva sofferto lui, segregato nell'oscurità per tutti quegli anni.

Premendo qualche tasto, s'introdusse di nuovo nel server di Di Stefano e digitò l'ordine ufficiale per avviare la fine.

Il trentaseiesimo nome e l'ordine di rintracciarlo.

Guillermo Torres.

Capitolo 49

Aeroporto di Heathrow

Dillon fissava il suo volto riflesso allo specchio sui lavandini della toilette affollata. Aveva un aspetto demoniaco e senza dubbio sarebbe finito all'inferno. Anzi c'erano buone probabilità che ci sarebbe arrivato prima piuttosto che dopo.

Mentre si lavava le mani, era estremamente consapevole dello sfarzo della gemma montata sull'anello che portava al dito. Era davvero così pesante o era tutta immaginazione?

Non c'era tempo per i sensi di colpa o per i ripensamenti, disse a se stesso mentre consultava l'orologio. Aveva una coincidenza di lì a un'ora. Ma mentre si avviava verso la porta, un tale si precipitò a rotta di collo nella ritirata, ansioso ovviamente di rispondere al richiamo della natura; si scontrò con Dillon e, mentre la sua valigia andava a urtare l'anca del sacerdote, la ventiquattrore e l'ombrello volarono in aria.

Sussultando, Dillon si chinò per raccattare l'ombrello, mentre lo straniero, sudaticcio e ben piazzato, iniziava a raccogliere il contenuto della ventiquattrore sparso sul pavimento.

Dillon s'irrigidì nel notare una carta della Torre qualche secondo prima che l'uomo la riponesse nella valigetta con il passaporto e il necessaire da viaggio.

«Eccolo, amico mio», fece Dillon con un sorriso nel tendergli l'ombrello.

«Colpa mia, eh!? Mi scusi, ma andavo di fretta». L'omaccione dal pesante accento teutonico stava già puntando verso gli orinatoi.

Dillon si appoggiò alla parete all'esterno della toilette. Quando il tedesco uscì tutto agitato un minuto dopo, si mise al passo con lui.

«Sembra proprio che abbiamo qualcosa in comune». Gli fece balenare sotto gli occhi la coloratissima carta dei tarocchi che aveva estratto dalla tasca interna della giacca, identica a quella che il tedesco aveva riposto nella ventiquattrore.

Gli occhi infossati di quest'ultimo si accesero di uno sguardo complice. Le guance paffute si sciolsero in un sorriso. «Viviamo in un periodo eccitante, eh?».

«È il minimo che si possa dire». Dillon accorciò il passo imitando la sua nuova conoscenza.

«Dal momento che siamo diretti nello stesso posto, perché non condividere il taxi?» propose Dillon. Aprì la porta e uscirono per le strade londinesi offuscate da una lieve acquerugiola.

«Stavo pensando alla stessa cosa».

Un facchino alzò il braccio per chiamare un taxi in attesa nella coda, poi lasciò cadere la voluminosa valigia verde del tedesco nel bagagliaio. Il nuovo amico di Dillon si chinò per comunicare all'autista la loro destinazione mentre Dillon chiudeva lo sportello della vettura.

«Tower Hill. Ci lasci pure al Tower Monument».

Non riusciva a smettere di pensare a lei mentre vagava per le gallerie più profonde. *Elizabeth.*

Forse, per via dell'oscurità, dell'odore della terra e della pietra, del gocciolio interminabile dell'acqua che scavava solchi nella parete rocciosa dietro lo scalone interno.

O forse per via dei sommessi lamenti delle donne che captava nel rasentare l'area in cui erano segregate.

Pensò ad Anna Bolena, imprigionata nella Torre di Londra che si ergeva in superficie sopra l'Arca. Anche lei era stata prigioniera.

Mentre si avvicinava allo scalone, all'improvviso si voltò, attirato dall'abisso immerso nelle ombre. Avanzò con cautela scendendo un oscuro tunnel in direzione del pozzo sotterraneo. Nello sfiorare il corrimano che ne limitava l'orlo, avvertì uno strano fremito. Pur non avendo idea della sua profondità.

Non aveva alcuna importanza, ricordò a se stesso. Non doveva scendere, lui. Semmai salire, assieme a tutti gli altri. Verso un nuovo mondo lassù, liberi infine e riuniti alla loro Fonte spirituale.

Era ciò che voleva, l'obiettivo per cui aveva sempre lavorato, per quanto riuscisse a ricordare. Ciò che i suoi antenati avevano agognato invano.

Avrebbe dovuto essere sopraffatto dalla gioia sapendo che il miracolo stava per accadere nel corso della sua vita. Pensò alla moglie che raccoglieva meticolosamente i loro miseri averi nella stanza che era stata loro assegnata al livello superiore. E non provò nulla.

Forse se Elizabeth forse stata lì con lui...

Non aveva mai messo in discussione la sua fede prima. La ricerca di una conoscenza interiore, l'ascesa, era la fede nella quale era stato educato, qualcosa che aveva desiderato fin dalla gioventù.

Ma ora che era imminente e stava per lasciare il mondo fisico, si era scoperto stranamente riluttante ad abbandonare tutto ciò che conosceva. E sapeva di amare Elizabeth.

Lei era per lui ancora più concreta dell'Arca sotterranea, più reale di tutti i progetti, i complotti e gli omicidi attuati per raggiungere l'obiettivo. Gettando lo sguardo nelle tenebre dell'abisso, riusciva ancora a scorgere l'incertezza che Elizabeth aveva cercato di dissimulare quando le aveva detto che stava per andarsene.

Era troppo tardi per tornare indietro. Frugandosi nelle tasche, sfiorò con il palmo della mano il minuscolo amuleto che Elizabeth aveva sganciato dal braccialetto una mattina all'alba. Un talismano a forma di coppa di champagne che la sorella maggiore le aveva donato per il suo ventunesimo compleanno. Elizabeth gli aveva detto che voleva fosse lui a portarlo, dal momento che le aveva insegnato ad assaporare la vita. E lui l'aveva custodito tenendolo in tasca con gli spiccioli, quasi che il tintinnio gli ricordasse di continuo il loro amore.

Aprendo il palmo, fissò quella piccola coppa di champagne in miniatura. Apparteneva al mondo fisico, al regno malefico, ricordò a se stesso. Non ci sarebbe stato posto per lo champagne nel mondo a venire. E nemmeno per Elizabeth.

Con un movimento secco del polso, scagliò il talismano nell'oscurità che si apriva sotto di lui e rimase in ascolto mentre le tenebre lo inghiottivano. Non lo udì toccare il fondo.

CAPITOLO 50

Città del Messico

GUILLERMO TORRES MISURAVA a grandi passi l'ala chirurgica del reparto di maternità, con il respiro che si faceva via via più affannoso.

Aveva atteso quel momento per nove lunghi mesi, pregando che il bambino nascesse sano. Ora le sue preghiere stavano per essere esaudite; il cuore gli traboccava di speranza e di gioia.

Rosa era reduce da due aborti, ma grazie alla Vergine Madre, l'emorragia si era arrestata nel secondo mese e finalmente avrebbe portato a termine la gravidanza. Quello stesso giorno Guillermo avrebbe stretto tra le braccia il suo bambino.

Si arrestò per un attimo per elevare un'ardente preghiera per i medici di turno alla sezione C, per la moglie, augurandosi che si sarebbe ripresa presto, e infine per la salute del neonato che avrebbe benedetto la loro casa.

Si asciugò con la manica le lacrime che gli sgorgavano dagli occhi. Aveva appena ventidue anni, era il più giovane della famiglia e i suoi fratelli si divertivano a stuzzicarlo per la sua eccessiva inclinazione al sentimento. Ma lui, piuttosto che sentirsi offeso, ne sorrideva. Era lieto di provare sentimenti profondi verso tutto ciò che non riusciva a comprendere e non capiva perché tanti non si sentissero toccati dalla vita così come lo era lui.

Guillermo fissò l'orologio sopra la postazione delle infermiere. *Quando?* Erano passati trentacinque minuti da quando aveva baciato Rosa per salutarla mentre la portavano in barella in sala parto. Quando sarebbero venuti a pregarlo di indossare il camice, per poi permettergli di restare accanto alla moglie mentre avveniva il miracolo?

Quando sua madre sarebbe passata all'ospedale per vedere il suo nuovo nipotino? La metà dei suoi familiari era in viaggio da Toluca.

Al piano di sotto, due medici, con tanto di portablocco, bighellonavano al pronto soccorso del Nuevo Hospital Juarez, poi salirono sull'ascensore.

Non scambiarono parole tra loro mentre la cabina saliva al terzo piano. Non ne avevano bisogno. Uscendo dall'ascensore s'incamminarono, come se avessero familiarità con il posto, per un dedalo di corridoi lucidi e asettici.

Ma nessuno dei due aveva mai prestato il giuramento di salvare vite umane.

A oltre 9400 chilometri di distanza
Barcellona, Spagna

Guillermo Torres dominava la scena. Mentre intonava una versione mielata di *What a Wonderful World*, sentiva il calore del pubblico carezzarlo come un'amante generosa. Tutta la folla adunatasi nel locale era con lui e lo applaudì a lungo ed entusiasticamente dopo che ebbe terminato la prima parte della sua esibizione.

Diede un'occhiata ad Armando, il proprietario del bar, che continuava a promettergli una scrittura per gli spettacoli serali. Se quel giorno non fosse riuscito a convincere il boss che era in grado di tenere il pubblico incollato alle sedie ad ordinare da bere e ad applaudire tutta la sera, non ne avrebbe più avuto la possibilità.

Guillermo amava cantare almeno quanto adorava insegnare. La musica era la sua passione. La lingua della sua anima. E trasmetterne la ricchezza ai suoi allievi o avere un pubblico di estimatori ai suoi piedi gli dava altrettanto piacere.

Mentre gli applausi perdevano d'intensità, filò via su uno sgabello davanti al banco. Come al solito, lo aspettavano un cicchetto a base di Pernod, un piattino di *boquerones* marinati, una porzione di formaggio Cabrales e un vasetto pieno di olive. Claudia conosceva i suoi gusti.

Ma mentre si lanciava in bocca un'oliva, fu un barista smilzo e baffuto a uscire dalle cucine tenendo in equilibrio piatti da portata di funghi trifolati, formaggio fritto e pollo al cumino.

Guillermo non l'aveva mai visto. «Dov'è Claudia? Era qui prima».

«Si è sentita male». L'uomo alzò le magre spalle. «Malessere femminile». Fece un cenno rivolto al bicchiere vuoto di Guillermo.

«Un altro?».

Perché no? pensò Guillermo, spingendo il bicchiere sul banco.

Proprio in quel mentre, una donna fra il pubblico si avviò lentamente verso di loro, per poi carezzarlo ad un braccio con la mano; avvicinandosi un po' troppo, gli sussurrò con una voce entusiasta quanto apprezzava le sue canzoni. Guillermo non vide il barista riempirgli il bicchiere, né lo vide versare con un movimento furtivo una goccia di liquido da una fialetta d'argento che si affrettò a riporre nella tasca.

Rilevò solo che i *tapas* erano ottimi, il Pernod eccellente e che la donna che gli sorrideva ammiccante sotto gli occhi indossava un vestito rosso scollato ed emanava un profumo inebriante.

Guillermo bevve avidamente. La vita era bella.

Atlanta, Georgia
A più di 7300 chilometri

Guillermo Torres viveva per il baseball. Cresciuto nelle formazioni amatoriali di Portorico, era uscito a fatica dalle serie minori approdando in prima divisione, e ora si stava avvicinando alle tremila battute.

Ma non era al meglio. Era ancora dolorante, essendo scivolato il giorno prima e avendo battuto l'anca contro il piatto della base. Per fortuna, si trattava solo di una gara amichevole a scopo benefico contro la squadra della polizia locale, organizzata per raccogliere fondi in favore delle vittime di violenze domestiche.

Guillermo faceva parte del consiglio di amministrazione di almeno una mezza dozzina di associazioni benefiche nazionali, ma quella causa gli stava particolarmente a cuore, a lui che aveva passato l'infanzia ad assistere impotente alle violenze che il patrigno rifilava alla madre. In quel momento, quest'ultima era orgogliosamente appollaiata dietro la panchina con la moglie e i due figli di Guillermo, mentre gli agenti di polizia sciamavano verso il terreno di gioco.

Non si avvide del tifoso in sovrappeso con la felpa dei Braves che entrava con andatura rilassata con la sua bella confezione di lattine di birra e la pizza, per poi ficcarsi in un sedile quattro file dietro i suoi familiari. Guillermo salutò con un cenno della mano il pubblico festante mentre entrava in campo.

Quando il colpo fatale riecheggiò alla fine del primo inning, ebbero tutti l'impressione che si trattasse dello schiocco della mazza di Guillermo.

Londra

David, sotto la pioggia, fissò l'uomo che usciva dal taxi davanti al Tower Monument. Sembrava... no, non poteva essere...

Dillon.

«Autista, si fermi. Ci faccia scendere qui», gli ingiunse in tutta fretta pescando degli euro dalla tasca.

«Trinity Square è più avanti, che cosa sta architettando?» gli domandò Yael.

Ma David stava già balzando sul marciapiede umido, lo sguardo incollato ai due uomini che si avvicinavano al Tower Monument.

Yael gli si era già gettata al fianco. E mentre il taxi si allontanava in tutta fretta, gli toccò la manica.

«Li conosce?».

«Uno di loro». Irrigidì la mascella. «Il mio migliore amico. Dillon McGrath. Il prete che mi ha mandato da rabbi Ben Moshe».

L'amico che non è riuscito a trovare il mio passaporto. E nemmeno a trovare Eva. La sera stessa in cui l'ho mandato a casa mia, Eva fu trovata morta. La polizia mi sta cercando... Dillon non mi ha mai spiegato perché doveva andare all'estero.

«Che ci fa qui a Londra?» mugugnò.

«Chi è l'altro... lo conosce?».

«Non ancora». David si avviò per attraversare la strada. Dillon e il suo compagno avevano già imboccato a passo deciso King William Street diretti verso il London Bridge. Il tizio più basso aprì l'ombrello scuro con uno schiocco sotto la pioggerellina nebbiosa. Dillon, nel tenere il passo del suo vigoroso compagno, alzò il bavero curvando le spalle.

David, incurante della pioggia che gli cadeva sulle ciglia per poi scorrergli sulle guance, avvertiva la tensione montare in Yael, che lo seguiva passo dopo passo, mentre torme di londinesi assorti nei loro pensieri sgambettavano sotto la pioggia.

«Credo che ci sia una ragione per cui non ha attirato la sua attenzione», osservò lei.

«Non sono sicuro... di potermi fidare di lui». Le labbra di David esitarono nel pronunciare quelle parole. Non avrebbe mai immaginato di dover dire una cosa del genere di Dillon. Le cui implicazioni erano come sospese nell'aria umida, fosche come il cielo sopra di loro.

«Pensa che abbia qualcosa a che vedere con l'omicidio di Eva?».

David fino a quel momento aveva respinto i sospetti, ma a quel punto non riusciva più a farlo. Vedere Dillon a Londra, sapendo che Crispin era lì... e Stacy...

«Mi chiedo anche se ha qualcosa a che vedere con la morte di Ben Moshe. Odio doverlo ammettere, ma lui sapeva che sarei passato da ben Moshe quel pomeriggio».

«Stanno girando in Arthur Street», lo interruppe Yael ansimante. «Meglio rimanere indietro di qualche passo».

Il traffico pedonale era più rado nell'area industriale vicina ai docks e David non voleva che Dillon lo vedesse. Mentre accorciava il passo, il Tamigi brillava d'una luce fosca in lontananza. Ad ogni passo, si allontanavano da Trinity Square.

Come se condividesse i suoi pensieri, Yael guardò verso di lui, mordendosi le labbra.

«Non sarebbe il caso di chiamare Crispin?».

Incerto, David dominò il panico. «Per prima cosa, devo vedere dov'è diretto. Poi faremo dietro front».

E spero proprio, pensò disperato, *che Mueller non si sia stancato di aspettare.*

La tensione vibrò in lui procurandogli fitte dolorose mentre osservava Dillon e l'altro individuo affrettarsi lungo la via, che proseguiva sfociando in Swan Lane. *Sto mettendo a repentaglio la vita di Stacy inutilmente?* Dillon era l'uomo più sincero che avesse mai conosciuto. Forse era in preda alla paranoia. Gli Gnoseos avevano sconvolto la sua vita al punto che stava dubitando del suo più intimo amico. Un uomo che aveva dedicato la propria vita a servire Dio... non al male.

Dillon potrebbe essere utile in questo momento. Mi basta attirare la sua attenzione...

Ma non riuscì a indursi a farlo... le parole gli rimasero attaccate ai denti come grumi di argilla.

Poi vide la strada dove Dillon e il suo compagno stavano svoltando. Il suo cervello lanciò un grido di allarme.

Angel Passage.

Angeli *Oscuri*?

Yael lo afferrò al polso. «Stanno entrando in quel magazzino, David?».

«Anch'io. Viene anche lei?».

Yael affrettò il passo, ma mantenne il tono della voce basso e regolare. «Non l'ha ancora capito? La seguirò fino in fondo».

CAPITOLO 51

L'Arca

DA DOVE ARRIVANO QUEI RUMORI?

Stacy accostò l'orecchio a ciascuna della quattro pareti, ascoltando con tutta l'attenzione di cui era capace. I sospiri erano talmente tenui, così indistinti che non poteva esserne sicura. Ma sapeva che non erano frutto della sua immaginazione.

Qualcuno stava soffrendo o aveva paura. Se solo fosse riuscita a uscire, avrebbe potuto cercare di aiutarlo.

Ridicolo. Lei non era in grado di aiutare nemmeno se stessa. Per la centesima volta saggiò la porta, scuotendo la maniglia in ogni direzione, ma riuscì solo ad accrescere la sua frustrazione. Da quanto tempo l'avevano segregata? Non ne aveva idea, né sapeva che cosa le sarebbe accaduto; sapeva soltanto che era nelle mani dell'uomo leone che stava progettando di ucciderla.

David sta arrivando. Si aggrappò a quell'idea, sforzandosi di trattenere ogni brandello di speranza. Avrebbe voluto sentirsi felice sapendo che David stava arrivando a salvarla, ma invece era terrorizzata. Sapeva che quell'uomo le aveva detto la verità quando le aveva confidato che avrebbe ucciso lei e poi David. Proprio come sapeva che l'uomo che l'aveva rapita aveva già ucciso sua madre e Hutch.

Le lacrime le scorrevano sul volto più velocemente di quanto riuscisse ad asciugarle. *Mamma.* Non riusciva a cancellare l'immagine della madre stesa sulla ghiaia, con il sangue che le gocciolava dalla testa. *Dove sarà ora la mamma?* pensò scossa dai singhiozzi. *Ancora distesa a terra? Len ne è al corrente? E David?*

Cercò di arrestare le lacrime, di indursi a esplorare la stanza. *Ci deve pur essere qualcosa qui che potrei usare per far inciampare quell'uomo. Se riuscissi a superarlo mentre la porta è ancora aperta, potrei fuggire. Sono veloce. I miei riflessi sono eccellenti e ho una specie di sesto senso. Questo è quello che mi dice sempre Wilson, il mio allenatore. Riuscirò a scansarlo... la sua andatura zoppicante ne rallenterà i movimenti. Potrei scappare, fuggire...*

Si bloccò al centro della stanza, quando, all'improvviso, la chiave scattò nella toppa. *No, non ancora!*

Nervosa, si guardò attorno nella stanza spoglia. Nulla con cui potesse farlo inciampare...

La porta si aprì lasciando entrare una ventata d'aria. Stacy si ritrasse, la paura la afferrò alla gola.

Un uomo che non aveva mai visto entrò deciso nella stanza.

Capitolo 52

Non appena Dillon e il suo compagno sparirono oltre la porta del magazzino di Angel Passage, 8, l'edificio divenne di fatto indistinguibile dagli altri magazzini diroccati a due piani che lo circondavano.

David affrettò il passo mentre l'acquerugiola si rafforzava in uno scroscio regolare di pioggia, facendo rabbrividire Yael che procedeva sciolta accanto a lui.

«Credo che dovremmo aspettare, David... ascoltare prima di entrare», suggerì battendo le palpebre per liberare gli occhi dalle gocce di pioggia. «Sempre che lei non si senta pronto a fare irruzione e ad affrontarlo».

«Non ancora. Diamo un'occhiata alla porta di servizio». Mentre procedevano verso il retro dello stabile, David scansava le pozzanghere. Poi si bloccò all'improvviso, tanto che Yael finì per urtarlo. Entrambi si addossarono alla parete esterna dell'edificio, quando si avvidero del trambusto attorno alla rampa di carico. David esaminò con cura il camion bianco posteggiato in retromarcia contro la piattaforma di carico. Una catena umana stava scaricando valigie e pacchi, che gli addetti si passavano l'un l'altro fino a depositarli all'interno del magazzino.

«Guardi i loro badge», sussurrò Yael.

David annuì incredulo, mentre gli si rivoltava lo stomaco. I cartellini attaccati alle cinture dei manovali gli erano familiari, e in maniera agghiacciante. Benché in lontananza, riusciva a distinguere chiaramente la forma della torre e lo squarcio del fulmine nel cielo.

La carta dei tarocchi.

«Li abbiamo trovati, David. Dobbiamo introdurci nel magazzino».

David inarcò le spalle sotto la pioggia. «Quindi seguiremo Dillon».

«E Stacy?».

«Se questo è una specie di quartier generale degli Gnoseos, Crispin potrebbe trovarsi proprio qui... con lei. Forse abbiamo risparmiato su una chiamata al cellulare».

«E magari possiamo contare sul fattore sorpresa». Nel momento stesso in cui Yael pronunciava quelle parole, David estrasse la carta della Torre di Gillis. Lei lo imitò sfoderando quella del rabbino.

«Passeremo dall'ingresso sul davanti, come se fossimo dei loro», disse conciso voltandosi verso l'entrata principale dello stabile. *E prego che tutto questo ci porti a Stacy.*

«È sicura di volersi immischiare in questa storia, Yael? Potrebbe tornare a Trinity Square a studiare la...».

«Ho detto che la seguirò ad ogni passo, ricorda?». Lo superò diretta alla parte anteriore dell'edificio per poi cercare di aprire la porta d'acciaio.

Chiusa.

«Apriti sesamo», mugugnò David. Bussò alla porta. Poi, notando lo spioncino, sollevò la carta della Torre sovrapponendola alla lente convessa.

La porta si aprì quasi subito. Un uomo più o meno della stazza e della costituzione di Gillis si trovava al di là dell'uscio. Grande e grosso come un autoarticolato. Già, un autoarticolato con una mitragliatrice.

L'omone, senza l'accenno di un sorriso, tese la mano libera per afferrare le carte della Torre. David, mentre l'energumeno esaminava le loro carte, cercò di liberarsi della sensazione di vivere un sogno surreale. Ma non era un sogno. Era un incubo. Dillon era legato agli Gnoseos. Un traditore.

Dillon.

Inghiottì la bile che gli era salita in gola, cercando di assumere un'aria indifferente mentre la guardia restituiva loro le carte e si faceva da parte per farli entrare.

«In fondo all'androne alla vostra destra», segnalò con la mitragliatrice. «Bagaglio?».

«È tutto a posto». David nel superarlo lo sfiorò, come se

non avesse fretta; poi fece passare la mano intorno alla vita di Yael.

Il magazzino era vuoto, eccezion fatta per una decina di altri individui armati, che avevano un'aria vigile e determinata. *Angeli Oscuri.* Più oltre, nell'ombra, pacchi, valigie e casse di acqua minerale impilate fino al soffitto. *Provviste.*

Riusciva sentire il respiro corto di Yael quando si ritrovarono in fondo all'androne, di fronte a una porta di legno. Che, a quanto sembrava, dava nell'ufficio del direttore del magazzino.

Ma non era un ufficio. Quando David aprì la porta, si avvidero che era l'entrata di una stazione della metropolitana. Una ripida rampa di scale di cemento orlata da una ringhiera circolare di metallo scendeva verso il basso. Minuscoli globi di luce brillavano come gli occhi di uno spettro ai lati dei gradini, rimpicciolendosi via via fino a diventare puntini luminosi. Sentì Yael, al suo fianco, trattenere il respiro.

Buon per lui, dannazione, che riuscisse a dominare il senso di vertigine, altrimenti non sarebbe stato capace di discendere i gradini immersi nella penombra, anche se avesse fatto appello a tutto il suo coraggio. Impossibile intravedere il fondo, la scala si inarcava verso il basso senza lasciare intuire dove e se terminasse.

La disperazione fremeva nel petto di David dandogli i brividi, mentre si avventurava sugli scalini, seguito da Yael. Era sicuro che Dillon fosse passato di lì appena qualche minuto prima. L'aria stantia era ancora impregnata del profumo della sua acqua di colonia.

Udiva i passi di Yael risuonare alle sue spalle. Quest'ultima non aveva mostrato il minimo accenno di paura, ma non avrebbe potuto dire la stessa cosa di se stesso. La sua ansia aumentava via via che la discesa si faceva più ripida.

Le scale non davano segno di terminare.

«Sarà un'impresa risalire», sussurrò Yael dietro di lui.

David poteva solo sperare che non fossero costretti a risalire in tutta fretta, inseguiti da uno stormo di Angeli Oscuri. Ma tenne per sé il pensiero.

La luce andava offuscandosi e l'aria rinfrescava.

Yael, che calzava dei sandali, aveva l'impressione che i suoi piedi si fossero trasformati in due blocchi di ghiaccio. Da archeologa, aveva passato diversi anni a esplorare le gallerie sotterranee, ma non le era mai capitato di imbattersi in qualcosa di altrettanto strano e sinistro di quella scala, apparentemente infinita.

Ma proprio quando si era appena persuasa che erano destinati ad arrancare verso il basso per l'eternità, avvistò un pianerottolo di cemento. Tirò un sospiro di sollievo e si affrettò a raggiungerlo.

Ma quando si arrestarono, notarono solo una porta di metallo chiusa alla loro destra e un'altra rampa che continuava a scendere. Quest'ultima serpeggiava in un'inquietante spirale d'acciaio e di rame che precipitava in una cavità scavata nella roccia accanto al pianerottolo.

«Mio Dio», ansimò Yael.

David, che non aveva mai visto nulla del genere, si sentiva come se stessero scendendo agli Inferi e non sarebbe rimasto sorpreso di ritrovarsi in riva allo Stige.

«A lei la scelta... la porta o le scale». Yael gli lanciò un'occhiata perplessa mentre si sfregava i polpacci indolenziti.

David optò per la porta. E inutilmente diede uno strattone.

«Faremmo troppo fracasso se cercassimo di forzarla... proviamo con le scale».

«Mi domando quanti anni abbiano impiegato a scavare il tunnel fin quaggiù». Yael detestava la sua voce stridula, ma almeno riusciva ancora a parlare. Si puntellò alla parete rocciosa, stiracchiandosi per tendere le giunture. Le escoriazioni sembravano bruciarle come il fuoco, la gola infiammata pulsava di dolore.

Si chiese se David si rendesse conto che erano scesi senza nemmeno un'arma.

«È troppo tardi per sottolineare che siamo entrati disarmati per affrontare i nemici di Dio?».

«Abbiamo il bene dalla nostra parte, no?» replicò David tra il serio e il faceto. Ah, se avesse acquistato anche solo un coltellino appena usciti dall'aeroporto. Ma non valeva la pena di discuterne.

Mentre affrontavano la successiva rampa di scale, l'aria sapeva sempre più di muffa. «Attenta», la avvisò David, la cui testa sparì nell'oscurità. «I gradini sono scivolosi».

«Per effetto della condensa». Yael si sforzava di mantenere un punto d'appoggio concentrandosi sugli scalini, l'uno dopo l'altro; evitava così il rischio di guardare in basso, verso la vertiginosa spirale.

All'improvviso, udirono dei passi e delle voci sommesse provenienti dall'alto. Qualcun altro stava scendendo dietro di loro.

Probabilmente *loro* sapevano dove erano diretti, pensò.

David e Yael seguitarono ad arrancare, procedendo con grande cautela sui viscidi gradini di metallo. David non si era mai spinto nel sottosuolo fino a quel punto. Si domandò se uno di loro avrebbe mai rivisto la luce del giorno.

Allontanò quel pensiero per concentrarsi sui Lamed Vovnik, ricordando a se stesso che, finché qualcuno di loro continuava a respirare, c'era ancora speranza.

Dal basso, in quel punto, riusciva a distinguere un vocio oltre allo scrosciare dell'acqua che scorreva impetuosa.

«Credo che siamo arrivati in ritardo alla festa», mormorò Yael.

«Auguriamoci solo che qualcuno non si accorga che ci siamo "imbucati"».

Qualche istante dopo, uscirono da un cilindro verticale di roccia, mentre la scala piombava in un'enorme caverna scarsamente illuminata.

Nel discendere gli ultimi scalini, David notò, nello spazio aperto, due gigantesche statue bronzee accanto alla lontana parete. Le sculture, foggiate a forma di un duplice uroboro, si ergevano all'esterno di una doppia porta, eppure sembravano quasi minuscole a paragone della ruvida parete rocciosa che si ergeva oltre.

Ma fu la colonna isolata di roccia puntuta sulla destra ad attirare il suo sguardo quando toccarono il fondo. Svettava come una torre, ed era sormontata da una sporgenza: una balconata tagliata nella viva roccia. Aveva l'aria di un rudimentale punto d'osservazione. *O di un pulpito papale*, meditò David, quasi aspettandosi di vedere il capo degli Gnoseos sporgersi per salutare i suoi accoliti.

Poi abbassò lo sguardo sul bagliore di una porta a vetri oltre il parapetto della balconata. *C'è una stanza, dietro. È lì che probabilmente dà la porta sul pianerottolo.* Credette di cogliere dei movimenti al di là del vetro... c'era qualcuno lassù.

Poi la sua attenzione si spostò sul banco della ricezione, qualche metro più avanti. Una donna dagli scintillanti capelli scuri e magra come un'acciuga li squadrò in cagnesco. La grande spilla con un uroboro di cristallo appuntata sulla sua giacca di lana rossa luccicava come un frammento di ghiaccio.

Ma David era ancor più preoccupato per via dell'individuo di colore dall'aria scaltra appostato alle spalle della donna; l'uomo li osservava a gambe divaricate, i suoi occhi grigi come l'acciaio brillavano come la pistola che portava al fianco.

Ma dove siamo capitati?!

La donna torse le labbra dipinte nella stessa sfumatura di colore della giacca e li invitò spazientita a farsi avanti.

«Da questa parte. Siete gli ultimi. Dobbiamo controllare i vostri passaporti».

Capitolo 53

Crispin, accecato dalla furia, irruppe nell'androne e, ignorando i presenti, che prudentemente si tenevano alla larga, girò in direzione della scala interna che approdava al livello inferiore. Sconsideratamente, si precipitò sulla rampa, un piede alla volta, mentre la punta del bastone batteva pesantemente contro i sinuosi scalini di metallo.

Una rabbia cupa lo avvolgeva. Dove diavolo si era cacciato Shepherd? *Sta giocando con me*, sbottò fra sé furente. Raoul gli aveva appena riferito che David e l'israeliana erano sbarcati a Heathrow due ore prima. *Perché non erano piombati a Trinity Square e non avevano fatto quella dannata chiamata al cellulare?* Raoul ed Enrique avevano setacciato il parco e il giardino commemorativo, senza trovarne la minima traccia. *Nessuna chiamata.*

Forse, se avesse udito le urla della ragazzina, Shepherd si sarebbe degnato di concedergli la sua attenzione. Crispin digrignò i denti nell'immaginarsi mentre le spezzava un braccio come un grissino, intanto che Shepherd ne udiva le grida.

Prelevò la chiave dalla tasca e la infilò nella toppa, ma con sua sorpresa la porta ruotò verso l'interno prima ancora che girasse la chiave.

Ma che diamine?...

La stanza era deserta, ecco com'era. Incredulo, Crispin fissò la branda vuota, la sedia e gli angoli spogli del locale.

Si lasciò sfuggire un ruggito di rabbia inconsulto.

Digitò i tasti del cellulare. «È fuggita!» gridò connettendosi al centro di comando degli Angeli Oscuri al piano superiore. «La stanza è vuota! Come chi? L'ultima dei Giusti Nascosti... *trovatela*!».

Non ebbe il tempo di girarsi sui tacchi che subito iniziarono a squillare i campanelli dell'allarme. La rabbia ancora gli bruciava nel petto come un carbone ardente. Crispin, zoppicando, corse lungo il corridoio e poi sulla scala, il viso stravolto dall'ira, mentre una decina di Angeli Oscuri si riversava sui gradini per poi oltrepassarlo.

Raggiunto il pianerottolo si ritrovò faccia a faccia con Di Stefano.

«Una parola, Serpente». L'espressione del primo ministro era incredibilmente rilassata.

«Dobbiamo trovare la ragazza», ringhiò Crispin.

«Oh, ma certo che lo faremo. Dove potrebbe nascondersi quaggiù?». Di Stefano inclinò il capo, un lieve sorriso gli increspava le labbra.

«Non so a che gioco stai giocando e perché non mi hai comunicato subito il nome di Guillermo Torres», disse. «E non ti chiederò chi ha inviato l'ordine di assassinarlo dal mio server, Serpente. Ti dirò solo che è finita. Tre individui chiamati Guillermo Torres sono stati eliminati oggi». Gli occhi gli brillavano per la soddisfazione. «E la nave di Cherle sta attraccando in questo stesso momento... un altro dei Giusti Nascosti sarà spacciato a momenti. Ci rimane solo la ragazza».

«Voglio che me la consegnino quando l'avranno trovata».

Gli occhi di Di Stefano brillarono come ghiaccio. «La *uccideremo*, quando l'avremo scovata», continuò con dolcezza. «Non è affare che ti riguardi, Serpente. Il tuo compito si è esaurito, e con successo, potrei aggiungere. Il nostro tempo è arrivato. Non c'è più alcuna ragione per mantenere in vita Stacy Lachman. David Shepherd non è riuscito a fermarci e una volta che avremo spento la vita di quella ragazzina, avremo vinto. Il tuo unico scopo adesso è quello di prepararti per la fine... il nostro principio».

A quelle parole, un frastuono vibrò attraverso il soffitto di roccia della galleria. Entrambi alzarono lo sguardo.

«Cherle». Di Stefano consultò l'orologio e sorrise. «È morto o lo sarà molto presto. Ne rimane solo uno».

La mente di Crispin era in tumulto. *Non ancora*. Non era pronto.

Un tempo, era così che l'aveva previsto. Ma in quel

momento era tutto sbagliato... mancava ancora qualcosa. La scoperta del legame tra Shepherd e Stacy Lachman aveva cambiato le cose. A quel punto, Crispin voleva tutto: la pietra che gli era stata rubata, la ricompensa per gli anni che aveva trascorso immerso nel coma, la soddisfazione della vendetta. *Poi,* l'Ascesa. Non un momento prima.

Senza una parola volse le spalle a Di Stefano. *Se il Capo della Cerchia crede di riuscire a fermarmi, ha torto marcio. Se metto le mani per primo su quella ragazzina, è mia. E sarò io a decidere quando dovrà morire.*

Southampton

Tre carabine a lunga gittata tuonarono nello stesso istante.

Jack Cherle si rannicchiò sul pavimento, mentre i familiari urlavano e le persone intorno a loro si buttavano a terra per ripararsi.

«Un omicidio pulito, amici. Ci vediamo a Londra». La voce di Geoffrey Bales crepitò nelle cuffie degli altri due Angeli Oscuri, nello stesso minuto in cui il loro furgone abbandonava i docks.

Bales estrasse un BlackBerry con uno strattone e iniziò a digitare qualcosa con una mano sola.

«È fatta».

Capitolo 54

David e Yael deposero le rispettive carte dei tarocchi sul tavolo della ricezione. David trattenne il respiro mentre la signora nel prestigioso tailleur le raccoglieva per studiarle attentamente, recto e verso. *Sta controllando i numeri,* afferrò.

La donna digitò a raffica qualcosa sulla tastiera del computer davanti a lei, per poi chinarsi sullo schermo e aggrottare la fronte. Alzò il capo e fissò severa Yael.

Non se l'è bevuta, meditò David; il cuore gli martellava nel petto, mentre fingeva d'essere assorto in contemplazione del gigantesco Lichtenstein alla parete sulla sua destra. *Da un momento all'altro, quell'Angelo Oscuro alzerà la pistola per abbatterci.*

Accanto a lui, captò la tensione di Yael. Il sudore gli colava dalle ascelle. *Dovrei saltargli addosso ora, sbilanciarlo...*

Ma prima che i suoi arti potessero reagire, la donna ringhiò a Yael: «Il suo nome. Qual è?».

Al che l'Angelo Oscuro avanzò, artigliando il calcio della pistola con le enormi dita. «Problemi?».

«Nessun problema», rispose disinvolta Yael. «Avete il mio nome e la mia carta».

«Questo è il dilemma», replicò la donna. «La carta è intestata a un uomo».

«Impossibile», sottolineò David.

«Chiaramente, avete commesso un errore». Il tono della voce di Yael era glaciale. Se David fosse stato all'oscuro di tutto, avrebbe pensato che era davvero offesa. «Voglio parlarne al primo ministro Di Stefano. O a Crispin Mueller. Adesso».

Per la prima volta, la donna sembrava incerta. Indirizzò

lo sguardo sopra la spalla, verso l'Angelo Oscuro, come per ricevere indicazioni.

Fissando quest'ultimo, David la incalzò: «Gli dica di abbassare quell'arma», ordinò. «Lei ha la carta. Ovviamente, è tutto un equivoco. Se siamo gli ultimi, è evidente che non arriverà nessun altro».

Si chinò verso di lei, avvicinandosi. «E crede davvero che qualcuno dall'esterno avrebbe avuto accesso a queste carte? Usi la testa», concluse in tono strafottente.

La donna era visibilmente combattuta, divisa tra il rispetto del codice di segretezza degli Gnoseos e l'evidente incongruenza che aveva sotto gli occhi.

«Ma qui c'è scritto Paul Wright...».

«*Paula* Wright», Yael si rivolse a David a denti stretti. «Ma guarda che incompetenza, e in un momento come questo!» sibilò. «Un refuso in un giorno così decisivo? Inaccettabile!».

David si rivolse direttamente all'Angelo Oscuro. «Contatti Di Stefano immediatamente. Lui può sistemare tutto senza ulteriori perdite di tempo».

«Non occorre». In tutta fretta, la donna aprì un cassetto e ne estrasse due piccoli anelli, dai quali pendeva una chiave dorata. David si accorse che Yael s'era lasciata sfuggire un lieve sospiro; il battito del suo cuore rallentò fin quasi ad arrestarsi.

«James Gillis, lei è nella stanza 17, corridoio D al piano superiore. Paula Wright, stanza 42, corridoio C», indicò a destra con il pollice. «Livello inferiore, accanto alla scala interna».

Yael afferrò il suo anello portachiavi e si avviò a passi pesanti lungo il corridoio, sembrava il ritratto dell'orgoglio ferito.

«Andiamo, James. Non abbiamo tempo da perdere, ora».

David dovette costringersi a non guardarsi alle spalle. «Ci siamo andati vicini», sibilò tra i denti quando la raggiunse. «È stata in gamba, poco fa».

«Ho giocato d'azzardo. Riesce a credere che esista un posto come questo?» sussurrò lei mentre si mischiavano alla calca che affollava l'ampio corridoio.

La galleria era talmente congestionata che avrebbero potuto benissimo trovarsi a New York. Ma non era la Grande Mela, quella. Era una cavità desolata, innaturale e scarsamente illuminata da un'insieme di lampadine a vista e di grosse candele posate su sporgenze elevate della roccia. L'architettura era una sorprendente mescolanza di strutture metalliche e viva roccia; l'aria sapeva dell'odore di muffa delle infiltrazioni che colavano dalle crepe nella pietra. Eppure l'atmosfera era gravida di speranza e di eccitazione.

David non avrebbe mai immaginato nulla del genere. Quel bunker era un inquietante incrocio tra una caverna e un rifugio antiatomico. Era molto più grande di quanto si sarebbe aspettato, anche in rapporto alle duemila persone in possesso della carta segreta.

Dove sarà finita Stacy in questo labirinto abbandonato da Dio? pensò mentre passava in rassegna i volti festanti che gli venivano incontro. Avevano un aspetto ordinario, ma erano tutti nemici. Suoi e del mondo.

Stacy era forse l'unica speranza per sconfiggerli, ma non aveva idea di dove cominciare a cercarla.

Affrettando il passo, superarono un enorme auditorium fiancheggiato da sculture raffiguranti l'uroboro, poi una sala da pranzo e una cucina.

Abbiamo scarse probabilità di trovarla in un'area comune, rifletté David mentre aumentavano l'andatura.

Con suo sollievo, eccenzion fatta per qualche cenno del capo e qualche sorriso, nessuno sembrava accorgersi di loro nel tunnel, mentre si facevano strada verso la scala interna.

All'improvviso un rombo sordo fece tremare la roccia. Le candele oscillarono sui loro supporti; David e Yael alzarono lo sguardo allarmati.

«Che cos'era? Mi vibrano ancora le suole delle scarpe», mormorò Yael.

«Non lo so, ma non mi piace. Tutto ciò di cui abbiamo bisogno è dare alle fiamme questo posto». David s'imbronciò. «Dobbiamo trovare Stacy e uscire di qui».

Tutt'intorno a loro, un basso mormorio di eccitazione

fremeva tra i passanti. Seguì uno stridulo scampanellio, i cui rintocchi riecheggiarono nel corridoio.

«Dev'essere giunta l'ora», berciò un tale tutto accalorato.

«All'auditorium!» cinguettò una voce femminile.

Altre urla salirono. «All'auditorium. Verso la vittoria!».

Mentre tutti si precipitavano nella direzione da cui provenivano David e Yael, i due, sospinti dalla calca, presero a correre verso l'imbocco del tunnel.

Il cuore di David batteva più per la paura che per lo sforzo. Il tempo era agli sgoccioli e lui non aveva idea di dove cercare Stacy in quell'enorme bolgia abbandonata da Dio. Se non altro, visto che tutti si stavano ammassando nell'auditorium, forse lui e Yael avrebbero potuto frugare negli angoli più riposti del bunker con minori probabilità di essere scoperti.

Il pensiero non gli era ancora del tutto affiorato nella mente, quando vide quattro Angeli Oscuri, ad armi spianate, correre verso di loro da entrambe le direzioni.

David e Yael si bloccarono. Ma, con loro sorpresa, gli Angeli Oscuri si precipitarono oltre. Eccetto uno.

«Avete visto una ragazzina bionda con una felpa grigia?» domandò.

Stacy. David scosse il capo, la bocca troppo secca per proferire verbo, anche se avrebbe voluto.

L'Angelo Oscuro indicò l'auditorium. «Tutti laggiù, abbiamo bisogno di sgombrare i corridoi per continuare le ricerche. Se la vedete, prendetela e portatela alla ricezione. È l'ultima dei Giusti Nascosti».

«Santo cielo! Ci puoi contare, ovviamente». Yael lo fissò a bocca aperta, sembrava il ritratto dell'obbedienza cieca.

«Com'è riuscita a scappare?». David si costrinse a parlare.

«È quello che ci piacerebbe scoprire». L'Angelo Oscuro gli lanciò uno sguardo corrucciato, avvicinandosi all'improvviso. «E voi due dove stavate andando?».

David gli mostrò la chiave della sua stanza. «Ho dimenticato qualcosa in camera mia».

«Ce la lasci», ordinò l'uomo. «Abbiamo bisogno di evacuare i passaggi».

Va' a farti fottere, pensò David, ma lui e Yael si voltarono ossequenti, fingendo di tornare sui loro passi. Ma nell'istante stesso in cui l'Angelo Oscuro sparì dalla vista dietro di loro, David afferrò la mano di Yael.

«Su, scendiamo». E si lanciarono a capofitto verso la scala interna, pregando affinché nessun altro cercasse di fermarli.

Al termine del corridoio si arrestarono in scivolata, fissando sgomenti i sei stretti passaggi davanti a loro, contrassegnati da lettere dalla «A» alla «F».

«Le stanze assegnate sono laggiù, probabilmente si tratta di quartieri dormitorio», osservò Yael trafelata.

A David cascarono le braccia. Il posto era più vasto di quanto avesse immaginato. Ogni corridoio sembrava senza fine, con decine di porte. *E se Stacy si fosse nascosta dietro una di esse?*

Cercò disperatamente di pensare. L'istinto gli suggeriva di scendere. «Controlliamo sotto, prima; poi risaliamo». Stava già per scattare verso la scala interna.

Lo scampanellio era cessato, capì, mentre scendeva i gradini a spirale, due alla volta.

Erano rimasti in pochi al livello inferiore, per lo più Angeli Oscuri che videro intenti a perquisire le stanze nei passaggi segnati con lettere dell'alfabeto, precisi identici a quelli del piano superiore.

«Da questa parte», fece Yael guizzando verso una piantina riprodotta sulla parete rocciosa dietro la scala. «Potremmo risparmiare il nostro tempo».

David passò in rassegna freneticamente lo schema. «Guardi... la balconata che abbiamo notato... conduce alla sala operativa».

«Ha l'aria di una stanza dei bottoni», mormorò Yael. «Isolata e probabilmente impenetrabile».

Yael guardò nervosamente alla sue spalle, dove gli Angeli Oscuri si stavano allontanando nel perlustrare sistematicamente il corridoio D.

«I pezzi grossi, con ogni probabilità, si riuniscono lassù», osservò David. «Potrebbe essere anche il posto in cui Crispin deteneva Stacy».

Il luogo ideale per un'esecuzione, pensò, ma subito rimosse il pensiero.

«Potrebbe essere ancora quaggiù, da qualche parte», ragionò Yael. «C'è un collettore di rifiuti in fondo al corridoio, oltre a un locale di ventilazione e... che cos'è questo?». Indicò un'area circolare al di sotto della scala interna contrassegnata dall'avviso: VIETATO L'ACCESSO. «Vietato l'accesso? Crede che...».

David strinse le labbra. «C'è un solo modo per scoprirlo».

Si avviarono diretti all'area a ridosso della scala interna. Quando raggiunsero la zona interdetta, trovarono solo un pozzo sotterraneo cinto da una ringhiera di sicurezza.

«Be', siamo in un vicolo cieco». David fissò l'abisso che scendeva a picco, poi si fece passare una mano tra i capelli. Il dolore alle costole lo stava uccidendo. Eppure si rifiutava di prenderne atto.

«Ecco il collettore di rifiuti». Yael indicò un grosso container di metallo immerso nelle ombre della galleria.

«Gli darò un'occhiata», fece tetro David.

La porta era chiusa a chiave, come si aspettava. Afferrandosi alla scala annessa al container, iniziò a salire verso la cima, mentre Yael si guardava prudentemente attorno. Nessun altro in vista. *Per il momento.*

«Svelto», lo incalzò, per poi azzittirsi, mentre Shepherd si avvicinava alla cima.

Yael comprendeva il desiderio di David di frugare ovunque. Ma più indugiavano nel locale, più aumentavano le probabilità di essere catturati. Trattenne il respiro mentre David si dibatteva per aprire la botola sulla cima e non espirò finché non udì il rumore dei piedi di lui che scendeva i pioli della scala.

«C'è solo immondizia là dentro. Dove potrebbe nascondersi?».

Entrambi sussultarono a un cigolio che proveniva dalle vicinanze. Yael si voltò e vide una pantegana che schizzava via da una nicchia che non aveva notato. Era quasi invisibile, una piccola apertura nascosta sotto una sporgenza naturale della roccia.

«C'è qualcosa là in fondo. Dove ci sono i topi di solito c'è anche del cibo».

David si affrettò verso la nicchia e Yael lo seguì stringendo i pugni al pensiero di Stacy, sola in quel posto orribile.

Videro la porta nello stesso istante. Non era segnalata e avrebbe potuto facilmente passare inosservata in quell'area remota del bunker.

Il luogo ideale per detenere un ostaggio, pensò Yael.

La porta era socchiusa. La spalancò e captò un debole odore di farmaci. «Oh, mio Dio».

Lo spazio, ristretto come un ripostiglio, era vuoto. David individuò a tastoni un interruttore sulle pareti e una fievole luce fluorescente illuminò il locale. Notarono una sedia, una cassettiera, una branda sfatta. E i rimasugli di quello che aveva l'aria di un sandwich al formaggio su un vassoio ai piedi del giaciglio.

«È stata qui. Probabilmente l'abbiamo mancata di qualche minuto». David si sentiva come se il mondo lo stesse fagocitando.

«Guardi questo!». Yael si era inginocchiata accanto alla branda per raccogliere un braccialetto di gomma dal pavimento di ardesia. Il motto «Mira in alto» era stampigliato sull'elastico giallo.

«È il suo». La voce di David era impastata. «Gliel'ho comprato quando è venuta a trovarmi l'estate scorsa».

Fissò la striscia elastica per un attimo, poi la infilò a fatica nella mano gonfia. Benché gli stringesse fastidiosamente il polso, lo faceva sentire più vicino a Stacy. «È stata qui. Quel bastardo...».

«*Perché non siete di sopra? Che cosa ci fate qui?*».

David e Yael si voltarono mentre una voce profonda riempiva l'angusto locale.

David diede un'occhiata. Non riconobbe l'Angelo Oscuro che puntava la pistola contro di loro, ma in compenso riconobbe immediatamente l'individuo basso e ben piazzato che bloccava la porta.

Alberto Ortega, ex segretario generale delle Nazioni Unite.

David l'aveva incontrato una volta, quando suo padre era ancora vivo, a un ricevimento alla Casa Bianca al quale aveva partecipato assieme ai genitori, i Wanamaker ed altri familiari di senatori.

Wanamaker. Mi chiedo a quando risalga il loro contatto. Chi ha reclutato chi?

«David Shepherd». Ortega inarcò di colpo i sopraccigli. Si addentrò d'un passo nella stanza. «Com'è arrivato fin qui? Non importa. Lasci perdere».

Ortega staccò un cercapersone dalla cintura. «In una ventina di secondi questa stanza pullulerà di Angeli Oscuri», osservò in tono colloquiale, il dito sospeso sul tastierino. «Non che il mio amico Domino non sia in grado di badare a voi due».

L'Angelo Oscuro dai radi capelli rossicci, degno compare dell'ex segretario, tirò le labbra in un sorriso amabile. «E con piacere, il doppio di quello che ho provato nell'uccidere la sua domestica».

David rimase immobile come l'aria, la mente stralunata della confusione e dalla rabbia. *Quindi non è stato Dillon a uccidere Eva?*

«Confido che lei abbia portato con sé il suo libro dei nomi». Ortega avanzò d'un altro passo.

«Ce l'ho proprio qui». Nel pronunciare quelle parole, David fece oscillare la sua borsa da viaggio come una mazza da baseball, facendo saltare il cercapersone dalle dita di Ortega. L'impatto mandò a sbattere il cicalino a un angolo, mentre David attaccava Ortega, affibbiandogli un destro sulla sua faccia compiaciuta. Muovendo le braccia a stantuffo, gli cambiò i connotati olivastri in una maschera di sangue, spaccandogli la faccia e spezzandogli i denti. Ortega rinculò urtando Domino e nel momento stesso in cui iniziarono a barcollare perdendo l'equilibrio, David balzò sulla pistola dell'Angelo Oscuro.

Rimbombò un colpo e udì l'imprecazione di Yael alle sue spalle. Le sue dita si chiusero sulla canna rovente della pistola. Il sudore gli colava dal viso mentre cercava di ignorare il dolore insopportabile e si dibatteva per afferrare l'arma. Domino era più pesante di una buona quindicina di chili, ma David lottava come un disperato per mantenere la presa.

Mentre Ortega si allontanava traballando, Domino piegò la pistola torcendo all'indietro il polso di David. Una fitta di dolore gli lacerò il braccio, le ginocchia cedettero per un istante. Il gemito che gli sfuggì tra i denti suscitò un ghigno sul volto del suo avversario.

«Ammazzali!» ansimò Ortega lottando per reggersi sulle ginocchia, mentre il sangue sgorgava da quello che gli rimaneva della bocca. Yael si lanciò su di lui come un razzo di sessanta chili, facendolo rovinare a terra di schiena, su una pozzetta del suo stesso sangue.

Salitagli sopra a cavalcioni, gli ficcò la chiave della sua stanza nell'occhio sinistro. Ortega cercò di proteggersi il volto, mentre il sangue gli scorreva tra le dita, ma Yael vibrò un altro fendente con la chiave, stavolta all'incavo sotto la gola; le urla di Ortega gli rimbombarono nelle orecchie.

David li udiva in lontananza, come se fosse altrove immerso nella sofferenza, mentre scambiava con Domino colpi terribili. Gli scricchiolavano le costole come se fosse stato caricato da un toro.

La pistola. Non posso mollare la pistola, pensò tra le nebbie della disperazione, mentre Domino gli scaricava addosso un ennesimo diretto devastante.

Abbattendo il pugno libero sul pomo di Adamo del rivale, David avvertì i tendini di Domino che cedevano, vide il sicario strabuzzare gli occhi per il dolore. E poi tornare a ridere di lui, nello stesso istante in cui assestava un pugno sul cranio di David, quasi fosse un incudine.

Le luci presero a danzare davanti agli occhi di David mentre cadeva in ginocchio. Le sue mani strinsero l'aria vuota. Vide la pistola ruotare su se stessa in direzione della sua testa. Facendo leva sul suo corpo, cercò di lanciarsi in avanti per afferrare l'arma o almeno per fare di se stesso un bersaglio mobile.

Ma prima ancora che riuscisse a snodare i muscoli, un altro uomo apparve dietro l'Angelo Oscuro. Usando entrambe le mani, il nuovo venuto fracassò una pietra delle dimensioni di un'anguria sulla nuca di Domino.

David rimase a occhi sbarrati, chiedendosi se la visione fosse frutto del colpo che aveva ricevuto alla testa. Mise a fuoco la vista.

L'incredulità lo pervase. L'uomo che sovrastava Domino era Dillon McGrath.

Capitolo 55

Era buio, così buio che Stacy non riusciva nemmeno a vedere le sue mani davanti a lei, mentre strisciava lungo il tunnel di lamiera. Lo sconosciuto l'aveva avvertita di fare meno rumore possibile e di spostarsi lentamente ma regolarmente in avanti. A ogni millimetro, via via che si trascinava nello stretto condotto, il suo peso corporeo faceva cigolare il metallo e lei s'irrigidiva per la paura, temendo che potessero udirla di sotto.

«Il condotto di aerazione è stretto, probabilmente pieno di polvere», l'aveva avvertita quel tale, parlando fitto e guardandosi attorno, mentre la sollevava facendola passare per una botola. Erano corsi verso un tunnel secondario, non lontano da dove l'uomo leone l'aveva segregata.

«Dovrai farne di strada prima che un altro condotto si apra alla tua destra. A quel punto, imboccalo. Continua a spostarti... ci vorrà parecchio. Ci incontreremo allo sbocco del tunnel. Non preoccuparti di quello che sentirai, non fermarti, arriva all'uscita e aspettami. Hai capito?».

Stacy non afferrò nient'altro. In quel momento, mentre si strizzava avanzando nell'angusto condotto, all'improvviso, le si rizzarono i capelli sulla testa nell'udire gli squilli dei campanelli d'allarme.

L'uomo leone s'è accorto che sono fuggita. Il cuore le batteva così forte da farle male. Cercò di non pensare all'individuo che le dava la caccia. O a quanto fosse infreddolita, sola e spaventata. Sperava di potersi fidare del suo liberatore, di rivedere la madre e David. Voleva tornare alla normalità.

Rabbrividendo, si costrinse a proseguire. Quando si accorse che la parete alla sua destra era sparita, cercò di manovrare per imboccare la stretta curva. Impiegò parecchi minuti, contorcendosi e trattenendo il respiro, prima di strisciare nel passaggio.

Aveva la bocca secca per via della polvere e le mani intorpidite, tanto erano gelide. Avvertiva un desiderio così impellente di uscire dalla sua fredda prigione metallica che avrebbe voluto gridare. Ma non ne era capace. L'uomo leone si sarebbe precipitato su di lei. E anche quello con gli occhi spaiati. Doveva restarsene tranquilla.

Non si era ancora avventurata per un lungo tratto nel secondo tunnel, quando le parve di sentire delle voci. *Stanno venendo a prendermi!* Si bloccò per ascoltare, le bruciava lo stomaco per la paura.

Voci. Aveva ragione. Ascoltò più attentamente sforzandosi di distinguere le parole.

Donne che discutevano, rabbiose. *Le stesse donne che ho udito piangere?* Non piangevano in quel momento.

«Aspettiamo che vengano a prenderci. Combatteremo con le unghie e con i denti».

«Abbiamo i coltelli che abbiamo sottratto di nascosto dai vassoi della cena. Li abbiamo affilati strofinandoli contro la roccia».

«Possiamo uccidere qualcuno di loro, prima che ammazzino noi».

Ma in sottofondo a quelle voci determinate, udì altri rumori. I lamenti di donne che piangevano. Imploravano.

«Se vi ribellate, ci uccideranno tutte».

«Oh, mio Dio, non voglio morire».

Stacy s'irrigidì. Chi erano? Prigioniere? Come lei? Che cosa sarebbe avvenuto di loro?

La voce dello sconosciuto le rimbombò nella testa. *Va' avanti a tutti i costi, non fermarti. Arriva allo sbocco del tunnel.*

Non posso farlo. Udì un singhiozzo provenire dalla sua stessa gola. *Non posso abbandonare quelle poverette.* Non aveva spazio per voltarsi. Lentamente, dolorosamente, tornò indietro.

Strisciando verso le voci.

Capitolo 56

David si scagliò su Dillon scaraventandolo contro il telaio della porta.

«Che diavolo ci fai tu qui?» ringhiò.

«Ti sto salvando la vita, in nome di Dio!». Gli occhi azzurri di Dillon guizzarono per un attimo su quelli di David. «A proposito, che ne diresti di ringraziarmi?».

«Ringraziarti per cosa? Per aver cercato di distruggere il mondo? È questo l'obiettivo dei tuoi studi di metafisica... *padre*? Hai requisito tu il mio passaporto, quando hai fatto entrare questo mostro in casa mia per uccidere Eva?».

«Eva? È morta? Dio del cielo!». L'emozione sul volto di Dillon sembrava sincera. Scosse la testa, come per riordinare le idee, poi spinse via David.

«Dunque, quello che sembrava un tuo amico, potrebbe non esserlo». Il sacerdote sembrava scosso. «A meno che tu non sia pronto a ricominciare la discussione, suggerisco di rimandarla a quando saremo risaliti in superficie... sempre che possiamo ancora uscire di qui».

Yael, accanto a David, puntava la pistola di Domino contro Dillon. «David, ti ha appena salvato la vita», disse stremata.

A David, confuso com'era, girava la testa mentre cercava di riordinare i fatti: Dillon aveva messo fuori combattimento Domino, Eva era stata assassinata, il suo passaporto era sparito... e come giustificare la presenza del sacerdote nel bunker?

«Attento!» sbraitò all'improvviso Dillon mentre Domino avvolgeva un braccio alla gamba dei pantaloni di David.

David si voltò e sferrò un calcio alla mascella dell'Angelo Oscuro. Dopo che la testa di Domino prese a ciondolare di lato, i tre si precipitarono verso la scala interna. «Che cosa ci fai qui, allora?» chiese di nuovo David.

«È una lunga storia. Dopo che tu mi parlasti dei caratteri ebraici sulla pietra, mi venne in mente un particolare. Avevo già visto qualcosa del genere. Diedi una scorsa al volume sulla magia ebraica per vedere se c'era qualcosa sulle gemme», rispose ansimante Dillon mentre raggiungevano le scale. «Ho scoperto tutta una sezione sulle pietre magiche cucite sul pettorale del sommo sacerdote».

«Va' avanti», lo incalzò David anche lui senza fiato.

«Anni fa, conobbi un vescovo a Roma. In seguito fu accusato di pedofilia, di avere abusato dei poveri ragazzi che invitava alle sue "colazioni bibliche" settimanali. Ma era il suo anello a intrigarmi. Un gioiello non comune... un rubino con delle lettere ebraiche».

«Il rubino del pettorale di Aronne?» boccheggiò Yael, le guance arrossate per lo sforzo nel correre su per la scala.

«L'ho rintracciato nella campagna scozzese. E gliel'ho rubato. Per restituirlo agli israeliani. Ma poi ho scoperto questa singolare carta dei tarocchi fra i suoi documenti di viaggio».

Dillon era piuttosto in forma, eppure respirava a fatica. «Continuava a ripetermi che avrebbe dovuto imbarcarsi su un volo per Londra. Quindi fu lì che mi diressi. Mi sono imbattuto in un tedesco a Heathrow. Aveva una carta simile. Mi sono appiccicato alle sue costole e sono finito qui. Ora vuoi degnarti di dirmi che cosa sta succedendo?».

Erano a metà strada verso il pianerottolo. David si arrestò di colpo, ignorando il dolore straziante che tormentava ogni fibra del suo corpo.

Accanto al lui, Yael e Dillon si accostarono alla ringhiera per prendere fiato.

«Stacy è qui», bofonchiò esausto David. «Questi maniaci stanno cercando di distruggere il mondo. Quelle voci... quei nomi che ho sentito appartenevano alle persone che questi mostri cercano di sopprimere metodicamente. Stacy è una di loro... forse l'ultima. Dobbiamo trovarla e portarla via di qui!».

«Dio ci aiuti». Dillon impallidì sotto il suo colorito rubizzo. «Dov'è?».

«Non lo so. Forse è il caso che tu faccia quattro chiacchiere con il buon Dio e poi ci aiuti a trovarla», sibilò David a denti stretti. «Prima che ci catturino e uccidano anche noi».

Capitolo 57

Le voci si facevano sempre più forti.

Mi sto muovendo nella direzione giusta, pensò Stacy. *Ma come farò a raggiungerle?*

Si affrettò, la polvere smossa le intasava i polmoni. Strisciando, aveva sfiorato con le dita gli imbocchi dei condotti d'aerazione che sfociavano nelle stanze sotterranee; erano protetti da assicelle, come quelli delle normali abitazioni. Le voci dovevano provenire da un condotto vicino.

All'improvviso, mentre ancora una volta raggiungeva la curva del condotto, ebbe l'impressione che le donne fossero giusto sotto di lei. Fece scorrere le mani su entrambe le pareti nel tentativo di individuare l'imboccatura di un condotto o una botola. Doveva essercene più d'una.

Contorcendosi, cercò di arretrare oltre il gomito del tunnel d'aerazione. Ma indietreggiare era ancor più difficoltoso che procedere, tanto che sulle prime rimase bloccata. Poi, però, riuscì a divincolarsi e alla fine trovò una botola, simile a quella che il suo liberatore le aveva detto di richiudere, quando l'aveva issata nel condotto d'aerazione.

Con cautela e trattenendo il respiro, l'afferrò da entrambi i lati e prese a sollevarla. Era pesante, come l'altra, ma quando riuscì a spostarla di diversi centimetri, fu in grado di sbirciare nel condotto sottostante. Udì la voce di una donna; erano vicine ora.

«Tu puoi anche scegliere di combattere e di morire, Irina, ma io voglio restare viva», singhiozzò una delle donne.

Una ragazza dalla voce gutturale le rispose. «Se ti garba, mostrami pure la tua vigliaccheria, Louisa, ma io voglio tornare dal mio Mario. E sono disposta a morire pur di provarci».

Stacy spostò la botola ancora di qualche centimetro, gli ultimi. L'apertura era delle stesse dimensioni di quella per la quale era entrata. Ma il pavimento sotto le sembrava più distante.

Traendo un profondo respiro, fece scivolare le gambe attraverso l'apertura puntellando i gomiti contro i lati della botola e facendo penzolare i piedi il più in basso possibile.

Fa' finta di essere Michael Jordan che tocca terra dopo essersi lanciato a canestro, raccomandò a se stessa mentre faceva scorrere le mani per afferrare l'orlo della botola.

Esitò, poi si lasciò andare.

Impattò duramente contro il suolo e avvertì uno strappo alle caviglie. *Non c'è tempo per le riserve di mezza tacca,* pensò mentre inalava una boccata d'aria. Si ritrovò in un tunnel del tutto simile a quello in cui si era trascinata. Era deserto. Ma le donne erano vicine. Riusciva ancora a sentirle mentre discutevano tra loro.

Stacy si rialzò a fatica e, zoppicando, imboccò la galleria diretta verso le voci. Superò diversi dipinti, tutti raccapriccianti, dai colori scuri, pieni di serpenti e di strani simboli. Affrettò il passo, bloccandosi solo quando scorse il cancello in ferro battuto in fondo al corridoio. Il suo cuore ebbe un sobbalzo. Quel posto aveva tutta l'aria di una prigione.

Trotterellò verso il cancello, poi le vide. Decine e decine di giovani donne chiuse in uno stanzone, pieno di letti, come se fosse un dormitorio. Sembravano pallide e provate, come se non vedessero la luce del sole da anni. Stacy notò che erano più giovani di sua madre, e qualcuna non era molto più anziana di lei. Ma le loro spalle erano inarcate quasi fossero delle vecchie e i loro capelli erano lunghi e incolti.

Che ci fanno qui?

Una di loro restò a bocca aperta nell'accorgersi di Stacy che si trascinava verso il cancello. E all'improvviso si allinearono tutte lì davanti, fissandola con occhi increduli e infossati.

«Chi sei?».

Era quella con la voce gutturale. Era carina, capelli corvini e grandi occhi orlati da lunghe ciglia.

«Io sono Stacy... e tu come ti chiami?».

«Irina. Il mio nome è Irina». La giovane strinse lievemente le sbarre. «Grazie, Dio misericordioso», sussurrò alzando lo sguardo al cielo. Poi tornò a fissare Stacy, il viso teso per la speranza. «Siamo prigioniere. Aiutaci! C'è una chiave».

«Dov'è?». Stacy passò in rassegna le pareti senza scorgere mensole o ganci.

«Lungo la galleria, dietro uno dei quadri. Svelta!».

«Quale?». Stava già tornando sui suoi passi, di corsa; le caviglie le dolevano ad ogni passo.

«Non lo sappiamo», gridò un'altra voce dal fondo. «Li abbiamo visti prenderle da dietro uno dei quadri. Sbrigati, ti prego, sbrigati!».

Stacy sollevò dalla parete un quadro dopo l'altro. *Dov'è la chiave?* Ad ogni istante le sembrava di udire qualcuno che si avvicinava. Sarebbe finita dietro le sbarre con tutte loro.

Al pensiero dei loro volti, sfiniti e disperati, affrontò il quadro più grande: quasi lo sganciò nel sollevarlo. Poi la vide. Una grossa chiave nera, a forma di «F», appesa ad un chiodo dietro il dipinto.

L'afferrò con dita tremanti e si costrinse a correre a dispetto del dolore alle caviglie. Le mani erano scosse da un tremito così violento che ebbe difficoltà a infilare la chiave nella toppa; ma alla fine ci riuscì e, una volta spalancato il cancello, le donne quasi la travolsero.

Si abbandonarono a una corsa sfrenata superandola e fuggendo lungo il tunnel. Solo Irina si fermò. Baciò Stacy su una guancia, singhiozzando lievemente. Poi la prese per mano.

«Vieni con noi, piccolo angelo... corri!».

Capitolo 58

«Do per scontato che tu abbia un piano d'azione». Dillon sbirciò con cautela verso la scala.

«Sono aperto a qualsiasi suggerimento», rispose David tergendosi il sudore dalla fronte. «Qual è il tuo?».

«Impossessarci di tutte le loro pietre, quale che sia il loro numero».

«Ne ha vista qualcuna?». Yael volse il capo verso di lui.

«Due... dentro una teca illuminata. Sono lassù, nella sala operativa dietro quella specie di pulpito. Dove si riuniscono i pezzi grossi».

«Sei stato lassù?». David sollevò di botto i sopraccigli.

Dillon torse la bocca in una smorfia. «Per farla breve. Mentre tallonavo il mio migliore amico, appena conosciuto, lungo la scala, uno dei suoi compari fece capolino dalla porta di vetro invitandolo a entrare per parlargli. Non sono andato oltre la soglia, ma non ho dubbi sul contenuto di quella teca.

«Le pietre sono accessibili?» chiese David.

«Se riusciamo a spaccare la teca. Quanto ad arrivare fin lassù...». Dillon scosse la testa tetro. «Rimasto solo, scesi da basso in cerca di un deposito segreto di armi. Un'ascia, un tubo metallico. Invece ho trovato solo... amici».

Yael gli sorrise lievemente, tendendogli la mano striata di sangue «Yael HarPaz».

«Spiacente, non so che cosa sia successo alle mie buone maniere», mugugnò David, poi il suo sguardo incrociò quello di Dillon. Era colmo di rimorso e non sapeva nemmeno da dove cominciare. «Perdonami», ammise con voce incerta. «Avrei dovuto fidarmi di te».

«Paga il conto delle nostre tre prossime colazioni e ci metterò una pietra sopra».

All'improvviso, dal basso, risuonò il tramestio di passi affrettati.

«Usciamo di qui», propose David allarmato. Salirono verso il livello superiore e, una volta che l'ebbero raggiunto, proseguirono verso l'auditorium, ma si bloccarono di fronte a una mezza dozzina di Angeli Oscuri diretti verso di loro.

«Che succede qui?» strepitò una voce femminile alle loro spalle.

David la riconobbe all'istante. Scosso per l'incredulità, si voltò per fissare gli occhi imperiosi di Katharine Wanamaker.

Katharine Wanamaker. La donna che per mesi aveva consolato sua madre dopo il fatale attacco cardiaco che aveva stroncato il padre. La donna che preparava insalata Waldorf per le cene delle vacanze, benché David fosse l'unico a mangiarla.

«Perché non vai a chiamare Judd», le disse a denti stretti. «Faremo una piccola riunione di famiglia».

La risata di Katharine risuonò beffarda. «Per quello che ne sa Judd, sono alla Georgetown a mettere sottochiave un generoso lascito a favore dell'orchestra sinfonica».

Dunque, Judd è all'oscuro di tutto, pensò David. «Judd ti ha chiamata dopo che siamo usciti dal ristorante di New York, vero? Non è stato lui a tradirci... sei stata *tu*».

Si lanciò verso di lei e l'attirò a sé, girandola verso gli Angeli Oscuri. Yael scattò in avanti per poi premere la canna della pistola di Domino contro la nuca di Katharine, mentre Dillon si preparava a fronteggiare l'attacco degli aggressori.

«Fermi tutti o lei morirà!» urlò David.

Riusciva a sentire dalla tromba della scala il calpestio dei passi degli Angeli Oscuri, diretti verso di loro. Il panico gli fece affluire adrenalina nel sangue.

Nel giro di pochi secondi sarebbero stati circondati.

Dov'è Stacy?

Mentre Katharine si dibatteva per divincolarsi, David rafforzò la stretta.

«Ancora un movimento e le sparo addosso», la avvisò Yael.

Gli Angeli Oscuri seguitavano ad affluire verso la galleria.

«Dov'è mia figlia?» la voce di David rintronò nell'orecchio di Katharine, mentre le premeva le dita nella carne.

«Anche se lo sapessi, non te lo direi. Lascia perdere, David». Girò la testa verso di lui, lanciandogli uno sguardo maligno. «Non puoi vincere».

«Dov'è Mueller...».

Non ebbe la possibilità di rispondergli. Gli Angeli Oscuri si arrestarono in scivolata; la loro attenzione all'improvviso si diresse verso un'orda di donne che sciamavano verso di loro dalla scala.

«Che diamine!?...» Dillon rimase sbigottito alla vista delle figure macilente che correvano come inseguite da una torma di demoni.

«Mandatele via!» ordinò Katharine agli Angeli Oscuri.

«Tutto quello che voglio sapere da te è dove si nasconde Crispin Mueller! E dove tiene Stacy!» ringhiò David.

In mezzo a tutto il pandemonio che imperversava nel tunnel, Yael fece scattare la sicura.

«Stacy!» gridò David rivolto a Katharine. «Dov'è Stacy?».

Intrappolata nella fuga precipitosa delle donne sulle scale, Stacy udì qualcosa in mezzo al rumore sordo che la circondava. Un suono debole, lontano, ma lo udì: la voce di David che gridava il suo nome.

«David!». Urlò a squarciagola, barcollando sui gradini d'acciaio. La mano di Irina rafforzò la presa. Stacy, con il fiato in gola, si riprese subito.

Se fosse caduta in quel momento, l'avrebbero calpestata. Le donne correvano come una mandria impazzita dei film sul vecchio West. Prese a correre più veloce, respirando avidamente, pregando che fosse vero, che David fosse lì.

Raggiunto il sommo delle scale, si ritrovò in una galleria simile a quella sottostante, ma brulicante di gente.

I suoi occhi passarono freneticamente in rassegna i volti: David!

Urlò il suo nome e quest'ultimo si volse verso di lei, il viso in preda allo stupore. Era come se vedesse la scena al rallentatore. Poi notò la gioia negli occhi del patrigno, si liberò della stretta di Irina e corse verso di lui.

Ma qualcuno la afferrò per la vita sollevandola da terra. Stacy si contorse e urlò, e vide David spingere via Katharine per balzare verso di lei.

«Lasciami andare!» gridò torcendo il capo verso l'alto in direzione dell'uomo che l'aveva bloccata, poi cacciò un altro urlo. Il terrore serpeggiava dentro di lei.

Il losco figuro che la tratteneva era il tipo con gli occhi spaiati. L'uomo che aveva ucciso Hutch. Che aveva ferito sua madre.

«David, aiutami...» strepitò, ma poi vide un altro Angelo Oscuro che placcava David, e udì il colpo assordante di un'arma da fuoco.

David rovinò a terra sbattendo la mascella sul pavimento. Cerchietti scuri danzarono davanti ai suoi occhi mentre udiva uno sparo. Riaprendo gli occhi cercò di sollevare la testa, ma due Angeli Oscuri lo inchiodavano a terra. Vide Yael a qualche metro di distanza con il braccio piegato dietro la schiena; ora era un Angelo Oscuro a brandire la pistola di Domino. Udì Dillon grugnire sotto una gragnola di pugni. La disperazione offuscò il dolore.

«Portate la Giusta Nascosta nella sala operativa», ingiunse Katharine.

L'uomo che tratteneva Stacy urlò a sua volta degli ordini. «Voi... portate Shepherd e gli altri due nell'area attigua alla ricezione, nel frattempo vedrò di scoprire i progetti del Capo al loro riguardo». Poi fissò gli altri Angeli Oscuri. «Perché ve ne rimanete lì come babbuini?». Stava già trascinando via Stacy. «Riacciuffate quelle donne. Andate!».

Tutto quello che David sapeva era che Stacy stava gridando. Le urla gli laceravano il cuore e svanivano via via nell'androne, mentre si dibatteva inutilmente per liberarsi degli uomini che lo immobilizzavano.

Avrebbe voluto uccidere il mostro che aveva preso Stacy, così come avrebbe voluto ammazzare Crispin Mueller. *Che scopo aveva la mia visione, qual era il fine delle suppliche delle voci che ho udito? Ho fallito su tutta la linea,* pensò mentre lo costringevano brutalmente a rialzarsi, per poi trascinarli tutti e tre al tavolo della ricezione.

Ebbe un sobbalzo nel notare le dimensioni del livido sulla guancia di Yael. Dillon perdeva sangue dal naso, copiosamente. E qualcuna delle donne in fuga – chiunque fossero – era già stata catturata.

È finita.

Un uomo dai capelli scuri uscì dall'auditorium e si diresse a grandi passi verso di loro. Era alto, aveva un'aria affabile e sembrava sicuro di sé. *Un boss,* pensò David, mentre i suoi occhi passavano da parte a parte quell'individuo. Sentiva l'Angelo Oscuro irrigidirsi mentre l'uomo si avvicinava.

«Primo ministro Di Stefano, abbiamo trovato Shepherd. Che cosa dobbiamo farne?».

Di Stefano.

Ma prima che il premier potesse aprire bocca, una figura apparve improvvisamente alle sue spalle, da dietro la scrivania della ricezione, lanciando un urlo di rabbia.

Una donna.

Correndo come un lampo e brandendo un oggetto metallico indefinibile, lungo e luccicante, si gettò su di lui, affondandogli l'arma nel cuore, profondamente, con una forza che sembrava inappropriata alla sua esile corporatura.

Rimasto a bocca spalancata per lo stupore, Di Stefano ebbe il tempo di emettere solo un basso gorgoglio, dopodiché ruzzolò all'indietro.

Gli Angeli Oscuri, basiti, si bloccarono un istante prima di allentare la presa sui prigionieri. Due di loro, invocando aiuto, si precipitarono verso l'uomo a terra, mentre gli altri tre si lanciarono contro la donna che l'aveva aggredito.

Quest'ultima, come in preda alla follia, agitò il coltello nell'aria con furiosa determinazione tenendoli a distanza. Poi con un urlo si voltò precipitandosi verso la scala.

Anche Yael stava correndo. Ansimante, raggiunse la più vicina delle sculture dell'uroboro, per poi cercare disperatamente di incunearsi tra la parete rocciosa e la statua.

Deve funzionare. Devo farcela.

Puntellandosi contro la parete scagliosa, raccolse le

forze e spinse la scultura. Mugugnando, ignorò la roccia che le mordeva la spina dorsale, sforzandosi di smuovere la scultura persino mentre Dillon si accapigliava con l'Angelo Oscuro dai capelli a spazzola al quale era sfuggita.

Dillon gli sferrò un pugno. Il suo gancio destro mandò Capelli a spazzola a ruzzolare di schiena, lasciandogli un'impronta rosso sangue sulla guancia.

Yael si concentrò intensamente sul suo unico obiettivo: la pesante scultura bronzea, così fredda e apparentemente inamovibile sotto la spinta dei suoi palmi sudati.

Con una mossa che gli era rimasta impressa grazie a un film di Steven Seagal, Dillon si lanciò in una sorta di piroetta per poi atterrare esattamente sul petto del suo avversario con entrambi i piedi, fratturandogli le costole. Un grido d'agonia squarciò l'aria mentre l'uomo si contorceva.

Dillon, sforzandosi d'ignorare la repulsione, afferrò la pistola dell'avversario.

Si guardò attorno.

David stava correndo sulla scala come un forsennato. All'improvviso altri cinque figuri scesi rumorosamente dalla scala gli bloccarono l'accesso, quasi fossero una muraglia di muscoli e pistole. David saltò la ringhiera, le mani strette intorno all'acciaio, atterrando nel sottoscala. Gli cedettero le ginocchia, e il dolore gli si impresse in volto. Ma lui sembrò infischiarsene, nel momento in cui cercò rifugio dietro la torre di roccia appuntita a sostegno della balconata, inseguito dagli Angeli Oscuri che si scapicollavano giù dalle scale.

Dillon, con il sudore che gli colava sul labbro superiore, spianò la pistola di Capelli a spazzola e fece fuoco, facendo partire un colpo dietro l'altro.

L'energumeno alla testa del gruppo barcollò all'indietro, afferrandosi la spalla, ma gli altri si lanciarono imperterriti all'inseguimento di David nell'area attigua alla ricezione. All'improvviso Dillon udì l'urlo assordante di Yael. Mentre la osservava, in una sorta di estasi carica di orrore, quest'ultima smosse la scultura chiamando a raccolta tutte le sue forze.

L'uroboro si spostò oscillando, poi, per un istante interminabile, rimase come sospeso nell'aria, apparentemente in equilibrio ad una angolatura impossibile. E mentre il volto di Yael si deformava nello sforzo, si rovesciò. Abbattendosi con un tonfo che risuonò nel bunker come un'esplosione, il metallo brunito travolse gli inseguitori di David.

Per un attimo, Dillon fu investito da un turbinio di emozioni. Il rimorso per lo spaventoso massacro, la confusa speranza che le vittime fossero riuscite a cavarsela.

Poi sentì qualcos'altro. Il sangue, caldo e appiccicaticcio, che zampillava dal suo petto. Lo fissò incredulo. Non avvertiva dolore, bensì uno strano ronzio alle orecchie. Avanzò di un passo e stramazzò al suolo. Poi il silenzio.

Yael si sforzò di nascondere alla vista la carneficina che aveva causato, mentre apriva le dita di un Angelo Oscuro per sottrargli la pistola e si avviava verso le scale.

CAPITOLO 59

CHE DIAVOLO STA SUCCEDENDO LAGGIÙ?

Crispin Mueller fece battere il bastone contro il pavimento della sala operativa. Ignorando il lampo di paura negli occhi di Stacy Lachman, corse zoppicando sulla balconata. Si appoggiò al parapetto scavato nella roccia e fissò incredulo la baraonda sottostante.

La scultura di un uroboro era adagiata ad angolo sui corpi contorti di diversi Angeli Oscuri. Riusciva a distinguere un'altra forma stesa bocconi qualche metro più avanti, un uomo al centro di una pozza del suo stesso sangue.

Una scena caotica. La gente urlava precipitandosi alla rinfusa fuori dall'auditorium, in preda al panico e alla confusione.

Socchiudendo gli occhi, scrutò la folla che girava in tondo nell'area della ricezione. Solo qualche momento prima aveva visto Di Stefano dirigersi a grandi passi verso Shepherd imprigionato tra gli Angeli Oscuri. Era in attesa che lo trascinassero di sopra così che il suo divertimento potesse iniziare.

In quel momento, invece, Di Stefano era riverso a terra, la camicia imporporata di sangue.

Ma dov'è Shepherd? Com'è riuscito a sfuggire ai suoi sorveglianti? Come ha potuto un uomo solo generare tutto questo pandemonio?

Non per molto ancora, giurò a se stesso, mentre la rabbia gli martellava nel cranio come uno stantuffo.

Corse alla porta, battendo il bastone, la mascella tirata.

«Di Stefano è morto. E Shepherd è sparito».

«Come può essere?». Odiambo Mofulatsi, il commerciante di diamanti sudafricano, terzo in linea gerarchica, uscì sulla balconata accigliato. «Dov'è Ortega? E tuo padre? Perché non sono qui?».

Crispin lo ignorò. «Raoul, porta fuori di qui la Giusta Nascosta. È arrivato il momento».

La giovane terrorizzata si ritrasse sulla sedia dove Raoul l'aveva sospinta, gli occhi le brillavano d'un misto di ansia e di paura mentre l'Angelo Oscuro incombeva su di lei. Quando quest'ultimo le strinse il polso affondandole le dita forti nella carne, cessò di respirare; il suo cuore sembrò arrestarsi per la paura. Eppure cercò di divincolarsi, ma Raoul la trascinò senza sforzo apparente per la stanza e poi sulla balconata a semicerchio.

Mueller appoggiò il bastone alla pietra, bilanciando il peso sulla gamba buona. A un suo cenno, Raoul portò la ragazza verso di lui, e Crispin la sollevò issandola sulla sporgenza del parapetto. Piagnucolando e dimenandosi, Stacy cercò di rimettere piede sulla balconata, ma le braccia muscolose di Crispin la bloccavano.

«Rimani immobile o ti lascio andare». Stacy avvertì il calore del suo respiro sulle orecchie.

Crispin sorrise del grido soffocato della ragazza, del terrore assoluto impresso negli occhi di lei. Un'ondata di energia sembrò investirlo.

«Che cosa stai aspettando?» domandò Raoul, mentre i suoi occhi passavano quelli di Crispin da parte a parte. «Lei è il solo ostacolo all'Ascesa. *Fallo!*».

Crispin lo ignorò. In nessun modo avrebbe permesso che tutto finisse senza aver prima riscosso quanto gli era dovuto. L'agata. Oltre alla suprema soddisfazione di costringere David Shepherd a guardare Stacy mentre cadeva.

La folla sottostante si bloccò alla vista della ragazza sulla sporgenza.

«L'ultima dei Giusti Nascosti!» berciò qualcuno.

«È il Serpente stesso a reggerla», gracchiò un'altra voce concitata.

Il Serpente. Quel nome riecheggiò tra la folla, quasi fosse un inno, una preghiera. Il volto di Crispin s'illuminò di piacere. *Sanno* perfettamente *cosa ho fatto.* Il che lo incoraggiò. Ghignò, invaso da una fiducia illimitata in se stesso.

Mofulatsi si diede da fare per indirizzarsi alla folla. «Tornate all'auditorium... tutti. Adesso. Preparatevi secondo quanto vi è stato detto. La nostra Ascesa è imminente».

Katharine Wanamaker e pochi altri iniziarono ad affrettarsi per raggiungere l'auditorium, ma molti rimasero in attesa, affascinati dalla scena sulla balconata.

«Adesso!» ammonì la figura torreggiante dell'africano puntando il suo lungo braccio.

«Va' a cercare Shepherd e portamelo qui. Svelto!» sbraitò Crispin da sopra la spalla, rivolto a Raoul.

«Non abbiamo più bisogno di lui», ringhiò Mofulatsi. «Raoul, voglio che tu localizzi Alberto Ortega ed Erik Mueller. Devono essere qui nel momento in cui distruggeremo il mondo corrotto di Dio».

Una rabbia incontenibile oscurò la vista di Crispin Mueller, mentre Raoul si affrettava ad eseguire gli ordini di Mofulatsi. Dominò l'impulso irresistibile di gettare la ragazza dalla balconata per dimostrare che non aveva bisogno di permessi di sorta per ottenere ciò per cui aveva lavorato più duramente d'ogni altro.

Il furore, tuttavia, gli proruppe dalla gola in un muggito che fece tremare le pareti dell'Arca, riecheggiando nella caverna sottostante.

«David Shepherd! Fatti vedere! Una vita è in bilico. Una vita preziosa. L'ultima dei vostri Giusti Nascosti. Vieni a salvarla, se hai il coraggio».

Furioso, scrutò attentamente l'area attorno alla ricezione: nessun segno di Shepherd. Gli unici a muoversi erano gli ultimi Gnoseos che si avviavano in fila verso l'auditorium.

«Hai paura, Shepherd? Sei troppo vile per salvarla? Vieni a fermarmi... ti sfido a farlo!».

La rabbia di Crispin montava, mentre i secondi passavano inesorabili, senza che il «vile» si facesse vivo. Il Serpente, roso dall'odio, mise in mostra i denti e per un istante allentò la presa dalla vita di Stacy. Fu abbastanza perché lei si spostasse verso l'orlo della balconata, agitando convulsamente le gambe per mantenere l'equilibrio. Il suo grido riecheggiò anche dopo che Crispin riuscì a riagguantarla.

«Ti sfido, Shepherd. Ti sfido!».

Il sudore colava dal viso di David e scendeva a rivoli dalle ascelle. Le sue dita erano tagliuzzate, i palmi laceri e sanguinanti per via della roccia. Il respiro gli usciva corto e affannoso mentre scalava con cautela la parete del torrione desolato proteso verso la balconata.

Non aveva né piccozza, né corda, né attacchi su quella colonna scagliosa e quasi verticale. Disponeva solo delle dita, delle ginocchia, dei piedi, che andavano a tentoni in cerca di un punto d'appoggio mentre scalava la roccia strisciando ovunque potesse trovare un appiglio.

Nella sua memoria balenarono i consigli di Hutch. *Un piede alla volta. Non guardare in basso. Tieni lo sguardo incollato alla vetta.* Si rifiutò di porsi domande su Yael. O su Dillon. Erano vivi? Feriti? Stavano ancora combattendo?

Non poteva permettersi di distrarsi. Crispin stava gridando il suo nome. Ruggiva come un ossesso. Rimosse quelle parole dalla mente e si liberò del sudore che gli colava agli occhi.

La montagna è come una donna, gli aveva detto Hutch nella sua prima scalata impegnativa, quand'era abbastanza grande per afferrare la metafora. *Premiti contro di lei, adattati alla sua forma. Diventa un tutt'uno con lei.*

Il suo corpo abbracciava la parete. Le sue mani brancolavano in cerca dell'ennesima fessura. Era diventato una roccia. Un tutt'uno con la torre.

Un grido squarciò l'aria. L'urlo di Stacy... direttamente sopra di lui. La sua mano esitò, strinse l'aria vuota, e i piedi slittarono sotto di lui.

CAPITOLO 60

CRISPIN S'IRRIGIDÌ NELL'UDIRE L'INFLESSIONE della voce del padre che riempiva la sala operativa. *Proprio adesso, dannazione!* Ma la sua irritazione di figlio svanì allorché percepì anche una voce femminile dall'accento israeliano.

«Che razza di posto è questo? Che cosa state architettando?».

Sembrava disperata. Spaurita. Crispin sorrise.

«Guarda chi ho sorpreso sulle scale», annunciò il padre trascinando Yael HarPaz sulla balconata.

«Bene, allora». Il ghigno di Crispin si allargò nel fissare la ragazza terrorizzata in equilibrio precario sulla balconata. «Il tuo eroe non può essere lontano».

«È ora di farla finita», avvertì spazientito Mofulatsi, rivolto a Crispin. «Che cosa trattiene ancora Ortega in questo mondo maligno?». Consultò l'orologio, ma girò la testa di scatto quando Raoul irruppe sulla balconata.

«Ortega è morto. E anche Domino». I suoi occhi spaiati si incollarono al volto di Stacy Lachman, bianco come un cencio. «Non c'è ragione di aspettare. Uccidila».

Mofulatsi fece un passo avanti, con un'aria di autorità incontrastata. «Sono il più alto in grado ora. Serpente, portamela qui. A me l'onore della morte finale».

«No!». Crispin, ghignante, lasciò scorrere lo sguardo sull'androne sottostante in preda a una rabbia smisurata. «Tutto questo avrà termine quando lo dirò *io. Shepherd! Dove sei, Shepherd?*».

«Sono qui». David si issò sulla balconata dall'orlo posteriore della parete. Gli Gnoseos e Yael si girarono sui tacchi scioccati mentre David si portava a grandi passi verso Crispin.

David li ignorò. Tutta la sua attenzione era concentrata su Crispin.

«Credevo che volessi fare uno scambio».

Capitolo 61

David tese il palmo ferito e sanguinante, sopra il quale luccicava l'agata, scintillante quasi quanto la brama che brillava negli occhi di Crispin. «Vieni a prenderla, se hai il coraggio», lo stuzzicò allettante David.

Shepherd trattenne il respiro, non osando fissare il volto spaventato di Stacy, come per assorbire i lievi singhiozzi di lei. Il suo sguardo era letteralmente fisso su quello di Mueller; tutto dipendeva da quel momento.

«Portamela qui», lo sfidò David, «e ti restituirò l'agata».

«Avrò l'agata comunque», replicò con un sogghigno Mueller. «Dopo che avrai visto cadere Stacy».

«Immaginavo che tu non fossi abbastanza uomo da prendere la pietra dalla mia mano». David lanciò l'agata in aria, poi la riprese. «Anche da giovane, eri solo un bulletto. E guardati adesso. Ti nascondi dietro una ragazzina. Chi è il vigliacco, Mueller?».

«Che idiozia!» sbottò Mofulatsi. «Serpente, *portami quella ragazza*. Raoul, ammazzali!».

Lo sguardo di David guizzò sull'uomo dalla pelle olivastra, mentre Raoul alzava di scatto una pistola. *I suoi occhi!* Lo shock e poi la rabbia montarono in David. *Uno blu, uno marrone. È lui.*

Si trovava faccia a faccia con la belva che aveva ucciso Hutch. Che aveva rapito Stacy. Che stava per mettere un proiettile in corpo a lui e a Yael.

David non aveva nulla da perdere. Tutti gli sguardi erano puntati su di lui e anche la pistola era puntata sulla sua testa. «Sicuro che non la vuoi indietro?».

Il cuore gli batteva furioso contro le costole doloranti; David si avvicinò di un passo a Crispin, poi di un altro ancora, scuotendo l'agata fuori dalla portata di quest'ultimo.

«Rivoglio indietro i miei anni!» strepitò Crispin. «Tu sei andato verso la luce, mentre io sono stato trattenuto nelle tenebre. A te hanno dato i nomi, io invece ho dovuto passare i miei giorni e le mie notti a cercarli».

«Povero Crispin». David increspò le labbra. «Vuoi l'agata, Mueller? Eccotela!».

Crispin ansimò mentre l'agata descriveva un ampio arco nell'aria. Risuonò uno sparo. Nella frazione di secondo in cui lo sguardo attonito di Mueller seguiva il volo dell'agata verso l'orlo della balconata, David spiccò un balzo in avanti lanciandosi su Stacy per poi farle passare un braccio attorno alla vita. La attirò a sé con uno strattone, ma Crispin ancora la bloccava con una presa d'acciaio.

«David!». Stacy artigliò le spalle di David.

David mantenne la presa disperatamente, tendendo ogni muscolo fino alla spasmo, nel tentativo di strapparla al rivale. All'improvviso vide Erik Mueller afferrare il bastone del figlio appoggiato al parapetto. David si fece forza per assorbire il colpo.

Invece, con suo grande stupore, Mueller calò il bastone sulle spalle del figlio. Crispin cacciò un urlo di sorpresa e di dolore, e allentò la presa su Stacy, piegando le ginocchia. Era tutto ciò di cui aveva bisogno David, che la liberò afferrandola con un movimento rapido e la riportò sulla balconata.

Si voltò con la figliastra tra le braccia appena in tempo per scorgere Mofulatsi che si era lanciato su Yael per impedirle, torcendole il polso, di sparare di nuovo. Quest'ultima aveva abbattuto Raoul, che si contorceva lamentandosi con la coscia insanguinata e il volto ridotto a una maschera di dolore mentre si dimenava sul pavimento.

Prima ancora che David potesse elaborare il caos intorno a lui, avvertì una trazione alle gambe e crollò sulle ginocchia. Stacy vacillò con lui e con un urlo si spostò di lato mentre Crispin si gettava su David e iniziava a colpirlo.

Stacy si bloccò, le lacrime le rigavano il volto stravolto dal terrore. Quando vide Crispin tempestare di pugni il viso di David, si lanciò verso di lui come un tornado, per poi affondargli i denti nel braccio e afferrargli le ciocche dei lunghi capelli. Tirò con tutta la sua forza, strappandogli brandelli di cuoio capelluto prima che lui la allontanasse con un brusco movimento del tronco.

David sferrò un pugno alla cintola di Crispin, stordendolo abbastanza a lungo da ribaltare la situazione. Ora era David a inchiodare Crispin al pavimento, stringendogli la gola in una morsa.

Yael rifilò un calcione a Mofulatsi, raschiandogli duramente lo stinco con il tacco del sandalo. Poi sollevò il ginocchio piantandoglielo all'inguine.

Il bestione si piegò in due lanciando un urlo di dolore, rilasciando finalmente la presa sulla pistola. Prima che potesse riaversi, Yael riprese pienamente possesso dell'arma. In quello stesso momento, Erik Mueller balzò su di lui, abbattendo il bastone sul cranio di Mofulatsi.

«Traditore!» gracchiò Crispin. Annaspava, cercando inutilmente di aprire le dita di David per liberarsi la gola. «Accidenti a te... papà... aiutami!».

Erik fece di nuovo roteare il bastone su Mofulatsi senza nemmeno voltarsi verso Crispin.

Yael inalò avidamente dell'aria. Il polso ferito già stretto nella morsa delle dita tozze di Mofulatsi le bruciava. Ma aveva la pistola. Con il sapore pungente del suo stesso sangue sulla lingua, si voltò verso Raoul, ancora a terra ansimante in una pozza di sangue.

Tenendo a freno la nausea, si girò sui tacchi proiettandosi verso la teca di vetro.

Due gemme adornate dei caratteri ebraici mandavano un bagliore verso di lei: l'ametista e lo smeraldo. *Gad* e *Zebulon*.

Digrignando i denti tentò di frantumare il vetro con la canna della pistola. Invano. Imprecando provò di nuovo, colpendolo con tutte le sue forze. Aveva il viso madido di sudore. Ma il vetro non si era nemmeno incrinato. Yael chiuse gli occhi, visualizzò il vetro che s'infrangeva e lo colpì di nuovo con la canna dell'arma. Un'esplosione, come una pioggia di cristallo, accompagnata da una sensazione di trionfo la investì.

Mentre cercava di afferrare le gemme, un frammento

appuntito le si conficcò nel braccio. Stringendo l'ametista e lo smeraldo nel palmo, cercò di ignorare i morsi del dolore.

Le pietre continuano a brillare o è frutto della mia immaginazione?

Non aveva il tempo di studiarle. Le lasciò cadere nel reggiseno zuppo di sudore e un brivido la attraversò, fino alla punta dei piedi.

Poi Erik Mueller spinse Stacy nella stanza, allontanandola dalla carneficina sulla balconata.

«Yael!» le gridò David con voce rauca. «Porta Stacy fuori di qui! Potrebbero arrivare altri Angeli Oscuri».

«No... non me ne andrò senza di te», si lamentò Stacy scossa da un tremito incontrollabile.

Erik la trascinò verso la porta di vetro che dava sulla scala. «Devi andare, bambina... il mondo è nelle tue mani!».

«No!». Si divincolò cercando di correre verso la balconata, ma Erik la afferrò per un braccio.

«Non capisci. È troppo pericoloso per te rimanere qui... c'è un sacco di gente che ti vorrebbe morta... dobbiamo portarti fuori di qui!».

«Toglile le mani di dosso». Yael gli puntò l'arma al petto. «Adesso».

Stacy la fissò costernata con gli occhi sbarrati. «Non fargli del male. Mi ha fatto uscire da quell'orribile stanzetta. Mi ha indicato un passaggio segreto per uscire all'esterno!».

Yael si morse il labbro, la mente le turbinava nell'indecisione, il corpo le palpitava di dolore. Cercò di concentrarsi sulle parole di Stacy, mettendole a confronto con quanto aveva visto con i suoi occhi.

Mueller l'aveva sorpresa sulle scale mentre cercava di fare irruzione nella sala operativa. L'aveva convinta che voleva aiutarla a salvare Stacy, che aveva avuto un ripensamento. Che per tutta la vita era stato cieco, ottuso... che aveva torto sul mondo di Dio. Si era convinto che c'era qualcosa di buono in questo mondo. Le aveva detto che l'aveva scoperto in una donna chiamata Elizabeth. Una donna che amava. E la sua setta involontariamente glielo aveva dimostrato. Gli omicidi sistematici dei Lamed

Vovnik avevano sottratto ogni bontà dal mondo liberando solo le forze della distruzione.

Yael era scettica, ma Erik Mueller aveva proclamato di non voler più la distruzione del mondo. Aveva un piano. Sarebbero entrati nella sala operativa assieme, fingendo che lui l'avesse presa in ostaggio, mentre in realtà sarebbe rimasta in possesso della pistola. Aveva colpito suo figlio e poi aveva attaccato Mofulatsi. Stava cercando di salvare Stacy, persino mentre David stava togliendo la vita al suo stesso sangue, alla sua carne.

«Prendila, Yael!» urlò sconvolto David. «Stace, è tutto a posto. Verrò via con te».

Yael balzò accanto alla ragazza. «Su, Stacy. L'hai sentito. Ci raggiungerà».

Afferrò il braccio di Stacy e la trascinò oltre la porta di vetro che dava sul pianerottolo. Erik le osservò mentre si avviavano sulle scale con la mente in tumulto. Prese a seguirle, domandandosi se avrebbe salvato la sua Elizabeth. Poi si voltò esitante.

Non dovrei salvare mio figlio?

Ma prima che avesse la possibilità di decidere, Raoul entrò barcollante dalla balconata, il volto olivastro bianco come il latte, la parte inferiore del corpo zuppa di sangue.

«Traditore!» ringhiò l'Angelo Oscuro. Alzò la pistola e fece partire un colpo alla fronte di Erik, che stramazzò al suolo.

Ondeggiando e ignorando il bruciore che lo tormentava alla coscia ad ogni passo, si trascinò sulla balconata. Aveva le vertigini, era ormai moribondo. Aveva perso troppo sangue.

David Shepherd era impegnato a soffocare il Serpente. Non si accorse nemmeno che stava arrivando. Con un sorriso nauseante, Raoul gli puntò la pistola alla testa. Avrebbe goduto del suo ultimo omicidio. Più d'ogni altro delitto, fin dall'assassinio del nonno.

Con un ghigno raccapricciante, tirò il grilletto per udire soltanto uno scatto a vuoto.

David sobbalzò al clic, girando il capo verso il rumore, in direzione opposta all'uomo sotto di lui. Intravide una macchia scura e indistinta ad un angolo della sua visione e chinò la testa appena in tempo per udire il sibilo del calcio di una pistola che gli fischiò alle orecchie. All'improvviso, un odio incontenibile, del peso di una novantina di chili e tutto lordo di sangue si abbatté su di lui, che si fece da parte sobbalzando all'urto del calcio dell'arma contro la sua spina dorsale.

Il bastone. In qualche modo, David riuscì ad afferrarlo mentre si rialzava goffamente. Era stupito di riuscire ancora a reggersi in piedi. Con i polmoni arsi ad ogni respiro e le costole rotte in fiamme, affrontò l'assassino.

Raoul, con l'alito appesantito e una forza frutto di anni di addestramento, balzò verso di lui. David piantò il bastone nella coscia dell'Angelo Oscuro squarciata dal proiettile. Un grido d'agonia eruppe dalla gola di quest'ultimo mentre si ritraeva per poi spezzarsi il cranio contro la parete di roccia scagliosa.

David, nauseato alla vista del sangue, trattene il respiro flebile. Raoul non avrebbe ammazzato più nessuno.

E Crispin...

David si voltò abbassando lo sguardo. Crispin, strisciando sull'orlo della balconata e rialzatosi a fatica, si era sporto sbraitando rivolto verso la galleria sottostante.

«Venite fuori, stupidi! La Giusta Nascosta è fuggita! Su dalle...».

David lo colpì con forza levando il bastone, purtroppo aveva sottostimato la forza nella parte superiore del corpo di Crispin. Con un sol braccio Mueller gli strappò il bastone sbilanciandolo e facendolo quasi cadere dalla balconata. Mostrandogli i denti, Crispin riprese a spingerlo; il tronco di David ormai sporgeva quasi completamente dalla balconata.

Arretrò con un sobbalzo, ma all'improvviso avvertì una strana sensazione all'anca: l'ambra che teneva in tasca sembrava dargli il prurito. Una scarica di adrenalina gli attraversò tutto il corpo come una scossa elettrica.

«Volevi l'agata, Mueller? Allora perché non vai a prendertela?». Gli sferrò un pugno nel ventre, poi lo afferrò per la cintura e lo sollevò di peso.

Mueller impattò contro il suolo prima ancora che riuscisse a emettere un borbottio dalla gola.

Poi David si precipitò a rotta di collo giù dalla scala, diretto verso l'area attorno a ricezione. *Devo trovare l'agata.*

Con lo sguardo sfiorò gli urobori rovesciati, i cadaveri...

Poi il suo cuore si arrestò.

Dillon.

Corse verso l'amico e cadde sulle ginocchia accanto a lui. Cercò il polso a tentoni anche se sapeva che non ne avrebbe rilevato il battito. Dillon era già freddo.

Il dolore lo inondò. E la vergogna. Come aveva potuto dubitare del suo migliore amico? Come avrebbe potuto abbandonarlo lì?

Guardò verso l'auditorium. La porta si stava aprendo con un cigolio. Quasi duemila Gnoseos, inquieti per la loro liberazione.

Trova l'agata.

Fuori di sé, si rizzò in piedi. Nel momento stesso in cui notò l'anello del vescovo. L'anello per cui Dillon aveva rischiato la vita.

Svelto, David si chinò per sfilarlo dal dito dell'amico. E in quel preciso momento vide l'agata. A un paio di centimetri dalla manica di Dillon, lucida come uno specchio. Dopo averle recuperate, entrambe le pietre del pettorale di Aronne sembrarono luccicargli nel palmo, sempre più ad ogni secondo che passava.

Era lungi dal domandarsi come l'agata fosse finita vicina al rubino. O dal chiedersi qualsiasi altra cosa, tranne forse come sarebbe uscito vivo di lì.

Udì un mormorio di voci, gli Gnoseos cominciavano a uscire alla spicciolata dall'auditorium. Stringendo le pietre nel pugno insanguinato, scattò verso le scale.

E si ritrovò a correre. A correre per raggiungere la superficie. A correre per la vita.

Udì un grido. Un tramestio. Lo stavano seguendo.

Dove saranno arrivate Yael e Stacy? si chiese mezzo intontito, il petto ansante ad ogni gradino. Non ce l'avrebbe mai fatta. Gli si stava appannando la vista e si lasciava dietro una striscia purpurea di sangue. La stanchezza gli intorpidiva le gambe.

Ma non poteva fermarsi.

Continuò a salire tremante, scivolando una volta sui gradini umidi di condensa. Poi raggiunse il secondo pianerottolo. Salì ancora e udì un rumore ovattato di passi e voci femminili sopra di lui. *Yael e Stacy.*

Le urla furiose e lo strepito dei suoi inseguitori lo sospingevano avanti.

Nel momento in cui mise piede barcollando nel magazzino, riusciva a malapena a reggersi in piedi. Avi Raz lo sostenne trascinandolo per il locale disseminato di casse – più casse di quante fossero quando era entrato – e brulicante di uomini vestiti di scuro e muniti di ricetrasmittenti e pistole.

«Grazie... per aver portato... la cavalleria», bofonchiò David.

Avi era zuppo di sudore. «È arrivato appena in tempo».

Intorno a loro altri uomini, rapidi e determinati, erano presi a posizionare cavi, fili ed esplosivi. Alcuni di essi stavano incalzando le donne che si erano date alla fuga verso le ambulanze.

Poi David si ritrovò a inalare dell'aria fresca, socchiudendo gli occhi alla luce del giorno. Barcollante, accanto ad Avi, si diresse verso la piattaforma di carico dietro l'edificio, dove Yael e Stacy erano in attesa dietro a un furgone con il motore acceso.

Si trovavano a chilometri di distanza dal magazzino al numero 8 di Angel Passage, quando l'esplosione rimbombò nel bunker segreto sotto la città di Londra, distruggendo il covo sotterraneo. A chilometri di distanza dalle gallerie dove gli Gnoseos brulicavano ronzando come vespe in un alveare nel pregustare la vittoria; un'esplosione di fuoco in quello stesso momento li annichilì, cancellandoli dalla faccia della Terra.

Con una singola deflagrazione che scosse Londra come un terremoto, la setta che per secoli aveva progettato di abbattere il mondo che Dio aveva creato fu ridotta a un turbinio, a un vortice sotterraneo di scaglie di carbone, fumo e cenere. La Torre di Londra rimase salda al suo posto, come lo era stata per secoli, e le porcellane di Buckingham Palace sbatacchiarono appena sulle mensole reali.

Capitolo 62

Varsavia, a 1450 chilometri di distanza

Mentre la terra tremava sotto Londra, il tredicenne Stanislaw Nowicki saliva la scala della bimah in una piccola sinagoga. Mentre si preparava a indossare il suo *tallit* per la prima volta, recitava la caratteristica *bracha* per indossare lo scialle della preghiera traendo un profondo respiro. Poi il rabbino indicò il rigo della Torah da dove Stanislaw avrebbe iniziato a leggere il brano per il suo bar mitzvah.

Mentre cantilenava il passo in antico ebraico nella sua voce chiara da ragazzino, le acque del Tamigi si placarono ancora una volta.

Copenaghen, a 660 chilometri di distanza

Lisa Kolinka si chinò sulla torta del suo tredicesimo compleanno, le labbra increspate, il volto immerso nella luce delle candeline. Mentre chiudeva gli occhi per esprimere un desiderio, la pioggia iniziò a cadere dal cielo dell'Arizona. Nel momento in cui spense tutte le candeline, un rovescio si abbatté sul Southwest degli Stati Uniti, estinguendo i violenti incendi, ripulendo le montagne, rigenerando la terra riarsa.

Chicago, a 6800 chilometri di distanza

Keisha Jones trascorreva tutti i sabati a lavorare accanto alla zia Doris presso la dispensa dello Stony Island nel South Side di Chicago. Quel giorno, la tredicenne avrebbe dovuto dare una mano per scegliere il cibo in scatola da dare in beneficenza. Keisha, strada facendo, faceva tintinnare degli spiccioli che aveva trovato per strada. Quando li tese alla signora Wallace e apprese che erano sufficienti a una singola famiglia per comprare pane e uova per una intera settimana, un brivido di felicità si sprigionò dentro di lei. Decise che avrebbe donato anche la metà della sua paghetta da babysitter.

E, al largo della costa giapponese, uno tsunami che fremeva sotto la superficie del mare si placò sul fondo oceanico, come l'acqua di una teiera in ebollizione prelevata da un fornello.

Shanghai, a oltre 11.000 chilometri di distanza

Chen Ho, seduto accanto all'amato nonno, gli leggeva pazientemente il giornale. Spesso doveva ripetergli le parole perché il nonno era duro d'orecchi oltre che cieco. Ma a Chen non importava. I suoi compiti di scuola avrebbero atteso; al padre di sua madre erano rimasti ben pochi piaceri oltre che rimanere al passo con il mondo esterno e bere il suo bicchiere di birra la sera.

Mentre Chen girava la pagina, vide che il nonno si era addormentato. In cuor suo sorrise e piegò il giornale sapendo perfettamente da dove avrebbe ricominciato a leggere.

In Turchia, in quello stesso momento, salì un grido di gioia allorché le unità di soccorso individuarono una dozzina di bambini sepolti dal terremoto e rimasti miracolosamente vivi sotto le macerie di una scuola.

A Muthiaka, nella Sierra Leone, a Luvena, in Russia, a Tokaji, in Ungheria, e in ventotto altri villaggi e città in tutto il mondo, una nuova generazione di Lamed Vovnik raggiungeva via via lo stadio della maturità spirituale.

Puri di cuore, con l'anima traboccante di bontà e di compassione, nessuno di loro era consapevole, nessuno di loro avrebbe mai saputo dell'enorme potere che si celava dietro la loro stessa esistenza.

Capitolo 63

Un mese dopo in Israele
Lago Kinneret (Mare di Galilea)

Il lungolago di Tiberiade era incantevole con le sue palme ondeggianti, i chioschetti di cibo da asporto e i turisti a passeggio, mentre David passava in rassegna la folla variopinta alla ricerca di Yael. Quando la individuò all'estremità opposta del *tayyelet,* rimase lievemente sconcertato alla vista dei suoi pantaloni alla pescatora giallo limone e della T-shirt di seta nera. Per un qualche motivo, nell'immagine che aveva impressa nella mente, Yael indossava regolarmente una giacca di seta verde abbinata a una gonna nera, come nella mattina in cui era entrata decisa nello studio di rabbi Ben Moshe e gli aveva ingiunto di consegnarle l'agata.

L'agata, in quel momento, aveva fatto ritorno a Gerusalemme. Assieme all'ambra e alle altre pietre del pettorale di Aronne che erano state sottratte agli Gnoseos.

Il taccuino l'aveva in mano; sarebbe stato l'ultimo viaggio del libretto.

Mentre si faceva strada verso Yael tra la folla, gli eventi accaduti nel mese precedente gli turbinarono nella mente per poi dissolversi. Aveva passato una settimana a Santa Monica ospite di Meredith e del marito di lei. Non gli era sembrato strano, come aveva immaginato, ritrovarsi in casa di Len Lachman. Stacy l'aveva voluto vicino. E lui le era rimasto accanto.

Era tuttora in congedo temporaneo della Georgetown, ancora scosso per la morte di Dillon, Hutch ed Eva.

Era ancora sofferente per le contusioni e le costole rotte. Ma quelle ferite sarebbero guarite per poi rimarginarsi. Sperava solo che anche i ricordi di Stacy avrebbero fatto altrettanto.

Fatto strano, non aveva voluto sapere granché degli eventi che l'avevano precipitata in quella dura prova. David avrebbe voluto dirle che le avrebbe spiegato tutto una volta che fosse cresciuta. Ma non ce n'era stato bisogno. Istintivamente, almeno a quanto sembrava, Stacy gli aveva rivolto solo qualche domanda, apparentemente a suo agio nel liberarsi da tutto ciò che le era accaduto. I Lamed Vovnik, ricordò, non avevano la minima idea della propria condizione.

Meredith l'aveva portata a qualche seduta da uno psicologo, che però aveva escluso che Stacy fosse rimasta traumatizzata dagli eventi che aveva vissuto. David era lieto di dover rimandare il momento in cui Stacy avrebbe chiesto maggiori chiarimenti.

Mentre rasentava una famigliola che si affrettava verso il chiosco dei falafel, colse il bagliore degli orecchini d'argento di Yael che ondeggiavano tra i suoi capelli scuri con riflessi ramati. Ora era abbastanza vicino da riuscire a scorgere il suo sorriso, le file variopinte delle perline di vetro che le ornavano la gola. Il lieve ancheggiare.

Nell'avvicinarsi, Yael rallentò il passo; il sorriso le risplendeva negli occhi. Salì sulla punta dei piedi per sfiorargli la bocca con le labbra per una frazione di secondo.

«Ho affittato una barca da pesca. L'avremo a disposizione per tutto il pomeriggio».

«Non dovremmo portarci la merenda?».

Yael sorrise.

Un'ora dopo erano lontani dalla chiassosa linea costiera, soli sulla barchetta di legno pitturato d'azzurro diretta al largo, verso acque più profonde. Il mare era calmo e luccicava alla luce del sole come un gioiello incastonato sotto la città di Tiberiade che, come Safed, era una delle quattro città sante di Israele.

Gli israeliani chiamavano il lago «Kinneret», mentre i cristiani lo conoscevano come «Mare di Galilea», il luogo in cui Gesù aveva reclutato i suoi apostoli tra gli operosi pescatori locali.

David attese finché non furono completamente circondati dal cielo e dal mare, finché le persone sui declivi delle colline non svanirono in lontananza.

Allora prese posto ai remi, mentre Yael lo guardava in silenzio; sollevò il taccuino dal sedile accanto a lui e lo lasciò cadere a lato della barca. Il libriccino galleggiò per qualche minuto, le pagine si afflosciavano via via che l'acqua gelida faceva sbiadire l'inchiostro; poi il taccuino rosso lentamente sparì sotto la superficie traslucida; inabissandosi nel letto del lago, portò i suoi sacri segreti sul fondo.

Yael fissò la sacca del cibo accanto a lei, poi con cautela si spostò all'altra estremità della barca per sedere accanto a David.

«Prima di iniziare lo spuntino, c'è qualcosa che vorrei chiederti».

«Dimmi».

«Ho ricevuto un invito in qualità di professore ospite alla Georgetown per la prossima sessione. Hai qualcosa a che vedere con questa storia?».

David si sforzò di mantenere l'espressione impenetrabile di un consumato giocatore di poker, ma inalando il profumo di Yael gli risultò difficile trattenere un sorriso.

«E anche se fosse? Lo prenderesti in considerazione?».

Yael arricciò le labbra e tese le lunghe gambe, mettendosi a studiare il lucido color salmone dello smalto alle dita dei piedi inguainati dai sandali.

«Dipende, suppongo. C'è vita in facoltà?».

«Be', ti sei persa il picnic del Labour Day. Ma in compenso il preside Myer fa preparare un tacchino fritto veramente ignobile per la baldoria di Capodanno. E io non ho una ragazza».

«Tacchino fritto...». Lentamente Yael si voltò verso di lui. «Forse è la proposta migliore che abbia ricevuto oggi».

Gli avvolse le braccia intorno al collo, i capelli le ricaddero indietro mentre inclinava il viso protendendolo verso quello di David. «Avrei qualcosa da ridire sui vostri inverni della costa orientale».

«Non preoccuparti. Credo che riusciremo ad arrangiarci per rimanere al caldo». David la baciò mentre la barca si lasciava trasportare dalla corrente. Si perse nella dolcezza delle labbra di Yael, nel dondolio del lago e nella quieta consapevolezza che i nomi segreti dei Lamed Vovnik erano di nuovo segreti.

Indice